在人间赶路

李修文 著

人民文学出版社

图书在版编目（CIP）数据

在人间赶路 / 李修文著. —北京：人民文学出版社，2022
ISBN 978-7-02-016717-3

Ⅰ.①在… Ⅱ.①李… Ⅲ.①散文集—中国—当代 Ⅳ.①I267

中国版本图书馆CIP数据核字（2021）第243164号

责任编辑　杜　丽　温　淳
装帧设计　刘　远
责任印制　任　祎

出版发行　人民文学出版社
社　　址　北京市朝内大街166号
邮政编码　100705

印　　刷　北京盛通印刷股份有限公司
经　　销　全国新华书店等

字　　数　241千字
开　　本　850毫米×1168毫米　1/32
印　　张　11.625　插页1
印　　数　1—10000
版　　次　2022年4月北京第1版
印　　次　2022年4月第1次印刷

书　　号　978-7-02-016717-3
定　　价　69.00元

如有印装质量问题，请与本社图书销售中心调换。电话：010-65233595

目　录

义结人间

枪挑紫金冠　003
长安陌上无穷树　012
夜路十五里　022
苦水菩萨　032
看苹果的下午　048
在人间赶路　060
别长春　065
小周与小周　073
旷野上的祭文　081
义结金兰记　094

如是人间

万里江山如是 117
在春天哭泣 144
七杯烈酒 160
三过榆林 186
铁锅里的牡丹 210
大好时光 226

偷路人间

寄海内兄弟 253
犯驿记 271
偷路回故乡 286
救风尘 298
雪与归去来 312
十万个秋天 329
陶渊明六则 340
最后一首诗 355

义结人间

这世上,除了声光电,还有三样东西——它们是爱、戒律和怕。

枪挑紫金冠

谁要看如此这般的戏？新编《霸王别姬》。霸王变作了白脸，虞姬的侍女跳的是现代舞，到了最后，一匹真正的红马被牵上了舞台。说是一出戏，其实是一支催化剂：经由它的激发，我先是变得手足无措，而后又生出了深深的羞耻——所谓新编，所谓想象，在许多时候，它们并不是将我们送往戏里，而是在推我们出去，它们甚至是镜子，不过，只映照出两样东西，那便是：匮乏与愚蠢。

羞愧地离席，出了剧院，二月的北京浸在浓霾之中。没来由想起了甘肃，陇东庆阳，一个叫作小崆峒的地方，满眼里都是黄土，黄土上再开着一树一树的杏花。三月三，千人聚集，都来看秦腔，《罗成带箭》。我来看时，恰好是武戏，一老一少，两个武生，耍翎子，咬牙，甩梢子，摇冠翅，一枪扑面，一铜往还，端的是密风骤雨，又滴水不漏。突然，老武生一声怒喝，一枪挑落小武生头顶上的紫金冠，小武生似乎受到了惊吓,呆立当场,与老武生面面相对,身体也再无动弹。

我以为这是剧情,哪知不是,老武生一卸长髯,手提长枪,对准小的,开始了训斥;鼓锣钹之声尴尬地响了一阵,渐至沉默,在场的人都听清了训斥:他是在指责小武生上台之前喝过酒。说到暴怒之处,举枪便打将过去。这出戏是唱不下去了,只好再换一出。换过戏之后,我站在幕布之侧,正好可以看见小武生还在受罚:时代已至今天,他竟然还在自己掌自己的嘴,光我看见的,他就掌了足足三十个来回。

梨园一行,哪一个的粉墨登场不是从受罚开始的?但它们和唱念做打一样,就是规矩,就是尺度。不说练功吊嗓,单说这台前幕后,遍布着多少万万不能触犯的律法:玉带不许反上,韦陀杵休得朝天握持,鬼魂走路要手心朝前,上场要先出将后入相。讲究如此繁多,却是为何?那其实是因为,所谓梨园,所谓世界,它们不过都是一回事:因为恐惧,我们才发明了规矩和尺度,以使经验成为眼见得可以依恃的安全感。越是缺乏安全感,恐惧就越是强烈,尺度就愈加严苛。

欧阳修之《伶官传序》既成,写到后唐庄宗李存勖,"及其衰也,数十伶人困之,而身死国灭,为天下笑"之句既出,伶人之命就被注定，自此，两种命数便开始在伶人身上交缠：一种是着蟒袍，穿霞帔，扮作帝王和弃女，扮作良将和佞臣，过边关，结姻缘，击鼓骂曹，当锏卖马。如若是有命，就花团锦簇，传与遍天下知道，如若无命也不妨，你终是做了一辈子的梦，这梦境再作刀剑，将多少劳苦繁杂赶到了戏台之外，你和尘世之间的窗户纸，只要你不愿意，可以一直不捅破；一种却是，三天两头就被人喝了倒彩，砸了场子，不得科举，不得坐上席，甚至不得被娶进门去。在最是不堪的年代里，伶人出行，发上要束绿巾，腰上要扎绿带，不为别的，单单是为了被人认出和不齿；就算身死，也难寿终正寝，死于独守空房，死于杖责流放，死于黥字腰斩，哪一样何曾少过？

烟尘里的救兵，危难之际的观音，实际上一样都不存在，唯有回过头来，信自己，信戏，以及那些古怪到不可理喻的戒律，岂能不信这些戒律？它们因错误得以建立，又以眼泪、屈辱和侥幸而浇成，越是信它，它就越是坚硬和无情，但不管什么时候，它总能赏你一碗饭吃，到了最后，就像种田的人相信农具，就像打铁的人相信火星子，它们若不出现，你自己就先矮了三分；更何况，铁律不仅产生禁忌，更产生对禁忌的迷恋和渴望，除了演戏的人，更有那看戏的人，台上也好台下也罢，只要你去看，去听，去喜欢，你便和我一样，终生都将陷落于对禁忌的迷恋与渴望之中，我若是狐媚，你也是狐媚的一部分，如此一场，你没有赢，我没有输。

西蒙娜·薇依有云：所谓勇气，就是对恐惧的克服。要我说，那甚至是解放，我们在恐惧中陷落得越深，获救的可能就反而越大，于人如此，于戏也如此。在江西的万载县，乡村场院里，我看过一出赣剧《白蛇传》，说起来，那大概是我此生里看过用时最长、记忆也最刻骨的一出戏。

恰好是春天，油菜花遍地，在被油菜花环绕的村庄里，桃花和梨花也开了，桃花梨花最为繁盛之地，便是舞台，这不是无心插柳，而是存心将枯木与新绿、红花与白花全都纳入了戏台之内。但这只是由头，时间才是真正的主角。这出戏总共五回，每一回竟然长达一个小时，稍有拖延，就可以演到一个半小时。先说武戏：小青与法海。一场打斗，被细密地切分了，如果时长十分钟，则每两分钟之间都有转换，由怨怼转为愤懑，再转为激烈，最后竟是伤心和哭泣。可能是我想多了，但我确实在想——编排这出戏的人才是看透了人世，人活一世之真相，都在戏台上：但见翎子翻飞旗杆挑枪，但见金盔跌落银靴生根，可是小青，可是法海，你们究竟从哪里来，又要到哪里去，你们是谁？在上下翻腾之中可曾想过，你们究竟是打斗的主人，还是打斗的傀儡？而坏消息是：时间还早，你们仍要将这一场打斗几乎无休止地进行下去，持续下去，既认真，又厌倦。

再说白素贞和许仙。他们说着西湖，说着芍药，身体便挨近在了一起，端的是：隔墙花影动，金风玉露一相逢。就要挨在一起之时，既不急促，也未太慢，有意无意地闪躲开了。我们都嗅到了他们的呼吸，我们都已经听见了衣襟擦撞的声音，就像一根冰凉的手指经过了滚烫的肉体，然而，他们竟然就这么错过了。端庄，天真，而又淫靡。一切开始在微小之处，且未拼死拼活，但这微小却激发出了两个阵营：他凉了，我热了；他在如火如荼，我却知道好景不长；她莲步轻移，我这厢敲的是急急锣鼓；她在香汗淋漓，我看了倒是心有余悸。到了最后，这许多的端庄、天真和淫靡只化作了山水画上的浓墨一滴，剩余处全是空白，演戏的人在走向残垣，走向断墙，看戏的人却火急火燎，奔向了空白处的千山万水。

这便是戏啊——"始于离者，终于和"，到了此时，老生和花旦，凤冠和金箍棒，都不再是孤零零的了，时间先是折磨了他们，现在又让他们聚拢，再使他们翻手为云，造出幻境：红脸的是关公，白脸的是曹操，这一方戏台之内，江河并无波涛，不事耕种也有满眼春色，所谓"强烈的想象产生事实"，所谓"离形而取意，得意而忘形"，真正不过如此。到了这时候，还分作你看戏我演戏？不，唯有时间是最后的判官，害怕时间，我们发明了钟表；为了与之对抗，我们发明了更多的东西：酒，药，战争，男欢女爱，当然还有戏，譬如这一出漫长的《白蛇传》，六个小时演下来，何曾为入场退场所动？我演我的，你走你的，因为我根本不是他物，乃是时间的使节和亲证，我若不能证明时间才是写戏排戏又演戏的人，我便是失败的。

我还清楚地记得散场之后的夜路。全然未觉得自己已经离开了戏台，反而，那一隅戏台被空前扩大，连接了整个夜幕：在月光下走路，折断了桃树枝，再去动手触摸草叶上的露水，都像一场戏。只因为，稍稍去看，去听，去动手，都横生了无力感和暧昧，和六个小时演出里的痴男怨女一样，离开戏台，我们也在深受时间的折磨，因为万事看不到头的绝望，我们去亲密、暧昧和离别，反过来，又因它们加重了绝望。实在是，这一出戏已经改变了此前的满目风物，就像一片雪，一棵刚刚钻出地面的新芽，都在使世界不一样。

先作如此想，再去看这满目风物：哪里不是戏台，哪里没有青蛇和白蛇？一如元杂剧《单刀会》里的关公唱词，他先唱："水涌山叠，年少周郎何处也？不觉得灰飞烟灭，可怜黄盖转伤嗟。破曹的樯橹一时绝，鏖兵江水犹然热，好教我心情惨切！"唱到此处，流下泪来："这也不是江水，二十年流不尽英雄血！"

这么多年，每到一处，逢到有戏开演，如果没去看，总归要茶饭不思，好在是机缘常有，除去大大小小的剧院，田间村头也看了不少，这一次看徽剧《单刀会》，就是在安徽的一个小县城，长江里一艘废弃的运沙船上。那只不过是个寻常的戏班子，农闲之后，以运沙船做戏台，招得二三十个看客，消磨一两个时辰，风大一点，天黑得早一点，也就不演了，所以，我连看了好几天都没看完一整出。

可是，在十二月的寒风里，这一出零散小戏，我还是听得面红耳热。实在太好了，要么不演，一演起来就像是七军合纵，去打一场激烈的、快去快回的仗：顷刻之间，鼓声频发，锣声紧急，散板，哭板，叠板，齐刷刷像冰雹一样砸下来；低落时唱吹腔，激愤时唱拨子，紧跟着余姚腔，青阳腔，甚至能听见京调和汉腔，虚虚实实，相生相克，轻重缓急却是不错分毫，好似真正的战役正在进行，该杀人的杀人，该割首的割首。就在这快速行进的顷刻之间，生旦净丑轮番演过，马战，行船，翻台，滚火，更是一样都没落下。我站在人群里，岂止要叫好，简直就像被一盆热水浇淋过了，湿漉漉的，通体却都生出了热气，再颓然低头，兀自想：那个美轮美奂的古代中国，横竖是不会再有了。

这却不是这出戏的要害。要害是，这里的关云长，全然不是人人都见过的那个关云长。说起关公戏，大小剧种大小剧目加起来只怕有上百种，《古城会》《走麦城》《灞桥挑袍》，不一而足，大多的戏里，关云长先是人，后是神，最终只剩下一副面具——他非如此不可，万千世人越是缺什么，就越要将他装扮成缺失之物的化身，他只能在言说中变得单一和呆板，乃至是愚笨，只因他绝不是刘玄德一人的二弟，他其实是万千世人的二弟。他的命运，便是被取消情欲，再被我们供奉。可是，且看这出戏里的关云长：虽说逃脱了险境，惊恐、忐忑、侥幸，却是一样都没少，就算置身在回返的行船上，却反倒像一个孩子，一遍遍与船家说话，唯有如此，他才能分散一点惶恐。

这一出乡野小戏，因为几乎照搬了元杂剧，竟然侥幸逃过了修饰和窜改，就像一个被灭国的君王，传说葬身火海，实则遁入了空门，风浪平息之后，再在人迹罕至之处娶了妻，生了子；不仅如此，这出戏，还有更多的小戏，其实就是典籍和历史，只不过，修撰者不是翰林和同平章事，而是人心，人心将那些被抹消的、被铲平的，全都放置于唱念做打里残存了下来，这诸多顽固的存留，就是未销的黑铁，你若有心，自将磨洗认前朝。别人未见得知道，《单刀会》里的关云长却是知道这一天必然来临，你看他，戏终之前，一叹再叹："昏惨惨晚霞收，冷飕飕江风起，急飙飙贴云帆扯。承管待、承管待，多承谢、多承谢。"

还是二月的北京，看完了新编《霸王别姬》，没过几天，我再入剧院，去看《战太平》，又是要命的新编，可是既入此门，也只好继续这一夜的如坐针毡：声光电一样都没少，就像是有一群人拎着满桶的狗血往舞台上泼洒，管他蟒袍与褶衣，管他铁盔与冠帽，都错了也不打紧，反正我有声光电；谋士的衣襟上绣的不再是八卦图，名将花云的后背上倒是绣上了梅兰竹菊，都不怕，反正我有声光电。

唯有闭上眼睛。闭上眼之后，却又分明看见一个真实的名将花云正在怒发冲冠，正在策马狂奔。我若是他，定要穿越河山，带兵入城，闯进剧院，来到没有畏惧的人中间，一枪挑落他们头顶的紫金冠，再对他们说：这世上，除了声光电，还有三样东西——它们是爱、戒律和怕。

长安陌上无穷树

很长一段时间了,每天后半夜,我从陪护的小医院出来,都能看见有人在医院门口打架。这并不奇怪,在这城乡接合部,贫困的生计,连日的阴雨,喝了过多的酒,都可以成为打架的理由。无论是谁,总要找到一种行径,一种方式,来证明自己的存在,可能是喝酒,恋爱,也可能就是纯粹的暴力。

今晚的斗殴和平日里也没有两样:喊打喊杀,警察迟迟没有来,最后,又以有人流血而告终,这都不奇怪。举目所见:一条黯淡的、常年渍水横流的长街,农贸市场终日飘荡着腐烂瓜果的气息,夹杂着粗暴怨气的对话不绝于耳,人人都神色慌张,王顾左右而言他,唯有彩票站的门口,到了开奖的时刻,还挤满了一脸厌倦又相信各种神话的人。难免有打架、将小偷绑起来游街、姐夫杀了小舅子等等稍显奇怪和兴奋之事发生,但是很快,这诸多奇怪都将消失于铺天盖地的不奇怪之中，最终汇成一条匮乏的河流，流到哪里算哪里。

实际上，当我经过斗殴现场的时候，架已经打完了，只剩下被打得浑身是血的人正趔趄着从地上爬起来，我看了一眼，就赶紧奔上前去，搀住他，因为他不是别人，而是我熟得不能再熟的人。这个不满二十岁的小伙子，是医院里的清洁工，打江西来，热心快肠到匪夷所思的地步，许多次，我在搬不动病人的时候，忘记了打饭的时候，他都帮过我。

而现在，他已经不再是我平日里认识的他：脸上除了悲愤之色再无其他，狠狠推开了我，径自而去，身上还淌着血，但那血就好像不是他身上流出来的，他连擦都不擦一下。我只能眼睁睁地看他离开，但心里全然知道，这个小伙子受到了生平最大的欺侮，他一定不会就此罢休。

果然，没过多久，等他再从医院里出来的时候，左手右手各拿着一把刀，就算进了医院，他也没去包扎一下，愤怒已经让他几乎歇斯底里，在这愤怒面前，之前围观的人群都纷纷闪避，莫不如说，人们对接下来要发生的事情其实更加期待——殴打小伙子的人几乎都住在这条街上，只要他找，他就一定能找得见他们。

这时候，一声尖厉的叫喊在小伙子背后响起来，紧接着，一个老妇人狂奔上前，紧紧地抱住了他，再也不肯让他往前多走一步。但我知道，那并不是他的母亲。那只是他的工友，跟他一样，也是清洁工。这个老妇人，平日里见人就是怯懦地笑，也不肯多说话，我印象里似乎从来就没听见过她说一句话，没想到，在如此紧要的时刻，她却使出了全身的力气，抱住小伙子，再用一口几乎谁都听不懂的方言央求小伙子，要他不做傻事，要他赶紧回去缝伤口，自始至终，双手从来都没有从小伙子的腰上松开。

我一阵眼热：在儿子受了欺负的时刻，在需要一个母亲出现的时刻，老妇人出现了，当此之际，谁能否认她其实就是他的母亲？

她矮，也瘦，所以，终究被小伙子推开了，但是，小伙子还没走出去几步，老妇人又追上前来，仍要抱住他的腰，小伙子闪躲，但她还是抱住了他的腿，顿时，小伙子翻脸了，高喊着要她松手，甚至开始咒骂她，终究没有用，她好歹就是不松手。这反倒刺激了小伙子的怒气，就拖着她，生硬地、缓慢地朝前走，走过水果摊，走过卤肉店，再走过一家小超市，终于挪不动步子了。只好停下来，低下头，两眼里似乎喷出火来，就那么直盯盯地看着老妇人，大口大口喘着粗气。

看了一会儿，小伙子丢下了手中的刀，颓然坐在地上，号啕大哭；那老妇人一开始并没有搂住他，却是赶紧从口袋里掏出碘酒，先擦他的脸，再去擦他的手；然后，才将他拉过来，拍着他的肩膀，轻声对他说话，还是一口全然听不懂的方言。小伙子根本没听她在说什么，只是哭——哭泣虽然丢脸，但却是度过丢脸之时的唯一办法。他的身上还在淌着血，所以，老妇人再没有停留，强迫着，几乎是命令般将他从地上拉扯起来，再跌跌撞撞地朝医院走去。

　　看着他们离去，我的身体里突然涌起一阵哽咽之感：究竟是什么样的机缘，将两个在今夜之前并不亲切的人共同捆绑在了此时此地，并且亲若母子？由此及远，夜幕下，还有多少条穷街陋巷里，清洁工认了母子，发廊女认了姐妹，装卸工认了兄弟？还有更多的洗衣工，小裁缝，看门人，厨师，泥瓦匠，快递员；容我狂想：不管多么不堪多么贫贱，是不是人人都有机会迎来如此一场福分？上帝造人之后，将一个个地扔到这世上，孤零零的，各自朝着死而活，各自去遭逢疾病，别离，背叛，死亡，这自是一出生就已注定的大不幸，但好在，眼前也并不全都是绝路，上帝又用这些遭逢，让我们一点点朝外部世界奔去，类似溺水者，死命都要往更远一点的水域里挣扎，最终，命中注定的人便会来到我们的眼前；如此，那些疾病和别离，那些背叛和死亡，反倒成了一根蜡烛，蜡烛点亮之后，渐渐就会有人聚拢过来，他们和你一样，既有惊恐的喘息，又有一张更加惊恐的脸。

我常常想：就像月老手中的红线，如此福分和机缘，也应当有一条线绳，穿过了幽冥乃至黑暗，从一个人的手中抵达了另外一个人的手中。其实，这条线绳比月老的红线更加准确和救命，它既不让你们仅仅是陌路人，也不给你们添加更多迷障纠缠，爱与恨，情和义，画眉深浅，添花送炭，都是刚刚好，刚刚准确和救命。

就像病房里的岳老师。还有那个七岁的小病号。在住进同一间病房之前，两人互不相识，我只知道：他们一个是一家矿山子弟小学的语文老师，但是，由于那家小学已经关闭多年，岳老师事实上好多年都没再当过老师了；一个是只有七岁的小男孩，从三岁起就生了骨病，自此便在父母带领下，踏破了河山，到处求医问药，于他来说，医院就是学校，而真正的学校，他一天都没踏足过。

在病房里，他们首先是病人，其次，他们竟然重新变作了老师和学生。除了在这家医院，几年下来，我已经几度和岳老师在别的医院遇见，这个四十多岁的中年女子，早已经被疾病，被疾病带来的诸多争吵、伤心、背弃折磨得满头白发。可是，当她将病房当作课堂以后，某种奇异的喜悦降临了她，终年苍白的脸容上竟然现出了一丝红晕；每一天，只要两个人的输液都结束了，一刻也不能等，她马上就要开始给小病号上课，虽说从前她只是语文老师，但在这里她却什么都教，古诗词，加减乘除，英文单词，为了教好小病号，她甚至要她妹妹每次看她时都带了一堆书来。

中午时分，病人和陪护者挤满了病房之时，便是岳老师一天中最是神采奕奕的时候，有意无意地，她就要拎出许多问题，故意来考小病号，古诗词，加减乘除，英文单词，什么都考。最后，如果小病号能在众人的赞叹中结束考试，那简直就像是有一道神赐之光破空而来，照得她通体发亮。但小病号毕竟生性顽劣，病情只要稍好，就在病房里奔来跑去，所以，岳老师的问题他便经常答不上来，比如那句古诗词，上句是"长安陌上无穷树"，下一句，小病号一连三天都没背下来。

这可伤了岳老师的心，她罚他背三百遍，也是奇怪，无论背多少遍，就像是那句诗活生生地在小病号的身体里打了结，一到了考试的时候，他死活就背不出来，到了最后，连他自己都愤怒了，他愤怒地问岳老师："医生都说了，我反正再活几年就要死了，背这些干什么？"

说起来，前前后后，我目睹过岳老师的两次哭泣，这两场泪水其实都是为小病号流的。这天中午，小病号愤怒地问完，岳老师借口去打开水，出了走廊，就号啕大哭，说是号啕，但其实没有发出声音，她用嘴巴紧紧地咬住了袖子，一边走，一边哭，走到开水房前面，她没进去，而是扑倒在潮湿的墙壁上，继续哭。

哭泣的结果，不是罢手，反倒是要教他更多。甚至，跟他在一起的时间也要更多。她自己的骨病本就不轻，但自此之后，我却经常能看见她跛着脚，跟在小病号的后面，喂给他饭吃，递给他水喝，还陪他去院子里，采了一朵叫不出名字的花回来。但是，不管是送君千里，还是教你单词，她和他还是终有一别——小病号的病更重了，他的父母已经决定，要带他转院，去北京，闻听这个消息之后的差不多一个星期，她几乎每天晚上都耿耿难眠。

深夜，她悄悄离开了病房，借着走廊上的微光，坐在长条椅上写写画画，她跟我说过，她要在小病号离开之前，给他编一本教材，这个教材上什么内容都有，有古诗词，有加减乘除，也有英文单词。

这一晚，不知何故，当我看见微光映照下的她，难以自禁地，身体里再度涌起了剧烈的哽咽之感：无论如何，这一场人世，终究值得一过——蜡烛点亮了，惊恐和更加惊恐的人们聚拢了，但这聚也好散也好，都还只是一副名相，一场开端；生为弃儿，对，人人都是弃儿，在被开除工作时是生计的弃儿，在离婚登记处是婚姻的弃儿，在终年蛰居的病房是身体的弃儿，同为弃儿，迟早相见，再迟早分散，但是，就在你我的聚散之间，背了单词，再背诗词，采了花朵，又编教材，这丝丝缕缕，它们不光是点滴的生趣，更是真真切切的反抗。

其实，是反抗将我们连接在了一起。在贫困里，去认真地听窗子外的风声；在孤独中，干脆自己给自己造一座非要坐穿不可的牢房；这都叫作反抗。在反抗中，我们会变得可笑，无稽，甚至令人憎恶，但这就是人人都不能推卸的命，就像一只鹦鹉，既然已经被关在笼子里了，我能怎么办？也唯有先认了这笼子，再去说人的话，唱人的歌，哪怕到了最后，我也没有逃离樊笼，直至死亡降临，我仍然只是一个玩物，可是且慢，世间众生，谁不都是在一生里上下颠簸，到了最后，才明白自己不过是个玩物，不过是被造物者当作傀儡，在一波未平一波又起的徒劳中度过，直至肉体与魂魄全都灰飞烟灭？

但是，有一桩事情足以告慰自己：你并不是什么东西都没有剩下。你至少而且必须留下过反抗的痕迹。在这世上走过一遭，反抗，唯有"反抗"二字，才能匹配最后时刻的尊严。就像此刻，黯淡的灯光反抗漆黑的后半夜；岳老师又在用如入无人之境的写写画画反抗着黯淡的灯光，她要编一本教材，使它充当线绳，一头放在小病号的手中，一头往外伸展，伸展到哪里算哪里，最终，总会有人握住它，到了那时候，躲在暗处的人定会现形，隐秘的情感定会显露，再如河水，涌向手握线头的人；果真到了那时候，疾病、别离、背叛、死亡，不过都是自取其辱。

后半夜快要结束的时候，岳老师睡着了，但是我并没有去叫醒她，护士路过时也没有叫醒，她迟早会醒来——稍晚一点，天上要起风，大风撞击窗户，窗玻璃会在她的脚边碎裂一地，她会醒来；再晚一点，骨病会发作，疼痛使她惊叫了一声，再抽搐着身体睁开眼睛，她会醒来；醒来即是命运。这命运里也包含着突然的离别：一大早，小病号的父母就接到北京的消息，要他们赶紧去北京，如此，他们赶紧忙碌起来，收拾行李，补交拖欠的医药费，再去买来火车上要吃的食物，最后才叫醒小病号，当小病号醒来，他还懵懂不知，一个小时之后，他就要离开这家医院了。

九点钟，小病号跟着父母离开了，离开之前，他跟病房里的人一一道别，自然也跟岳老师道别了，可是，那本教材，虽说只差了一点点就要编完，终究还是没编完，岳老师将它放在了小病号的行李中，然后捏了他的脸，跟他挥手，如此，告别便潦草地结束了。

哪知道，几分钟之后，有人在楼下呼喊着岳老师的名字，一开始，她全然没有注意，只是呆呆地坐在病床上不发一语，突然，她跳下病床，跛着脚，狂奔到窗户前，打开窗子，这样，全病房的人都听到了小病号在院子里的叫喊，那竟然是一句诗，正在被他扯破了嗓子叫喊出来："唯有垂杨管别离！"可能是怕岳老师没听清楚，他便继续喊："长安陌上无穷树，唯有垂杨管别离！"喊了一遍，又再喊一遍："长安陌上无穷树，唯有垂杨管别离！"

离别的时候，小病号终于完整地背诵出了那两句诗，但岳老师却并没有应答，她正在号啕大哭，一如既往，她没有哭出声来，而是用嘴巴紧紧咬住了袖子。除了隐约而号啕的哭声，病房里只剩下巨大的沉默，没有一个人上前劝说她，全都陷于沉默之中，听凭她哭下去，似乎是，人人都知道：此时此地，哭泣，就是她唯一的垂杨。

夜路十五里

　　他是个失败的小说家，几年来写不出一个字，就算来到额尔古纳河边，这风吹草低的国境线上，他终究还是写不出。每天清晨，天刚蒙蒙亮，他就出了门，其时露水还挂在草尖上，对岸国家的哨卡里，信号灯还没有熄灭，他知道：在这铺天盖地的幽冥中，河水在奔涌，花朵在长成，万物都未止息；他还知道：在接下来的白昼里，无论是骑在马上游荡，还是在河岸边的苜蓿地里睡着了，他要度过的，仍旧是颓败和罔顾左右的一天。

　　直到夜幕降临，他才回到寄身的小客栈，这座小客栈，被向日葵与白桦林环绕，所以，遇到停电之夜，偏偏起了大风，一簇簇葵花被风挤压过来，敲打着窗玻璃，还有向日葵身边的白桦们，在风里踉跄，看上去，就像是一具具身穿白衣的亡魂。他盯着它们看，只觉得鬼影幢幢，不由恐惧起来，于是，仓促逃去厅堂，在那里，他并未见得比在房间里好过多少，照旧是莫名的焦虑和更加莫名的后背疼，但好在是：此处的黑暗里，还蜷缩着别的像他一样无所事事的人，这总算让他稍觉宽慰。

她是个刚刚辞职的医药销售代表，独身一人来此，恐怕连她自己都没想到：在这个天远地偏的小村庄里，因缘际会，她会变作当地人眼中的紫霞仙子和活菩萨。在这里，没有多少男人见过比她更漂亮的女人，一时日韩短打，一时又波希米亚混搭，如此，每一次，当她出现在客栈外面的那条小路上之时，连吃草的牛羊都停止了咀嚼，其时情形，不啻是《西西里的美丽传说》里小镇广场上的玛莲娜；更何况，因为她的到来，白桦林中的幼儿园在废弃多年之后重现了生机。黄昏里，当客串老师的她带领孩子们从暮色里奔跑出来，这绚烂的一幕，实在像是长生天赐予的小奇迹。

回到客栈，她就变了：一根接一根地抽烟，几乎不说一句话，不管谁从她身边经过，她都不看；窗外的阳光强烈，刺得人眼睛生疼，她却视若不顾，直盯盯地迎头撞上，动辄就是小半天；在她的神色与行走之间，某种厌倦，一直都在，虽说并不突出，但也分明是清晰的。可是，尽管如此，她还是有将自己打破的时候，那无非是厌倦更激烈，譬如她站在一株向日葵底下打电话，对着话筒大声叫喊了起来："我就是个贱货，你满意了吧？"又譬如，一个停电之夜，在厅堂里，两个房客热烈地谈起自己值得回忆的过往，她又突然说话了："吵什么吵？在这里赖着不走的，哪个不是废人？"

她的话像是一件冷兵器，从斜刺里奔出来，不由分说，挑落了众人身上的衣物。大家无可奈何，但也无法辩驳，所以，气氛在转瞬间冷淡下来。黑暗中，连同那两个热烈的房客在内，其他人：建材老板、设计总监、大病初愈的考古队员，所有人都闭口不言，继续着这百无聊赖的长夜。

他和她，除了在客栈里相逢，客栈背后的小菜园，苜蓿地的田埂上，甚至额尔古纳河的游船里，他们也曾几度交错，到底没有说过一句话。谁也没想到，在那旷野上骤然刮起大风的一夜里，某种意外的亲密会突然降临，愿意也好，不愿意也罢，他们终归是在这亲密里一起走了十五里夜路——那一晚，风太大了，村庄丢失了马群，所有人都出去寻找，他们也没有例外，接近后半夜的时候，在相同的地点，他找到了一匹，她也找到了一匹，两个人分别骑在马上，一前一后，朝着村庄的方向返回。这时候，大风渐渐止住，草尖停止了摇晃，方寸之地里游弋的，照旧是他们熟悉的恰当的冷淡。

但是，这冷淡很快被那两匹枣红马所打消了，他们要分散，它们却要交集：三步两步就要紧凑在一起，马背上的他们便只能跟随马匹靠近对方，快要碰触的时刻，再各自轻微地闪躲开去，可是，终不免闪躲不开，他们不仅要碰触，有那么几回，甚至横生生地撞在了一起。还来不及尴尬，她的马失了前蹄，在趔趄中，她险些从马背上摔落下去，幸亏他伸出手去搀住了她。她似乎被吓了一跳，手臂轻微地战栗了一下，想要挣脱，但是马却更不老实了，她没有办法，也只好在他的搀扶里慢慢安定下来。

银白的月光下，不知名的虫子幽幽鸣叫，额尔古纳河就在漫无边际的青草背后流淌，月光与河流作证：如果亲密已然降临，它其实是突然和被迫的，当此之际，不发一言是多么虚假啊；所以，反倒是她先开了口，问他，出版一本书要向出版社交多少钱？他便回答她，尽管他写得很糟糕，但是，自从开始写作，他倒是从来没有自己花钱出过书。渐渐地，话题越来越多，而他们身下的马匹却愈加耳鬓厮磨，有许多时候，枣红马作祟，使得他们几乎像是骑在同一匹马上。此时，草原上升起了雾气，并且越来越浓，很快，他们就不再能清晰地看见对方，但是，他们的身体，仍在不断碰撞聚离，他莫名地想起两块交缠的丝绸，抵死离开，又拼命回来；此时的空气里弥漫的，何止是亲密，甚至是暧昧和情欲：每一次离开对方的手臂、衣角和发梢，他们都隐隐有一种担心，担心自己要去到一个不愿踏足的地方。

天色破晓之前，他们回到了小客栈，店门洞开，雾气进了厅堂，缭绕不散；在各自要进去自己房门的一刹那，两个人都突然停下了脚步，看着对方，虽说照旧看不清楚，但是，浓雾并不能遮掩匕首离袖般的豁出去，一生的机缘与周折，就在这一刹那——最是这一刹那：电光石火，樱花桃花，终究是，归于了寂灭——他们笑了一下，各自进了房门。

等到雾气散去，时光变了：光天化日之下，他和她至少不再是此前的陌路人。早晨洗漱的水龙头前，夜晚百无聊赖的厅堂里，两个人不仅有话可说，甚至还可以结伴在小客栈外走上一会儿。浑然不觉中，就像旅馆的门帘被撕开了一条口子，又像暗室里涌进了光束：其他人，建材老板、设计总监、大病初愈的考古队员，也都纷纷熟络了起来。起初，这熟络几乎让人人都觉得惊异，不可置信，可是，既然已经如此，莫不如就此沉醉，或是去草原上垒草垛，或是在河边跟对岸国家的姑娘搭讪，大家全都扎堆在一起，同进同出，如影随形，其中一次，在设计总监的生日宴上，大家甚至互相砸起了蛋糕。

这石头缝里蹦出来的欢乐是多么不真实啊，但是，人人都垂涎已久，出来一点，我就要攥紧一点，且让我横竖不管，在马背上喝酒，喝到不省人事；在屋顶上唱歌，唱到村庄里唯一的哑巴也咿咿呀呀。从此地出发，穿过草原，坐上火车，可以抵达北京、上海，可以抵达医院、摩天高楼和建材市场。在那里，天上有不少神灵，地上有不少畜生，但那里不是别处，那不过是我债台高筑和被人骂作贱货的地方。说起眼下，且让这小客栈就此音尘断绝吧，只因为，坏消息我已经受够了，而好消息，一如既往，你们多半会留给自己。

所谓断魂，所谓迷狂，这片不入世的风土，还有这家自闭的小客栈，它们所能供给的，实在不过于此了：白桦林里燃起了篝火，村子里的人非但没有阻止，反而也在火焰旁边围坐了下来；考古队员醉了酒，一路狂奔到河边的马厩里，将马匹当作姑娘，亲亲这个，又抱抱那个；客栈里，酒筵上的小游戏层出不穷，如果建材老板没有站在桌子上跳起钢管舞，那么，大家无论如何也不会偃旗息鼓；更有设计总监，找来几块木头，偏要在院子里造船，众人也嬉笑着上前，帮忙的帮忙，添乱的添乱，可是，不管怎么样，不足一月，这艘船竟然真的下水了，所有人都纷纷跳上去，终致沉没，又唱又跳的人们只好大呼小叫着爬上了岸。

这些极尽沉醉的时刻，他和她，一直都在，他们也像是抓住了救命稻草，埋首于这些时刻，但愿长醉不醒。只是有时候，在酒筵上，又或是出行途中，他们突然去张望对方，发现对方也在张望自己，这才发现：时至此刻，他和她仍然是清淡和分散的，在他们之间，仍然相隔着一片海域，抑或是一座战场。

现在，普遍的亲密降临了，可是，他和她的亲密去了哪里呢？它不在酒筵中，也不在篝火边，它只在十五里夜路的马背上，幽微而尖利，疏离而偏僻，终于还是不足为外人道。在许多个刹那，他们看着对方，痛心而急迫，就像一桩要命的事情正在从眼前消失，但海域仍然是海域，战场仍然是战场，他们终究是声色未动，而那件要命的事情还在兀自向前，到了最后，它会将他们全都抛下。

果然是，天下没有不散的筵席。倏忽之间，青草变黄，尽数被收割，客栈门外的小路上已经遍布了落叶，每天清晨，窗玻璃上都挂满了霜花：是啊，离开的时刻到了，除非在这里待到第二年春天，不然，大雪一来，想要再离开就变成了一件困难重重的事情，更何况，无论这家小客栈是多么让人欲罢不能，可是，谁又能真正了断得了自己在客栈和草原之外的面目呢？如此，当开往火车站的长途客车出现在门前的小路上，离别便开始了：建材老板，设计总监，考古队员，就算喝酒装醉，就算故意睡过了上车时间，终是无济于事，一班错过了，下一班还会来，该走的总归要走，哪怕人人心里都有一杆秤：只要打此地离开，我就要去挨骂，去吃药，去还债，愿意的，不愿意的，全都要扑面而来——为什么，这一辈子，我们紧赶慢赶，到头来，却不过是在目的地成为一个废人？

他也是、仍然是个废人。在临行前的几天，他照样每天清晨就出门，夜幕降临才回到小客栈，去了白桦林和早已收割的苜蓿地，也骑在马上绕着村庄游荡了一圈又一圈，后背疼得越来越厉害，然而，比这疼痛更磨人的，却是某种在体内上下搅拌的不安和悔恨。他似乎必须要抓住什么东西，可还没等到伸出手去，那不安和悔恨就将他拽了回来。她的行装也早就收拾好了，硕大的背包就放在厅堂里，随时都可以背起来上车，但终于没有上车，在这剩余的几天里，全然不似往常，她竟是从早到晚都在哭，早晨洗漱的水龙头前，从幼儿园回来的小路上，甚至是后半夜和他遭逢的厅堂里，只要想哭，她就能哭出来，但是，她也说不清楚为什么：这哭泣，似乎并不是因为悲伤。

在逐渐密集起来的雪花里，他看见了她，想要走上前去，终于退避回来，看看这里，看看那里，心里却是一遍更比一遍急迫地问自己："你到底在害怕什么？"她也看见他在来回游荡，却并未叫他一声，径自哭泣。她甚至在微笑里哭个不止，就像是一次功课和淘洗，她非要在这哭泣里才能重新做人。

最后一夜，他横竖睡不着，出了小客栈，漫无目的地往前走，越往前走，就越停不下来，直到他瞥见村庄和灯火已经被远远抛在了身后，这才发现，无意中，他将自己带到了马背上度过的十五里夜路中，但是别停下，继续往前走，说不定自己根本就是有意的。突然，对面过来一个人影，竟然是她，她更早出发，于是便更早返回。两人盯着对方看了一会，就一起折回，朝着客栈的方向走。她真的变了，重新做人之后，他已经认不出她来，她欢快地告诉他，她不走了，刚才，就在这条路上，她一边走，一边撕掉了从前的账册、从业资格证和各种各样的打折卡。正说着，刚好有个电话打进来，她对着话筒喊："是啊，我就是和男人在一起！"

他蓦地站住，看着她，竟至于哽咽，那让他心慌气短的机缘与周折，原本以为错过了，不曾料到，它还在。他想抱住她，她没有躲闪，站在原地，准备接受，可是要命的，他的后背剧烈地疼痛起来，更要命的，另一番电光石火在瞬间涌入了身体：疼痛一再反复，打针吃药已经近在咫尺；写不出一个字，出版社预支的稿酬要退还，而他早就将这笔钱花光了；看来只好去写电视剧，可是，他已经被影视公司骗了三次，真的还要再继续吗？天可怜见：就算跪地求饶，那茫茫旷野之外的阴影，还是从那些苟且的所在投射到了此时此地，即使在这十五里夜路上，他也没能变作另外一个人，他到底还是没有抱住她。

随后，两个人继续往前走，一瞬之间，换了人间，他们的手臂、衣角和发梢还会触碰在一起，但是，他们都知道：这一次，不要再说那些微妙的暧昧和情欲，就连清晰存在过的亲密，都在迅疾消失，因为他是一个叛徒，在理当闭上眼睛跳向火坑的时候，他未能忠实于火坑，就像他其实从来就未曾忠实于白桦林、苜蓿地和额尔古纳河。突然间，她发足狂奔，跑向黑暗的深处，他看见了，并没有阻拦，只是绝望地想：这是活该的，他应当在这耻辱当中——这就是耻辱，在那些苟且的所在，他未作抗辩，不发一言；现在，在这里，当他觉察到自己被阉割，觉察到无能正在将他变成无能本身，在这十五里夜路上，他也仍然是，一直是旷野之外那个俯首帖耳的太监。

没有人看见：在天快亮之前的黑暗里，在十五里夜路上，他也发足狂奔起来，气喘吁吁，惊魂未定，突然一个趔趄，仰面倒在了积雪上，他干脆闭上眼睛，就此躺下，不作动弹，良久之后，他才站起身来，面对周遭与天际，流下了眼泪。

苦水菩萨

起先,我是爱上了一座山冈:柏树林的背后,孤绝的所在,别无其他,唯独生长着绵延不断的紫色的花,花朵之下,那些枝叶根茎,则是饱满得仿佛要撑破的绿,尤其是在雨后,站在山冈上,雾气将万物阻挡,视线里只有铺天盖地的绿与紫,有许多时候,我都宁愿世界到此为止。只不过,还要等上一些年头,我才知道,这些花朵的名字叫苜蓿。

苜蓿只是开始。在苜蓿地的尽头,是一座残破的寺庙,就像某种奇异的不祥之感,我知道,或早或晚,我都会踏入它。果然,没过多久,好像是夏天,一场雷暴雨当空而下,就算多少个不愿意,就算可能遭遇的惊骇被我想象了无数遍,没有别的办法,我还是跑进了那座庙。不出所料,惊骇扑面而来:闪电中,七尊菩萨,俨如七座凶神恶煞,或是怒目圆睁,或是冷眼相向,齐齐朝我挤压过来,我觉得天都要塌下来了,瑟缩着,战栗着,闭上眼睛,挨过了半小时;等雨水稍稍小一些，我立即夺门而出，发足狂奔，穿过苜蓿地，奔下山冈，跑回镇子，就像漫游了一遍阴曹地府，又侥幸逃过了生死簿。

直到今天，我也不知道它们的名字。我怀疑，在我们的镇子上，几乎所有人都叫不出它们的名字，它们被共同唤作"苦水菩萨"，不过是因为，这座寺庙的名字叫作"苦水"；但这并不要紧，逢年过节，苦水菩萨依然会迎来零星的香火和叩拜。

在闪电与雨水之中，在如丧家犬一般的奔跑之中，我从未想到：在爱上那座山冈上的柏树林和苜蓿地之后，我会爱上那七尊凶神恶煞。但是千真万确，我终究爱上了它们。

那个只敢鬼鬼祟祟出门的男孩子，是十一岁还是十二岁呢？父母远在天边，身边并无血亲，于是只好寄居，寄居在一个终日看不见人影的家庭里。在镇子东头，有人叫他过去，走过去了，对方却并无言语，劈头就是一拳，然后，再挥手叫他离去；在镇子西头，还有人叫他过去，走过去后，对方也是毫无言语，一脚将他踹翻在地，然后，再挥手叫他离去——他说什么也不愿意承认，但事实就是如此：在和他差不多大小的人眼中，甚至是在那些成年人眼中，他其实是个玩物、笑柄和蠢货。

他在雨中怨艾和狂奔，也在苜蓿地里暴跳如雷；哭泣，疯狂地去想象复仇的模样，抽打牛羊，踩死蚂蚁，为了让自己好过，这些他都试了一遍，但还是不行，渐渐地他知道了，这些偷偷摸摸完成的事救不了他，那些怯懦，就算在坟地里待了七天七夜，它们的名字，依然叫作怯懦；而他需要的是光明，是光天化日下的走路和说话，乃至是亲近，无论这亲近是谁给了他，又或者是他给了谁。

多么困难啊，苜蓿们都收割了，他还是见人就脸红，但总好过见人就跑；他还是木讷，却又时刻都在走神，一刻也不休歇地在狂想里上天入地，一如到了夜晚，他小心翼翼地编织着无数谎言，以使自己相信明天仍然值得一过。说不定，就在明天早晨，刚刚学会的那个词，坦荡，坦荡地吃饭和出操，坦荡地扫墓和坐在远亲的喜宴上，甚至在听完笑话后坦荡地笑出声来——刚刚学会的这个词，或许能够侥幸地派上用场？他知道，在狂想的黑夜与沮丧的清晨之间，那些如坐针毡，还有思虑里纷杂不绝的顾此失彼，就叫作等待，而世间万物，人或畜生，大抵总有一场等待，在等待着他们。

人或畜生，大抵都有一场等待，他目睹过他们，这些见不得人的旁观，全都让他飘飘欲仙：新娘在汽车站等待年轻的军人，挂在树上的爆竹在等待被点燃，愣头青们在电影院前等待着仇敌，就连一只与羊群走散的小羔羊也在等待，悠闲地嚼着干草，心平气和，它知道，未及天黑，就会有人寻来，它最终会在熟悉的羊圈里过夜。

再一次被骂作蠢货之前，他难免也会想：有没有什么人，有没有什么事，在等待着他呢？

此去之后，在他这一生中的许多时刻，照样会被蒙骗，被斥责，偶尔也继续被人当作笑柄，并没有什么大不了，一如众生中的其他人，但是，不管是什么时候，有一桩事情，他从来都不曾接受和确认，即：我是不幸的。

我当然不是不幸的。只因为，就算是在那座噩梦般的小镇上，也有人在等待我。有一个声音，在旷野上温柔地呼叫我，这声音不是别的，是黑暗的海面上，妈祖在说话；是拿撒勒的夜晚，圣母马利亚在说话。连绵的低语，隐约，但却异常清晰，这声音要我前去，穿过水洼、蒺藜丛和狂风里起伏的稻田，再经过收割之后的苜蓿地，前去他的身旁，站定，看着他，先是依恃，再听候他的教养。

——他其实是他们，不，是它们，它们不是别的，只能是，也一定是那七尊凶神恶煞般的苦水菩萨。

造化突然，折磨和安慰都是在转瞬之间从天而降：连日高烧之后，我走进了赤脚医生的诊室，头重脚轻，不知天日，唯有机械而茫然地输液而已，输完之后，赤脚医生才发现我身无分文，于是将我扣留，等待着有人前来付钱；但是，他打错了算盘，直到天黑也没有人来，暴怒之下，他将我推搡了出去，一个趔趄，摔倒在诊室门口的墙脚下。

昏昏沉沉之中，我在墙脚下躺了大约半个小时，偶尔有人经过，但夜幕漆黑，他们全然看不见我。当此之际，暴怒、怨艾与哭泣都不过是自取其辱，我便安静地躺着，稍微清醒些之后，竟然生出恶狠狠的快意：谁能像我，如此这般睡在夜幕里？谁能像我，别人都在动，而我是不动的？转而蒙头睡下，可是，就像一道闪电劈入我的体内，命定的神示被闪电送来眼前，照亮了头脑，我突然想起来，在黑夜的深处，乃至光明的正午，那七尊苦水菩萨却是跟我一样：别人都在动，而它们是不动的。一念及此，心脏顿时狂跳起来，我竟然就像第一次看见它们之时，瑟缩着，战栗着，几欲狂奔而去，但是这一次，却不是离它们而去，而是要跑向它们，离它们越来越近。

正信的到来，就是在轻易的刹那之间：尽管寺庙与小镇有别，人间与神殿有别，凡俗肉身与柏木神像有别，我终究还是知道了，它们不是别的，它们正是我的玩伴、团伙和夜路上的同行人。我活该亲近它们。

几天之后，天有小雨，大病初愈，我站在了它们眼前。绝无慌张，安之若素。我在寺庙的中央站定，依次将它们看了一遍，说来怪异，之前的乖张狰狞竟然全都消失不见了，它们甚至是寒酸和破落的：有的油漆脱落了，有的则残损了将近一半，还有的从头顶裂开缝隙，这缝隙从头顶一直贯穿到腹部，迟早有一天，它将一分为二。是啊，竟然没有丝毫恐惧，我看它们多妩媚，料它们看我亦如是。看得久了，我仿佛听见它们在对我说话——当然，它们并没有开口，那其实是我在说话，我说一句话，就把这句话安排进它们的嘴巴，要它们对我说出来。

这是桃花源。太虚幻境。耶路撒冷。

直到现在，许多时候，或是画地为牢之时，或是酩酊大醉之后，我依然能够偶尔看见那个在旷野上奔跑的孩子：每隔两三天，他就要跑出镇子，跑向山冈上的洞天福地，沿途的蒺藜丛不在话下，再大的雨也不在话下，就算小河涨水，大不了便卷起裤腿蹚过去，这小小的翻山越岭，从出发到抵达，从未超过半小时。唯一令他难堪的枝节，仍然是在镇子的东头和西头，还是会有人莫名地叫唤他前去，再莫名地施以拳脚。

但是，奇迹再次从天而降，他记得，并将永远记得：终有一日，在拳脚还未上身之前，他突然发作，变成狂暴的狮子，二话不说，将对方打倒在地，还不肯罢休，手里拿着砖头，再去追赶余下的人。余下的人全都惊呆了，有人便忘记了逃遁，又被他打翻在地，倒地之前，那个人的脸上满是惊恐之色，更多的却是疑惑——究竟发生了什么？

他也不知道发生了什么。斗殴结束，当他朝那七尊苦水菩萨狂奔而去的时候，他也迷乱而不得其解，而更加迷乱的狂喜几乎占据了他的全部身体，在狂喜中，他甚至一遍遍低下头去，打量自己的身体，他做梦都没想过，它们也可以揭竿而起；但他隐约地知道，自此之后，他大概要重新做人；并且异常清晰地知道：这奇迹，全都由菩萨们赐予，多少功课和磨洗之后，露水结成了姻缘，教养有了结果。

轻轻地，轻轻地坐下，什么也不做，只是练习笑。他一直恼怒自己，笑一下，这么容易的事，怎么就不会做呢？在寄居的家庭里，他倒是早早就学会了察言观色，并且明确地知道：如果能够见人就奉上笑容，他的处境肯定会比现在好得多；他也经常使出浑身解数，远远看见有人走近了，他便痛下决心，提醒自己，说什么也要笑，哪怕是谄媚地笑，小心翼翼地笑，这些都算，但直到来人又远远走开，他还是没能笑出来。笑，先是令他觉得羞耻，而后又为笑不出来更加觉得羞耻。当然，他不可能一次都笑不出来，但那多半是在挨打之后，看着对方，他倒是异常自然地笑出来了，没有笑，他便度不过此刻，多年之后，等到学会更多的字词，他才知道，那就叫作讪笑。

讪笑，确实是他在相当漫长的光阴里，唯一学会并且使用过的笑。

现在好了，对着菩萨，轻轻地坐下，先将它们请下神坛，再把它们想象成七个熟识的人，一一都起了名字，然后就开始分别对它们笑。功课要做到最足，来的路上，他已经搜肠刮肚，从记忆里翻找出不少美好的事情，小心藏好，到了现在正好可以拿出来了：吃过的糖果，母亲身上的香气，一只藏在衣柜里的鸭梨，等等等等。他闭上眼睛，想着它们，就像是在用手抚摸它们，再提醒自己，不要急，慢慢来，一，二，三，开始吧。

开始吧，一天，两天，三天，他反复地开始，反复地笑，苜蓿地作证，这寻常的小事里，也埋藏着艰险，也要过五关，斩六将。谢天谢地，终有一日，他可以确定，他学会了这件小事。其时是在黄昏，寺庙里雾蒙蒙的，当他睁开眼睛，看着眼前的七位恩人，喜悦与礼赞同时滋生，他的眼睛里涌出了泪水。这七尊菩萨，绝不只是隔岸的看客，看起来什么也没有做，但事实上，它们什么都做了——这世上有些人的笑，先是需要确信，有人愿意注视他，其后，又想要确信，他的笑不会引来对方的嘲笑。

接下来，还要练习反抗。不是要学会刀枪剑戟，他要做的，仅仅是把怯懦从身体里一点点抠出来。世界何其大，但是就算命如蝼蚁，你终归有你的一小块花草河山，比如我有这七尊菩萨；菩萨何其大，但是越大的法门，越被它们安放在最微小的事物之中。它们可能无法给你带来一个人，乃至一群人，但是，它们好歹给你带来了一条狗。

那条狗，是被另外一条猛犬追来的，全身淌着血，仓皇闯进寺庙，双腿一软，便在菩萨们眼前倒地不起，它似乎病得也不轻，躺在地上，全身力气只够用来喘息，哪里还能稍作反抗？但那猛犬却好似恶灵附身，不肯休歇，吠叫着冲上前来，又再一口一口咬下去；那狗只是哀鸣，抬起头，悲痛地看着不说话的菩萨，还有躲藏在菩萨背后的我。

我以为死亡是它的结局，但是我错了：或是天性，或是狠狠地赌一次，它竟然缓缓站了起来。其时，如若菩萨有灵，我相信它们亦会觉得惊骇。那条猛犬也惊呆了，多少有些迟疑，好像是在迟疑着是否再次痛下杀手，可是晚了，站起来的生灵已经先来一步，闪电般咬住了它的喉管。这一次，发出哀鸣的换作了它。费尽气力，它终于挣脱，转而四处奔逃，哪里想到，可能是红了眼睛，也可能是为了其后再不被欺侮，站起来的生灵竟然牢牢地盯住它，就在七尊菩萨之间上下追逐，一阵嘶吼缠斗之后，那只猛犬号啕着跑出了寺庙，喉管处血流不止，到了这个时候，能够逃走已经是它的荣光。

再看胜利者，绝无嚣张之色，继续躺卧在地，安静地喘息；还有菩萨们，一番狼藉之后，破碎的菩萨更加破碎，其中一尊的耳朵都掉落在了地上。稍后，难以想象的事情发生了：那条狗，竟然沉默着走向了这只无辜的耳朵，它间或舔着这只木头耳朵，间或又抬起头，宁静地朝菩萨们张望，眼神里竟然流露出几分畏惧，其时情境，就像一个犯了错的童子，再次变得温驯，被恩准回到了炼丹的炉边。而我，我已经震惊得说不出话来，这眼前所见，全都无心插柳，可分明合成了一座课堂——如何能像这条狗，在最要害之处，去反抗，去将肝胆暴露，而不是死在一身怯懦的皮囊之内？反抗过了，活下来了，又如何能立即被庄严震慑，去跪伏，去轻轻地舔那只木头耳朵？

世间名相，数不胜数，各自无由相聚，再无由分散，但就在这无数聚散之间，真理和道路却会自动显现，此中流转，正好证明了做人一场的美不可言，可是菩萨们，我若没有和你们的共处，机缘怎么会将我笼罩和提携？我又怎么可能在如此幼小之时就明白，这一生，一定要活过那条哀鸣的狗？

多么好的时光！露水与羔羊，热茶与冷饭，供销社和油菜花，这满目所见，都在被那个十一岁还是十二岁的孩子赤裸地亲近，并且，他还在合唱的队伍里第一次发出了自己的声音，没有错，他正在秘密地修改自己的模样，该笑的时候便要笑，难堪来了，也不要羞于见人。他甚至提醒自己，少一点寡淡，多一点身轻如燕。有一回，他被在荷塘里挖藕的人们接纳，也去挖了一下午的藕，天气寒冷，每个人都在抱怨这该死的天气和生活，但是，看着眼前肃杀的镇子和沮丧的人们，他突然觉得骄傲：当此之际，唯有他是喜悦和不折服的，因为他的身体里住着一座庙，庙里住着七尊菩萨。

他爱它们。

难免会自己问自己，他究竟爱它们什么呢？毕竟年纪尚且幼小，他想一想便不再想了，只是确定了一件事：他将它们关闭在自己的身体里，只要不开门，它们就一直在。这是一个比山冈更加庞大的秘密，不不，比天还要大，但又古怪、灵验和不足为外人道。

非要他说，他便说这是欢喜，只要在菩萨面前站定，他就能在第一刻觉察到自己的微小，但与此同时，他比任何时候都更清楚，它们面前站着的，是一个重新做人的人，这个新人贪恋与菩萨们相关的一切——他爱夏天的凉风吹过它们的躯体,把头埋伏在它们中间,可以嗅见若有似无的柏木香气;他爱纷飞的大雪穿过破落的屋顶,将它们一一掩盖,这是他见过的七尊最大的雪人;他还爱它们日渐残损和暧昧的脸容,即使有白蚁群居其内,他也觉得那是白蚁们和他一样,正沉醉于它们的福分之内;是的,这一切他都爱。就算最后的结局来到,寺庙倾塌,这七尊菩萨不知所终,他竟然并不悲伤,而是迅疾地爱上了菩萨们消失后的空地,这空地被一层薄雪覆盖,白茫茫真干净。

这便是他所领受的最刻骨的恩典:早在更多贪恋与贪恋之苦依次展开的好多年之前,他已经知道了什么是爱,什么是隐秘且将肉身肝肠全都献出的爱。

是的,大雪天,我又生病了,好多天缠绵于病榻之上,与此同时,在山冈上,那座寺庙终于倾塌了。倾塌之后,镇子上的人们陆续前去,将尚能派上用场的砖石土木悉数搬走,等我气喘吁吁地前去,山冈上徒剩了些零星的瓦砾而已,我再跑回镇子,逢人便问那七尊菩萨去了哪里,但是,根本没有人能说清它们的去向。

是啊,我竟然并不觉得悲伤,或者说,菩萨们的教谕,已经让我学会了如何抑制悲伤:早在消失之前,它们有的没了耳朵,有的双臂腐朽,有的连头都干脆断了。它们手中的法器：那些剑，钺刀，金刚杵，也几乎全被白蚁蛀空。这都说明了一件事：它们迟早要驾鹤西去，归返道山，我迟早都有和它们永不再见的那一天，而悲伤并不匹配它们的教谕和离去。但是，话虽如此，我还是多少觉得失魂落魄，还是逢人就问它们的下落。

忽有一日，我得知一个消息，有一尊菩萨被人拾得，抱回了家中。我欣喜若狂，急忙问清楚那人的地址，一刻也没停便飞奔而去了。到了门口，却是倒吸了一口凉气，因为这一家的主人除去是一个鳏夫，还是远近闻名的疯子，不仅是我，就算换作别人，也全都不敢跟他搭讪说话。在他的门前，我来来去去走了几十遍，终于未敢推门而入。

整整两个月，几乎每天，我都要找到理由，放弃平日里走的路，偏偏地走到疯子的门前，去观望，去窥探，看看这里到底是不是菩萨的下落，但是一无所获，自始至终我都没有看见它。

我终于生下一个恶念：管他哪一天，只要疯子不在，我就翻墙入室，去将菩萨偷出来——可是，话未落音，告别的日子就来了，远在天边的父母突然现身，决定将我带走，从他们出现，到带着我坐上离开小镇的火车，只用了短短几个小时。

夜幕之下，当绿皮火车在旷野上开始缓慢地行驶，我回头眺望沉默的小镇，还有镇子上黯淡的灯火，悲伤便不可抑止地到来了。我懵懂地相信：这个小镇子给予过我黑暗，但也给了我黑暗之后的光亮，然而照亮我的菩萨们，如无意外，我们已是后会无期了。

终究还是说错了——仅仅车行十分钟之后，它们便出现了。

"如欲相见，我在各种悲喜交集之处"，抬起头来，我仍旧清晰地看见了它们：在车窗外斑驳的树林里，在月光下的稻田中，在车头灯照亮的铁轨前方；乃至二十多年之后的今天，我还能看见它们：在虚与委蛇的酒宴上，在被关了禁闭一般的小旅馆，就算在遥远的波罗的海岸边，我一抬头，便看见它们端坐在波涛之上，一如既往地宁静、庄严和怒目圆睁，剑指虚空，金刚杵发出轻微的铮铮之鸣。

这么多年以后，可以告慰的是：我还在笑。当然，最多的是苦笑，但这苦笑里藏着赞美，如果做人一场必然要去接近一个正果，那正果便理当包裹在艰险之中，去笑，才是首先将失败的结果放入怀中，再去接受它，抵达它；去笑，而且言语不多，才能响应接连的呼召，才能忍耐无穷的诡异与可怖，才能揭开万物的面具，认出哪个是万物，哪个又是你自己。

还有反抗。你们知道,我一直在写。时至今日,我还在写,这几乎已经是我唯一擅长的反抗了,但它并没有给我带来多少荣耀,相反,失败之感一直在折磨着我,好在是,经由你们和一条狗的教养,我还不想这么快就低头认罪,唯有不断写下去,反抗方能继续,正见方能眷顾于我:这一场人间生涯之所以值得一过,不只是因为攻城夺寨,还因为持续的失败,以及失败中的安静。这安静不是他物,而是真正的,乏味和空洞的安静;这安静视失败为当然的前提,却对世界仍然抱有发自肺腑和正大光明的渴望。

菩萨在上,闲话休提,接着说奇迹。奇迹是这样发生的:就在半个月之前,为了参加一场葬礼,二十多年之后,我重回了当初的小镇子;葬礼结束,我一个人在镇子上游荡了大半天,但满目里没有一处还是旧日风物,不觉间,就走到了一大片杂草丛生的荒地上,这当初的旧城,就像当初的寺庙一样,徒剩残砖瓦砾,全无半点生机。就在我转身离开之际,无意中看了一眼不远处的一座倾塌的房屋,只一眼,全身上下,便如遭电击。

此处不是别处,正是当年那个疯子的家,我所见之物也不是其他,正是当初被他抱回去的那尊菩萨。多年不见,它受苦了：深陷于淤泥之中，油漆脱落得不剩一丝半点，没有了鼻子，没有了嘴巴，腹部以下腐烂殆尽，倒是手中的那支残剑，尚且依稀可辨，并没有化作淤泥的一部分。一见之下，我先是恍惚了一阵子，紧接着，杂念便纷至沓来：我该带走它吗？我该买来香烛祭拜它吗？又或者，我是不是干脆请来工匠，将它的模样彻底修复？

都没有。这一切全都没有。

只是说了一下午的话。话说完了，我便走了，后半夜的星光下，着急赶火车的人离开了杂草丛生之地，连头都没有回，但一路上，他都在心底里不断地对它说：相比其他六尊菩萨，你可能是最不幸的一尊，但这也未尝不是天命，我若能当得起失败，你就当得起孤苦伶仃；说不定，这不过是崭新的机缘正在开始，天明之后，又一桩造化便要铸成。此一别后，你我当真正的再不相见，你且继续端坐于此，剑指虚无，直至尸骨无存；而我，我要去赶火车，走夜路，先活过那条哀鸣的狗，再回来认我的命。

看苹果的下午

在回忆中，我首先看见的是一片油菜花，漫无边际，就像滚烫的金箔从天边奔流过来，压迫着我，最后定要将我吞噬；之后，便是蜜蜂发出的鸣叫，这嗡嗡之声可以视作春天的画外音，从早到晚，无休无止，既令人生厌，也足以使久病在床的人蠢蠢欲动。

暂且放下回忆，读一首诗，米沃什的《礼物》："这世上，没有一样东西我想占有；没有一个人值得我羡慕；任何我曾遭受的不幸，我都已经忘记。"二十岁出头，我才读到这首诗，一读之下，顿觉追悔：如果我早一点爱上诗歌，早一点读到这首诗，那么，当回忆一再发生，那个形迹可疑的人再三陷入焦躁之时，我便会劝他安静，坐下来，背靠青草环绕的篱笆，听我念余下的句子："想到故我今我同为一人，并不会使我难为情……"

那个看苹果的下午，他实在太焦躁了。他先是对着一片桑葚林信口开河，说就在十年之前，他曾经只用一棵树上的果实就酿出了五十斤桑葚酒；而后又说王母娘娘其实是附近村子里的人。见我冷眼旁观，他也只好悻悻住口，转而看见一头黄牛，跑过去，想要骑上牛背，可是，费尽周折也没能骑上去，回过头来，凄凉地对我说："想当年——"话未落音，他就被黄牛踢倒在了地上。

其时情景是这样的：一个中年男人，带着一个十岁左右的男孩子，两个人素不相识，但却结伴走了几十里的路。其间，男孩子有许多次都想离开，中年男人却一直劝说他留下来，看上去，就像一场诱拐。话说回来，这到底是因何发生的呢？

因为我想看苹果。真正的，从树上摘下来的苹果，而不是画报上的抑或别人讲出来的样子。长到十岁出头，我还没见过真正的苹果，这自然是因为我长大的地方不产苹果，其次也说明，此地实在太过荒僻，荒僻到都没有人从外面带回一只来。说来也怪，自从有一回从一本破烂的画报上见到，我就开始了牵肠挂肚，一心想着真真切切地见到它，抑或它们。

好消息来了。赶集归来的人带来一个消息：有一辆过路的货车坏在了镇子上,车上装的不是别的,恰恰就是真正的,从树上摘下来的苹果。说者无意,听者有心,当天夜里我就在梦里贪得无厌地吃苹果,吃了一个,再吃一个。天还没亮我就醒了,天刚蒙蒙亮我就悄悄出门了,是啊,我终于忍耐不住,决定亲自去镇子上走一遭,去看看那些传说中的苹果。

可是,造化弄人,当我气喘吁吁地来到镇子上,那辆货车已经修好了,苹果们刚刚在半个小时之前绝尘而去。它们无爱一身轻,只是可怜了追慕者,沮丧得绕着镇子走了一遍又一遍。天可怜见,好几十里的山路,用了整整一个上午才走完,脸上都被沿途的蒺藜划出了一条条口子。也就是在此时,我遇见了他,那个宣称一定能带我看见苹果的人。

作为一个远近闻名的牛贩子,他终年累月都在周边的村镇游荡,所以,我自然也认得他,我还知道,牛贩子的手艺让他过得不错,但也让他享有本地最为败坏的声名,多数人遇见他都避之不及。我自然也是。当我在茶馆门口看见他被众人赶出来的时候,全然没想到他会找我说话,我只是想稍作歇息,然后便动身回返。看见他坐到我旁边,我原本想抽身便走,然而鬼使神差,我竟然不仅告诉了他此行的目的,而且,还答应他,跟他一起,继续去到镇子外的深山里见识真正的苹果。何以如此呢? 一来是,我实在太想见苹果们一面了,在我的玩伴里,虽说有的去过县城,有的拥有一本

《封神演义》，但见过苹果这件事，却足以使我在一个月之内被人簇拥；二来是，牛贩子说的那片苹果林，其实是在我来的路上，这个事实过于耸动了，我当然将信将疑，但是他说得有鼻子有眼，我也不得不信。

关于那片隐秘的苹果林，他是这么说的：它们的主人，从前在四川茂县当兵，退伍回家时带回来一些苹果籽，也没放在心上，前几年，家里发生了火灾，一夜之间，家徒四壁，实在没办法了，为了不让人笑话，又为果实长成后不被人偷，他便在深山里选了一处地界，播下了苹果籽；几年下来，在不为人知的地界，苹果树已然长得比寻常的桑葚树还要高，而眼下，算我有运气，正好是挂果的时节，这本是天大的秘密，但他恰好和果园的主人是结拜兄弟，所以，他才有机会带我去看它们。"感谢的话就不用说了，"他说，"我也要去看我的兄弟。"

话说到这个地步，如果再不相信，即使以我当时的年纪，也害怕自己是不可理喻的，于是，我便和他出发了。

这时春天刚刚掀开了序幕，油菜花在怒放，河水异常清澈，青草发出香气，牲畜的身上全都燃烧着欲望之火。即使我还是个小孩子，面对这眼前万物的汹涌之美，也不禁心生惭愧，担心自己恐怕不能匹配它们。这不管不顾的美，甚至不是造物的恩宠，而是被化身为铁匠的天使们锻打出来的，炉火熊熊，火星飞溅，敲击声此起彼伏——哦，我走神了，甚至都忘了苹果——再看牛贩子，他显然也忘了，难以置信的是：在一片油菜花的中央，他先是像只蜜蜂，夸张地嗅着花蜜，嗅着嗅着，他竟然哭了。

他忘了苹果不说，还在莫名其妙地哭泣，我当然非常不悦，不耐烦地催促他赶紧上路。他倒是没有拖延，跟我一起朝前走，沉默着，全然不似之前的喋喋不休，突然又问我："你有什么对不起父母的事情吗？"我根本未加理睬，没想到，他的哭声竟然转为了号啕，面对着刚刚走出的那片油菜花，他一边哭一边叫喊："我妈埋在这里，我却把地卖了，现在连坟地都没了，我真是狼心狗肺啊！"

却原来，他也是有故事的人。但是很遗憾，这个下午我不关心全人类，我只想念苹果。说话间，我们开始翻越一座山，起风了，天上的云团也开始变幻，阳光渐渐变得黯淡。我担心天气转阴，接连要他走快一点，哪里料到，这个声名狼藉的牛贩子，竟然比我这个岁数的人还要幼稚：一群喜鹊从树梢间飞出来，他追在后面小跑了半天，却是跑向了跟我相反的方向；随后，他又为一片燕麦的长势而长吁短叹；迎面看见一条小青蛇，已经死了，他蹲在小青蛇的旁边，看了又看，看了又看，怎么叫也叫不走。

他的种种行径，令我十分不齿：一个本地的牛贩子，又不是来自遥远的首都，这满目景象，全都是寻常所见，何苦要像一个城里人般大惊小怪呢？

下山之后，眼前有两条路，一条通往我的村庄，另外一条，按照牛贩子的说法，则可以去往秘不示人的苹果林，奇怪的是，他竟然走上了我回家的路，经我提醒，他才连声说都怪我，这一路都不跟他说一句话，这比杀了他还难受；其后，他又开始了赤裸裸的威胁：如果我再不跟他说话，他便要就此与我分别，至于苹果，"反正你长大了总会看到的。"他说。

我问他，我到底要对他说些什么，才能令他满意，他竟然说："那就讲个故事吧，讲讲《封神演义》。"

多么怪异的下午：此行我是为苹果而来，转眼之间，却在给一个牛贩子讲故事，其中转换，真是难以言表。而这已经不是第一次：在刚刚翻过的那座山上，他就一直在不断地央求我跟他说话，"到底什么是童话？"他问，"你讲一个给我听听吧？"但这中年人的要求实在过于诡异，我断然拒绝了他。好在，他突然遇见了一个熟人，正推着自行车从对面走过来，瞬时之间，他立刻便像换了一个人，表情变得夸张，大呼小叫着奔了过去。

对方显然是认识他的,但面对他的嘘寒问暖,并没有给予足够的回应。他想要跟对方握手,结果,自己的手伸出去了半天,对方的手却没有伸出来,匆忙招呼了几句,骑上自行车就走了。他盯着对方看了一会儿,悻悻跑回来,对我说:"我都不嫌弃他,他反倒还嫌我。"我不信他的话,故意问他,人家在嫌弃他什么,他稍微愣怔一会,恼怒地说:"你听好了,我是说我不嫌弃他——"紧接着又补了一句:"他有癌症,胃癌,你知道的,胃癌又不传染,我不嫌弃他是有道理的。"

多么让人欲说还休的时刻:不愿意跟他握手的人径自逃远了,我却受困于此,为了一睹苹果们的真颜,只好跟他讲起了《封神演义》。然而,虽说我有千般不情愿,他居然还全无耐心,这第一回,"纣王女娲宫进香",我才说了个开头,他就重新变得焦躁,打断我:"不如,我们说说女人吧。"以我此时的年纪,女人,这是多么羞耻和不能提起的话题,我停下步子,看着他,他也盯着我看,竟然发出了一声叹息,"唉,你还是个小孩子。"他说。

就在如此厮磨之间,下午的时光过去了大半,黄昏已经近在咫尺,风渐渐小了,田野上的作物们渐渐变得安静,不知何时起,连蜜蜂的嗡嗡之声都消失不见了,我们却还是没有走到我们的目的地,再看眼前,除了油菜花还是油菜花,既无村庄,也无深山,哪有什么苹果林的影子?

我怀疑他在骗我,我怀疑前方根本就不存在什么苹果林,而且,怀疑一旦滋生,就再也无法消除,越往前走,怀疑愈加强烈,只是想不通:他骗我走这一遭,为的是何缘故呢?"对啊,"他也愤怒地反问我,就好像受了多么大的冤枉,"我骗你有什么好处?"紧接着,他便一再宣称,苹果林距离此处已经只剩下不足五里路,如果一路小跑,半个时辰定能赶到;话说至此,我明明已经离开他,走上了回家的路,到头来,还是又折返到他身边,继续跟着他小跑了起来。

他几乎是个废物。小跑了不到十分钟,刚刚跑到一座小庙前,他就连连地剧烈咳嗽起来,停住步子,弯下腰,上气不接下气地喘息,稍后,又眼泪汪汪地看着我,表情里竟然掠过一丝明显的羞涩。我见他实在难受,就转而劝他稍作歇息,于是,两个人几乎还没开始赶路,就又在小庙门前的一棵柳树下坐了下来。

咳嗽稍稍止住一点,他便重新开始了信口开河,竟然说背后的小庙是吕洞宾修建的。我提醒他,吕洞宾是道士,不是和尚,他倒是毫不慌张,接口便说吕洞宾在当道士以前就是当和尚的。到了这个地步,我已看清他的面目:只要我跟他说话,他便会上了瘾一般将话题纠缠下去,无休无止。我便闭口不言，他先是讪讪而笑，转而又劝说我去庙里拜一拜。我忍无可忍，问他为什么不拜，他却笑了，笑着摇头："我这辈子，没什么菩萨保佑我，哪一尊我都不拜。"

天地之间仍然残留着夕阳之光，这光芒虽说还能穿透柳树的枝叶照到我们身上，但也正在一点点消失，我们站起身来，再往前走，哪里知道，刚走出去几步，我所有对苹果饱含的热情和想象就将宣告破碎，这个冗长的、看苹果的下午也终于来到了戛然而止的时刻——他站在我身后，定定地看着我，又认真地说："我是骗你的，压根没什么苹果。"

"我才是得了胃癌的人，可是，胃癌又不传染！偏偏就没一个人跟我说话……"多年以后，我还记得牛贩子一大段说话的开场白。其后，他告诉我，在得胃癌之前，他就没结下什么善缘，现在好了，胃癌缠身之后，人人都说他的病会传染，走到哪里都被人轰出来，他又孤身一人，无家无口，想找人说话都想疯了。偏偏遇见了我，赶紧就骗了我，先为的是，只想跟我说说话，再为的是，要是真的走不动路了，我说不定可以搀着他走。至于这一下午的行程，就算没有遇见我，他自己也会走一遭的，先去母亲已经不存在的坟地上看一看，再去看看一个女人，这个女人，是他的相好，"嘿嘿，这件事情谁都不知道，"他苦笑着说，"不过，我现在病发作了，一步也走不动，看不了她了，骗你也骗不下去了——"

世间草木为证：我一直都在怀疑他。但是，必须承认，他的话于我仍然不啻一声黄昏中的霹雳，彻底了断了我和我的苹果们，如梦初醒，我张大了嘴巴，半天说不出话来。

多年以后，我还记得我和他的告别：我发足狂奔，在燕麦与油菜花之间穿行，麦浪滚滚，犹如屈辱在体内源源不绝；以我当时的年纪，"死亡"二字还停留在书本上、电影里和千山万水之外，即使它就在我的身边真切发生，我也不会为了这件庞大的、远远高于自己的物事去惊奇，去难以置信，当此之时，屈辱已经大过了一切，这看苹果的下午，让我在震惊之后明白了一件事情，即，我可能是愚蠢的。一片并不存在的苹果林，就足以使我鬼迷心窍。这事实岂止"伤心"二字当头？那就是一清二楚的屈辱。在奔跑中，我委屈难消，悄悄回头，依稀看见牛贩子还站在道路的中央，似乎也在呆呆地看着我，不多久，像是连站都站不住，他趔趄着，又坐回了柳树底下。

而我，我还将继续奔跑，继续感受麦浪般起伏的屈辱，甚至到了后半夜，从梦境里醒转，想起自己的愚蠢，仍然心如刀割。我一点也不想再看见他。

人间机缘，翻滚不息，又岂是几处杂念几句誓言就能穷尽？事实上，就在一个多月之后，我便又见到了他。那一回，我受了指派，去镇子上买盐，归途中，路过一处人家，这户人家破败不堪，院落里长满了杂草，杂草间隙，又长着几株绝不是有意栽种的油菜花，稍微定睛，我竟然又看见了他，那个欺瞒过我的牛贩子。

此时的他，全身上下已经没有了人的模样，胡子拉碴，瘦得可怖，阳光照在他身上，就像是照在鬼魂的身上。他躺在一把快要塌陷的躺椅上，眯缝着眼，打量着来往行人，但身体却是纹丝未动的，几只蜜蜂越过油菜花，又越过杂草，在他的头顶嗡嗡盘旋，可是，无论他有多么焦躁，他再也没有赶走它们的气力了。即便年幼如我，也清楚地知道了这样一桩事情：他马上就要死了；他剩下的人间光阴，已经屈指可数。

自此之后，我再也没有见到过他。

也常常禁不住去想：在生死的交限，牛贩子定然没有认出我来，一如他定然想不到，我以为他带来的屈辱之感会在相当长时间里挥之不去，而事实上，它们并没有想象中的顽固，晨昏几番交替，我就在我的身体里找不到它们了，到了后来，我只记得，我有过那么一个怪异的看苹果的下午。

这么多年，我当然也见到了真正的苹果，四川的苹果，山东的苹果，甚至北海道的苹果，机缘凑巧，我还去了不少的苹果林，四川的苹果林，山东的苹果林，甚至北海道的苹果林。置身在这些苹果林里，偶尔的时候，漫步之间，我一抬头，依稀还能看见牛贩子，他就站在其中一株苹果树的树荫底下，仍旧形迹可疑，焦躁地四处张望，似乎是还在想找人说话。

这当然是幻觉。但我希望这幻觉不要停止，最好将我也席卷进去，让我和牛贩子重新走回那个看苹果的下午。果然如此，在小庙前的柳树底下，当他陷入疲累之时，说不定，我要给他接着讲一讲《封神演义》；最好是还能告诉他：无论你在哪里，不管是九霄云外，还是阴曹地府，为了自己好过，你终归要找到一尊菩萨，好让自己去叩拜，去号啕，去跟他说话。

这菩萨，就像阿赫玛托娃在《迎春哀曲》里所说："我仿佛看见一个人影，他竟与寂静化为一体，他先是告辞，后又慨然留下，至死也要和我在一起。"

在人间赶路

我的祖父曾经告诉我,他一辈子的确经历过很多不幸,其中最大的一桩,就是直到晚年才迎来真正的五谷丰登,相比年轻时的兵荒马乱,来日无多的人间光阴才是最要命的东西。我大致理解他:在他的朋友中,有的是牙齿坏了才第一次吃上苹果,有的是眼睛看不见了儿孙才买来电视机——这世上让人绝望的,总是漫无边际的好东西。

这庸常的人间,在我祖父眼中,不啻是酒醉后的太虚幻境。每次前来武汉,如果没有照相机跟随,他就不愿意出门。

在红楼门前,在长江二桥上,在宝通禅寺的银杏树底下,这城市的无数个地方都留下过他并不显得苍老的身影,每一张照片中的他都在笑着,笑容热烈得与年龄不甚相称,恰与站在他身边的我形成鲜明的对比。他告诫我,不要愁眉苦脸,看看他,去年还写出过"大呼江水变春酒"的句子。他认为,即使放在李白的诗集里也几可乱真;他又告诫我,要向阿拉法特学习,即使死到临头也要若无其事——看,我的亲爱的祖父,仅仅通过一台电视,他便对这世界了解得比我要多得多,就在几天前,在东湖里的一座山峰上,他郑重地告诉我:"超级女声里有内幕!"

这一次,他是负气出门,原因是我父亲不让他做胃镜检查,于是他要来武汉找他的长孙。不料,我也向他表达了和父亲一样的反对,并且一再告诉他:对他这样一个年过九旬的老人来说,每顿饭只喝半斤酒是正常的,他不可能再像八十岁时那样一喝就是八两,而所有做过胃镜检查的人事后回忆起来,无不都是心有余悸,他当然不信,只差说我是不肖子孙。

这欲说还休的一个星期,我的祖父每天都要对我施与小小的折磨,比如他居然要看到电视上出现雪花才肯睡觉,比如每天天一亮就要把我从床上拽起来,语重心长地告诉我:天行健,君子以自强不息。很明显,他是在和我赌气。终有一日,趁着我出门,他上楼下楼地跑了一下午,打听遍了所有的邻居,这才确信他这个岁数的人的确不宜做胃镜检查,到了这时候,他还是和我赌气,竟然要拉着我去东湖爬山。

小时候,我每天出门上学之时,他都要对我大吼一声:

跑起来呀！于是我就忙不迭地跑了起来；这么多年之后，爬山的时候，我怎么拦都拦不住，看着他远远地跑到了我的前面，又转身对我吼了一声：跑起来呀！但是，毕竟体力不支，喊了一半他就再也喊不出声来了，想了又想，只能坐在台阶上喘气，害羞地看着我。

我走上前去，和他坐到一起，两个人都在气喘吁吁，小小的战争宣告结束，我们迎来了温情脉脉的时刻。不知道何时起，他变成了个听话的孩子，安安静静地坐在我身边，似乎含有满腹委屈，但他已经不用申冤，刹那之间，我全都了如指掌：无论怎么变着法子和我赌气，他其实都是在寻找生机，他只有弄出声响，身边的人才会注意到他的存在，只要他觉得有人注意到他，他就是快乐的；写诗也好，熬夜看电视也罢，这些都是他喝下的药，这么说吧，因为近在眼前的死，我的亲爱的祖父，正在认真而手忙脚乱地生。

与此同时，这些天，我在寻找一个失踪了的朋友，正是他，在八年前告诉我：如果人生非得要有一个目标不可，那么，他的目标就是彻底的失败。

他说到做到，这些年，他辞去了工作，一直没有结婚，偶现江湖也是一闪即逝；半个月之前，他当年的女友在江苏的某条高速公路上开车的时候，突然泪流满面，打电话给我，拜托我无论如何也要找到他。

这下子好了，为了找到他，我一个星期打了比往常一个月还多的电话，参加了好几个形迹可疑的聚会，不断有人宣称知道他的消息，但是，每次当我喝得酩酊大醉从酒吧里出来，他仍然作为一个问题悬在我眼前。应该是在长江边的一间酒吧里吧，我突然有一种错觉：我怀疑我的朋友并未真正离开，说不定，他就躲在酒吧不远的地方打量着我们，就像村上春树老师的名言："死并非生的对立面，而是作为生的一部分永存。"

"向如此更新的世界告别是心酸的，"米沃什说，"他羡慕着，并为自己的怀疑羞愧。"我相信，对于米沃什的话，我的祖父一定深有同感；但是在我的朋友那里，这句话应该反着说，至少应该把"心酸"换作"无谓"二字。这么多年，他像一个生活在魏晋或者唐朝的人，我当然不至于将他看作是我们时代的嵇康与孟浩然，但他的确已经将生活看作一个玩笑，然后，心甘情愿地接受自己在许多时候成为一个笑料，所谓"梦中做梦最怡情，蝴蝶引人入胜"。是啊，当我们每个人都在争先恐后地进入，进入酒吧，进入电视和报纸，另有一个人，他的目标为什么不能是离开、接连不断地离开呢？

言归正传。

好说歹说全都没用，昨晚，在火车站，祖父拒绝了我的护送，一个人坐上了回去的火车，归途中，我突然想起了海子的诗，也想起了我连日来遍寻不见的朋友，正是他当初借给了我海子的诗集。苍茫夜色中，我的祖父和朋友都在人间赶路，上升的上升，下降的下降；坐车的坐车，徒步的徒步。

一如海子所说：把石头还给石头，让胜利的胜利，今夜青稞只属于他自己 —— 对不起，亲爱的祖父，我可以将你说成一株青稞吗 —— 你听我说，今夜的青稞，只属于他自己。

别长春

夜色之中，当我满心欢喜地走出长春火车站，丝毫想不到一年之后就会离开它。想那时：满城灯火都呈现出恰当的清淡，南湖边的白桦林被风吹得哗啦作响，丁香花的花期虽说刚刚被我错过，但香气还若有似无，通宵飘荡在斯大林大街的上空。

一个二十二岁的大学毕业生，远赴数千里之外，即将迎来他的第一份工作。

我的租住地，是在城市边缘的光机学院家属区，但全无不便，由此步行半个小时，即可到达我的工作地。这破落的家属区，如果是在南方，它几乎令人绝望：地上全是货车驶过砸出的泥坑，红砖砌成的单元楼摇摇欲坠，在楼群之间，各家各户随意搭建的小平房连成了片，起风的时候，笼罩着小平房的塑料布们猎猎招展，直至被吹上了天空。

但我没有半点失望，因为的确就是我念想了多少年的北国，那些别致而热烈的生机正在我眼前依次展开：烤串店的烟雾热气腾腾，啤酒瓶的碰撞声此起彼伏，男女如若相爱，赤裸的言辞更是不在话下。夜晚里下得楼去，随意走进一间小平房，即可与人高声谈笑，大口喝酒。到了清晨，我从家属区的后门去上班，要经过一片辽阔的菜地，每次，当我走在挂着露水的白菜们中间，我都疑心自己会在长春过上一辈子。

终究还是不行。难处很快降临了。事实上，在长春，我遭遇的所有难处只有一桩，那就是语言的丧失。和刚刚开始工作一样，我也在刚刚开始写小说，这些小说虽然拙劣，但南方风物景致却是显而易见：青苔，护城河，石拱桥，春天里四处弥漫的腐败气息。我自小在其中长大，依赖它们，而现在，几乎在一夜之间，当我写作，我突然找不见它们的踪迹了。

一边是宽阔的大街，碧蓝而肃穆的天空，庄重到庞大的苏俄及日式建筑，还有铺展千里的松嫩平原上，高粱和玉米正在燃烧般热烈地生长；而另外一边，是窄而弯曲的小巷，总也晒不干的衣物，还有常年积着渍水的青石台阶。一个是北方，一个是南方，我就站在中间，两条看不见的绳索将我左右撕扯，我竟然不知道该描述谁了，"心中有美，但又苦于赞美"。

这不过是一场失败的写作生涯掀开了序幕,但彼时之我却茫然不知,只是一心要将自己的一生都固定在白纸黑字之上。从未想到,前来北国,吃饭不是问题,与人相处不是问题,到头来,语言却成了最痛彻的折磨:在没有学会描述北方之前,我唯有写下南方,而属于南方的字词就像被北方的言说吓破了胆子,纷纷逃遁,我通宵达旦在等待,但它们都没有来。

我无法不失魂落魄。就算把写作放下,生而为人,装着多少秘密,说着多少道理,终于能够过下去,不过是一再暗示自己:我们有可能靠近那些惨淡和自以为是的胜利,但说到底,一切胜利,不过都是语言的胜利。

而语言的裂缝还在扩大:坐车的时候,往右转,被称作"大回",往左转,被称作"小回";在菜市场里一路走下去,一路的菜贩子都在叫着"大哥",甚至更亲一点,"哥";在烤串店里,两个此前全不相识的女人,一番交谈,两三分钟后就可以叫对方"大姐",甚至更亲一点,"姐"——这些我都不习惯,甚至生出了拒斥,于我而言,"哥",只代表着我的弟弟,代表着我与他之间的亲密、冷战和他远在比利时的孤单;"姐",我叫过人姐姐,那是在我被寄养的幼时,有一个长我几岁的女孩子，在我饥寒之时经常给我吃喝，一见到她，我就想到我的母亲，想到我的母亲为什么没有在我之前生出她。

就是这样。我熟悉的字词，言说，还有附着在其上的情感，乃至伦理，正在像河水般从我的体内流走。我已然坐卧不宁，但又无法对旁人道明，于我严重的疑难，也许对旁人只是些微小事。满大街的人群里，要是人们知道有个人在为如此荒谬的小事而茶饭不思，只怕会笑出声来。

开始想法子。开始寻找可能去靠近我熟悉的语言。在我上班的途中，会经过华侨宾馆，有一阵子，一个大型的书市在长春召开，来自湖北的与会者们就住在这里。这天清晨，我从宾馆门前走过的时候，看见大门上悬挂着"欢迎湖北代表团"的字样，并没有想到我会和这个会议有什么关系，只是在心里动了一下，但是，工作到下午，我便决定下来，要去做一桩必须去做的事情——我跑到华侨宾馆，找到一个不相识的家乡人，告诉他，书市上如果需要人手的话，我十分愿意帮忙，且是分文不取，对方盯着我看了半天，答应了。

在书市上，我当了整整十天的搬书工，终日里，那些繁杂的书堆，被我从一个场馆搬到另一个场馆，虽说疲累不堪，但当我走在回到光机学院必经的菜地里，却也满心欢喜，双脚生风：被人送了好多书，也拽着人说了好多话，就在这些说话之间，许多我熟悉的事物都在舌头上一一复活了。譬如桑葚，合欢，梅雨天；再譬如鳜鱼，芭蕉，竹林里的野狐禅。

这是一场嘴唇和舌头的盛宴。多少一生都用不上的字词，都被我挖空心思地想起来了，说出来的时候，放心且全无障碍，它们可以被呼应。然而天下哪有不散的筵席，十天以后，家乡人全都离开了长春，我又重新独自活在了我的北国之城，我倒是并不为他们的离去而悲伤，我悲伤的是：不管我有多不舍得，长亭沽酒，灞陵折柳，好一番十八相送，那些话语和字词终究是别我而去了。

所以，寻找只能继续——整整几个月时间，菜场，餐馆，电器维修店，甚至在光机学院的左邻右舍中间，我一直在寻找着家乡人，寻找着在北方尤其显得古怪和不可理喻的口音，一旦寻见，我就找借口上去攀谈，结果并没有多好：好不容易找见一个，这口音却往往正在被它的主人用于叫卖，用于训斥孩子，甚至是用于乞讨，生活和生计，正在折磨着这些口音和它们的主人，事实上，它们没有工夫停下，来与我的口音相逢。

打这个时候起，我已经大致可以想象得出：我与长春，可能终须一别了。

世间的语言，何曾只是滔滔言说的工具？它是身世，是情欲，是梁山泊，也是雷音寺。管它是像毛线团扭结在一起，还是像大雪后的平原般一览无余，你只要走进去，就理当躲得进楼阁，认得清花径，可以大闹天宫，可以为虎作伥；更有那些言说：高音，低音，呐喊，哭泣，喃喃自语，喋喋不休，它们除了是口舌的信使，更是在见证你的悲痛，你的狂喜，你的被侮辱与被损害。

对一个正在开始写作的人来说，你所信赖的语言，即是你所信赖的生活，抛却道德，哪怕它是一个恶棍，你也应该向它宣誓，向它效忠。

可是在长春街头，我失去了我俯首称臣的对象。

结局是突然到来的。这一天，我从红旗街的地下音像市场出来，被一辆汽车蹭得踉跄着跑出去好几步，结果却并无大碍，没料到的是：当我还正在低头检查身体可有受伤之处的时候，车里跳下来的人却立刻开始了恶言相向，我当然要与之反驳，与之争吵，但终于没有，因为当我要开始争吵，竟然没有一个恰当而凌厉的字词从我的嘴巴里蹦出去，要命地，当对方声色俱厉的时候，我却站在南方与北方的中间，犹豫着到底要选择哪一句话来进行还击，想想这一句，再想想那一句，左右为难，但这难处已经与对方、与当时的急迫处境全无半点关系了。某种凄凉之感诞生了，这凄凉之感告诉我：也许，真的到了离别的时候了。

有何胜利可言？我再次走进长春火车站之时，天上下着大雪，北方之美正在天地之间汹涌地呈现：雪落在火车站的屋顶，使得茫茫夜空更加深不可及；雪落在小饭馆的玻璃窗上，使得窗内的寻常烟火和说话都极尽热烈；雪落在斯大林大街的松树上，一根松枝悄无声息地被压断；雪落在收割后的松嫩平原上，劳苦的儿女终于可以离开，待到明年再来；如同詹姆斯·乔伊斯所说，"雪，落在所有的死者和生者身上"，自然，也落在我这个战败者身上，是啊，满火车站的人怎么也不会想到：在这个城市里，有个人为了一桩荒谬的事情打过一场仗，现在，他战败了，正准备落荒而逃。

有何胜利可言？自从回到原籍，已经十几年过去了，写出过一些小说，更多的时候则是什么都没写，真相是，什么都写不出。现在的问题是：从相信语言开始，我相信了这些语言背后的事物，但是，时代流淌得是多么急速，我宣誓和效忠的事物正在一点点碎裂，全都化为了齑粉；和在长春时一样，我又站在了中间地带，甚至是站在了死结上，一边是活生生的满目所见，一边却是日渐残损和喑哑的我的诸多相信，我该去拽住谁的尾巴，又该与谁如影随形？日复一日，先是王顾左右，再是痛心疾首，终了，举目四望：厨房，会议室，阴雨时的小旅馆，诸多航空港与火车站，竟然全都变作了长春，那个二十二岁时、连争吵都找不出恰当之词的长春。

面对这四野周遭，我到底该如何是好？

却也没有别的法子，认输吧。唯有先认输，再继续写，继续挺住。就像威廉·斯塔夫，旁人问他："你为什么还在写？"他问旁人："你为什么不写了？"

没有别的法子。唯有将正在苦度的每一处都视作长春。先去书市上做搬运工，再去菜场、餐馆和电器维修店，甚至来到光机学院的左邻右舍中间，去寻找可能会相逢的口音。是啊，唯有再打一场注定失败的仗，最后成为那个落荒而逃的人——十几年过去，我多少已经明白：别离不是羞耻，它只是命运的一部分。犹如此刻，我写下了一次生硬的、不足为外人道的别离，却又想起了罗伯特·勃莱的诗——

"我对自己说：我愿意最终获得悲痛吗？进行吧，秋天时你要高高兴兴，要修苦行，对，要肃穆，宁静，或者在悲痛的深谷里展开你的双翼。"

小周与小周

"……她看人世皆是繁华正经的,对各人她都敬重,且知道人家亦都是喜欢她的。有时我与她出去走走,江边人家因接生都认得她,她一路叫应问讯,声音的华丽只觉一片艳阳,她的人就像江边新湿的沙滩,踏一脚都印得出水来。"

—— 在胡兰成的书里,他曾经记叙了这么一位汉阳女孩子小周,凑巧得很,在汉阳,我也认得一个叫小周的女孩子。

和民国年间的小周一样,我认得的这个小周,也是颇得周边四邻欢喜的。她开着一间美发店,只要是小孩子来剪头发,多半都不要钱。闲下来,她也像个小孩子般,楼上楼下疯跑。平日里,她除了养狗,还养了一群鸽子,为此故,后来我只要想起她,第一个念头便是她又牵着狗在巷子里奔跑,哪怕雨天,她的裙子上沾满了泥点,终究还是不管,奔跑着,笑着,使一条街都变得亮堂,变得有颜色。

还有鸽子，她老是在美发店的天台上喂鸽子，喂饱了，一只只地捧在手掌里，盯着看一会，再一只只将它们送入空中，鸽子们飞远了，她还在盯着它们看，既认真，又心不在焉。

她多少有些心不在焉，因为她只对一件事情认真，那就是做演员。打我认识她，她就奔忙在本地的各家文艺院团之间考试，但从未获得录取的机会。失败太多，难免陷入沮丧，但她很快便又打定了主意，重新牵着她的狗在巷子里疯跑了起来。因为她相信，这只是暂时的，她不过是在走周迅的老路。

是的，在所有的女演员里，她最喜欢周迅，不，应该说，她只喜欢周迅。美发店的墙壁上，除了一张价目表，张贴的全都是周迅的画像——海报，封面，挂历，插图，不一而足。她想当演员的念想不是因周迅而起，但是，这世界上一个名叫周迅的存在的确给了她最为重大的安慰。这安慰并非是野心，并非是自己一定要像周迅那样被整个国家的人知道，一开始，仅仅是喜欢，喜欢她几乎每一回出现在银幕上的样子，而后才是敬慕——如果自己也能像她一样，从小城出发，最终变作国家的玫瑰，果能如此，该有多么好啊。

只要那个名叫周迅的演员仍然在演戏，汉阳小周对她的想象就不会停止，做演员的执念就不会停止，非如此不可，唯有如此，她才能忘掉不愿直视的周遭：多病的母亲，渐渐增长的年龄，门庭冷落的美发店，以及，她越来越成了街谈巷议的笑柄。

我也看过不少周迅演的电影，有一回，在黑暗的影院里，看着银幕上的周迅，我突然明白了，小周身上的神态，那种既认真又心不在焉的神态，也来自周迅，她一直都在模仿她，这模仿着实耗费了不少心力，但不得不承认，她模仿得刚刚好，我刚刚能从她的眉眼和奔跑中看见周迅的影子。与此同时，在她拒绝了许多次提亲之后，以街坊四邻看来，她几乎成了一个怪胎，如此，嘲笑既起，就愈演愈烈，她却还是不顾，美发店有一搭无一搭地开着，大部分时间里，她都在医院里照顾母亲，剩下的空闲，她照旧遛狗和喂鸽子，每一回，鸽子们早就飞得老远了，她还在盯着看。

有一个雨天，我在巷子口遇见了小周，她全身上下都被雨水淋湿了，本来已经从我身边跑过去了，又折回来，站到我的伞下，跟我说，她去看周迅了，可是她的运气实在太坏，乘坐的公交车在半路上抛锚了，她好不容易赶到江边的电影院时，周迅却刚刚结束电影的宣传活动离开了。

和往日相比，她的话少了许多，也几乎没有笑过，最令我诧异的，是她开始怀疑自己一辈子的运气也就这样了，她告诉我，她要离开，去北京，她就不信自己混不出来。因为不知道该如何劝说她，我便将自己当作她的听众，听她说了一路，自始至终，她都在说，她要离开，她一定会离开。

可是，哪有那么容易离开？为了给母亲治病，她家的房子已经卖掉了一半，美发店自然关门了，母亲的病却非但没有好，反而越来越像是不久于人世的样子，但越是如此，她越是告诉自己，也跟更多的人说：她要走，她马上就要走，最迟下个月她一定会走。渐渐地，关于她的笑柄不再单单是她想做演员的事了，还有她的迟早一定去北京，人们个个都心知肚明，却偏要故意问她什么时候去北京，又或者径直告诉她，北京最近的天气不错，去了就多待一阵子，不要着急回来。每逢此刻，她倒是镇定的，像一把剑，定定地站住，再告诉对方：她马上就要走，最迟下个月她一定会走。

最终小周还是去了一回北京，在她结婚之前。

据说，她本来是不用结婚的，照她自己的意思，是想把剩下的一半房子也卖掉，好给母亲凑够剩下的医药费，母亲怎么也不肯，好几回寻死，说是宁愿早死几天，也不愿她将来连个住的地方都没有，如此反复了好几回，不知道因了什么样的机缘，她结婚了，对方答应，帮她出母亲的医疗费，还答应她,带她去一回北京。

她在北京待了三天,每天都去一趟北影厂,一句话也不说,就在大门口坐着。关于北影厂的大门,在许多娱乐报道里都是一个神奇的所在,似乎有不少想当演员的人都在这里等来了机会,有的报道甚至说周迅当年也曾出现在这里,所以,小周去这里倒是也不奇怪,只是她没想到的是,离开的前一天,她竟然真的等来了拍戏的机会——她被人叫进北影厂,在一部清宫戏里扮演了浣衣局的宫女,洗了整整半天衣服。

回来后她就结了婚,没过多久,母亲还是去世了,又过了一段时间,她剩下的那一半房子也卖掉了——却原来,她嫁的这个人,是个身染毒瘾多年的人,之所以娶小周,是因为他父母隐瞒了真相,想找一个女人管着他,来收他的心,至于他自己,早就已经债台高筑了,结婚没多久,他和小周的家就被债主们砸了,不得已搬回小周开美发店的房子,没过几天又被砸了,为了帮他还债,小周心一狠,卖掉了房子,这一回,对于这条街,她才算是真正离开了。

就算要搬走,她也没忘记墙壁上的那些画像和海报,一张张都被小心地取下带走了,还有她的狗和鸽子,也伴随着她消失无踪,我在经过那间房子的时候,总要驻足一会,似乎稍等片刻，那个蹦蹦跳跳的小周便会出现在楼梯上。

终究没有，自打她搬走，这么多年过去了，我只见过她三回。

第一回，是在协和医院，我从拥挤的门诊大厅里出来，突然就看见了小周，她一个人，在停车场边上，摆起小摊，正在专心地给一个老人剪头发。都说岁月催人老，她却一点都没有变老，仅只头发长了些，她一边剪，还一边笑着和旁边围观的人说话，站着不动的时候，她的右脚会轻轻跷起来，一如从前的样子。我正看着，城管却来了，摆小摊的人们纷纷奔逃，她也不例外，可是她给人家的头发才剪了一半，只好扶着那老人往前跑，没跑两步，剪发的工具们散了一地，她只好回来一样样地捡起来，脸上还挂着笑，并没有多么慌张。

第二回是在武昌的长江大桥下面，这一回，她没有给人剪头发，却是在卖鸽子。鸽子们飞得到处都是，江水边，石阶上，还有一株桂花树的树梢上，都站满了她的鸽子。每一回，当树梢上的鸽子朝她俯冲过来，她便噘着嘴，张开双臂，像是抱住了自己的孩子，待到抱住了，她就一只只地亲，一只只地跟它们说话，而她的丈夫就躺在不远处的石阶上，可能是毒瘾没能戒除的原因，眼见得的虚弱，也不说话，只有当鸽子们飞向他的时候,他才会暴怒着喊叫起小周的名字。

我最后一回见到的小周,其实并不是她本人,而是她的遗像——为了讨得一点毒资,她的丈夫手举着她的遗像,回到了她从前住的房子,终日对现在的房主取闹,非要说当年卖房子的价钱太低了,现在必须给他找补,否则,他就不走,我恰好遇见了,这才知道:小周已经死了,她穿得干干净净的,跳了长江。

世界上竟然再也没有小周这个人了。一个人的消失,竟然如此轻易和彻底,偌大的尘世丝毫也没有被惊动,就像她活着的时候,她的笑,她的奔跑,她想当演员的执念,其实从未获得无论多么微薄的见证。

小周并不知道,许多年以后,我在影院里看了一部名叫《孔雀》的电影,电影里的女主人公,虽说比她当初的年纪要大,却也和她一样,不断地对人宣布着她的即将离开,看着女主人公在一座尘沙之城里独行与四顾,一时之间,我竟难掩悲伤,头脑里满是小周当年斩钉截铁说出的话:我要走,我马上就要走,最迟下个月我一定会走。

小周也不知道,又过了一些年,在厦门,我见到了周迅,这才知晓,原来周迅的朋友们也叫她小周。那天晚上,在鼓浪屿对岸的一家酒店里,我和周迅一起,去佟大为的房间里喝酒,喝得高兴了,周迅放了音乐,也不管我们,一个人,自顾自地,躲在角落里舞蹈了起来,霎时间,我便想起了你,汉阳小周 —— 你给人剪头发,你喂鸽子,你蹦跳着奔下楼梯,你对着墙上的画报看了又看,既认真,又心不在焉。

旷野上的祭文

这一日，恰恰是春分，我回了故乡，去给死去的亲人们迁坟。时间刚过正午，天光却是晦暗扩散开去后的死寂，我出了村子，朝着埋葬亲人们的山冈上走过去，时令虽是春分，真正的春天却远远没有到来：漫天的西风呼啸着刮过旷野，几丛枯草被卷上了半空，眼前的作物们都被蒙上了一层薄薄的白霜，矮小，不蒙垂怜，看上去，就像一个个垂死的少年。

穿过一片收割后的稻田，远远地，我便看见了一条狗，我以为那是条野狗，哪知不是，看见我走近了，它先是跑远，又再跑回来，却只围绕着它身边的一堆坟土打转，与我偶尔的对望，竟然以它小心翼翼地避开而告终，当我确切地走到它的身边，它只是低低地哀鸣了一声，仿佛它正深陷于不幸之中，而我，也许是可以懂得它之不幸的人。

事实也是如此：当我看清楚墓碑上的名字，转瞬间，我便懂得了它。埋在坟土中的那个人，这条狗的主人，竟然已经死了。从来没有人告诉我他的死讯，一如我相信，从来不会有任何一个别人向他人转述他的死讯。他的坟地上好歹也栽着一块墓碑，但碑角却没有一个落款，看起来，就像崩裂四散的坟丘一样潦草；显然，他的死就如同他的生——每个人都看见他了，但没有人去听他的动静；他一直都在我们中间，他又一直都不在我们中间。如果非要在他的墓碑上刻下一个亲人的落款，那恐怕只能刻上眼前这条狗的名字。倒是不奇怪，所谓尘世凶险，所谓生死森严，人人都活在自己的光景里，更何况，人人的光景里都埋伏着七重九重的刀兵，总在对付，总在对付不完。

也是凑巧，帮我迁坟的人迟迟不来，茫茫旷野上，徒剩一人一狗，然而，那条狗要陪伴的，却是已经死去的人；仿佛墓中的躯体有了知觉，哀求地底的根枝钻出了地面，如果定睛看，坟丘上遍布的蒺藜中间，竟然长出了一小截柳树，更小的树枝上，几枝嫩芽正在蠢蠢欲动，那条狗便不时凑过去，想要伸出舌头去舔，可是，每到舌头凑近之时，又怯怯地收了回来，它就像是生怕惊扰了它们。

这眼前景象竟然在刹那之间让我激动难言：虽说多年来我出门在外，可是在我和墓中人的各自生涯里，终究有过不少相逢交集之处，也许，我该掏出随身的纸笔，寻一处稍微避风的地方,为他写下只言片语,烧在他的墓前,就当作是一篇不为人知的祭文? 是啊,这祭文当然是无用的,就像坟墓前的狗一般无用,就像蒺藜丛中的柳树芽一般无用,可是,在这满目世界,有用的东西太多了,无用便理当存在,应该让那些微小的无用,像刀刃和火焰一样生出幽光,仅存一息,也要在绵延不绝的有用里说上一句:我们一直都在。

多少有几分荒唐,但事情就这么发生了:西风呼啸的下午,我背靠着坟头,掏出纸笔,躲在一块残损的墓碑之后展开了追忆,苦思冥想,一字一句,当然,得再说一次:这一字一句,就算写得再多,放在这广大尘世里,终究都是无用的东西——

先说他的腿。他有一条跛腿,然而,在他二十岁出头的某一年里,他却抢到了绣球。此地的婚礼,每回临近结束之际,新郎都要向光棍们扔出一只绣球,就像西式婚礼上新娘砸出的花环,捡到绣球的人便就此沾吉,被视作讨到了彩头,弄不好,他便成了此地的下一个新郎。这一回,不偏不倚地,绣球砸在了他身上,他简直不敢相信自己的眼睛,但也知道立即起身,怀抱绣球狂奔,以此逃避众多光棍们的追赶,可是,谁叫他是个跛子呢? 没跑开两步,他便被光棍们赶上,齐齐将他压在了身下,待光棍们起身继续往前,他已几乎衣不遮体,纽扣上却卡着一朵绣球上掉下来的假花。他下意识地追上去，却又讪讪地退了回来，仿佛突然想起来：他从来就未获得过和那些人一起追逐的机会。在这短暂的瞬间里，他的脸上一直在笑着，终究还是不舍，不管不顾地追了上去，因为这突然的欢乐过于巨大，他一边奔跑，一边也像他人般发出了激动，甚至是张狂的呼喊。

那时的我年岁尚幼，尽管如此我也可以看出，他从来没奢望过那只绣球被自己占为己有，他只是迷恋上了追逐的欢乐，而欢乐总是像他的那条跛腿一样短暂：没过多久，他便从人群里被扔了出来，他再钻进去，又被扔出来，如此反复多次之后，他终于重归了属于自己的命运之中——在离光棍们稍远的地方，他拖着跛腿来回奔走，身体一高一低，光棍们往东，他便也往东；光棍们往西，他便也往西，一边打着手势为光棍们叫喊，一边又没忘记羞惭，回头对着看见他的人讪笑，手势终于变得勉强，却始终没有就此放弃，这样也好，这样好歹可以证明，面对这巨大的欢乐，他并没有置身事外。

这提心吊胆的欢乐，竟然毁于一匹疯马：光棍们的追逐击打，惊扰了马厩中的一匹枣红马，这匹马突然变得疯狂，朝人群冲撞过去，人群四散，他却不好闪躲，也只有拖着一条跛腿，生硬地躲避着马匹，人群在哄笑，他也只好笑，这笑又有几分发自肺腑——所有人都在盯着他看，这大概是他从来想都不敢想的事。他可能都快忘了自己是个跛子的时候,马匹终于对准了他,硬生生地撞了过来,在众人的惊呼声中,他仰面倒在了地上,一转眼的时间,疯马咆哮着远去了,他随即坐起身来,愣怔地看着眼前众人,似乎是恍若隔世,脸上却流了一脸的血,他照旧还在笑,笑着笑着,却又哭了起来。

人世消磨,他的哭泣当然不止仅此一回。时隔多年之后,他已经变作了头发花白的中年人,我又目睹过一回他的哭。

那是在一场葬礼上。死者是他的远房姑妈,偶尔会给他送来点吃的,无非是几个鸡蛋、几个西红柿和南瓜之类,在他父母死后的几十年里,这位远房姑妈,大概是唯一会想起他的人,但是,却没有人通知他远房姑妈的死讯,这也不奇怪,说不定,就算远房姑妈的儿女,也并不知道他们的母亲曾经去偷偷地看望过他,是啊,偷偷地,在这穷乡僻壤,贫困一点点挤干了人们身体里勉强动情的部分,那些火苗一样稍纵即逝的好,只能偷偷地。

终究他还是知道了远房姑妈死去的消息,于是做贼似的前来,蹑手蹑脚地置身在了吊丧的人群中间,他显然知道自己今时今日姓甚名谁:伴随光阴的流转和他年岁的加深,无可挽回的,他越来越被视作一个不祥之兆,没有妻子,没有孩子，没有牛马，没有不打补丁的衣裳，他当然被人群和田野所不齿——别人种地，他也种地，可就是这么怪，他每一年的收成都远远不如别人。从前，当他打人前经过，还有人对他指指点点，到了后来，指指点点也没有了，他就像是一棵树，又或沟渠边的一蓬乱草，长在那里，站在那里，但是没有人会去专门看他一眼，唯有幼童或牲畜撞上了他，幼童的父母和牲畜的主人才会呵斥着走上前来，就好像，他的身体里埋藏着理所当然的不洁和污秽。

所以，在远房姑妈的葬礼上，他一时躲在厢房的拐角，一时藏在院子里那棵梧桐树的后面，苦挨着时间，指望着葬礼赶紧开始，他好夹杂在人流中靠近灵柩，去哭，去三拜九叩，可是，这一回，他还是没有如愿：被姑妈的儿女看见之后，他们不由分说地赶走了他，在离开之前，他跛着腿，围着梧桐树打转，不断告诉他们，其实，他和他们是亲戚，但是没有用，他们的怒吼还没持续多久，他就落荒而逃了。

然而他没有走，我看见，他就站在屋后的田埂上，稍后，可能是怕被人发现，又卧倒在了田埂边的沟渠里，这样，当屋内的哀乐响起，他便隐约也可以听见，便能和吊丧的人们一起三拜九叩，唯一的不同，是他们跪在灵柩前，而他跪在沟渠里。屋子里的人哭，他也哭，一开始，他哭得并不剧烈，没过多久，天知道他想起了什么，竟然不再跪了，而是就此翻倒在沟渠里，蜷缩着身体，咬紧了牙关去哭，我能看得见他的身体战栗不止，右手还死命攥着一把土，就像是攥着几个过去年月里的鸡蛋、西红柿和南瓜。殊不料，他哭得忘记了周边的时候，出殡的队伍走出了院门，向着他所在的方向过来了，我也在出殡的队伍里，一心以为他会被人看见，哪知道，就算哭得多么剧烈，他也蜷缩得好好的，始终不露半点痕迹；队伍走远之后，我转身回望过去，他仍然没有现身，在他的藏身之处，只有几片刚刚撒出去的纸钱在上下翻飞。

也许，我该为他作证：他不光没有不洁和污秽，相反，他甚至是个洁净的人。有一年，村子里请了戏班来唱戏，我恰好回乡，也去看了，正好坐在他的身边，他似乎想跟我说几句话，末了也没有说出来，我反倒闻见了他身上好闻的洗发精味道，再看他全身上下破烂却整齐的衣衫，心里一动，当即便想告诉坐在身边的其他旁人：他不光没有不洁和污秽，相反，你们认识那种砸锅卖铁也要把自己收拾得干干净净的人吗？他就是啊！可是，我终究没有去告诉旁人——"生活"一词，多半是"惯性"二字作祟，现在，在"惯性"作祟的时刻，我却并没有抽身而起，说到底，如果戏台下的众人是他的迷障，而我，也是迷障中的一分子。

我和他认真地攀谈过，不知何故，无论我说了多少，他却总是不接话，那是在我返乡的长途客车上，出乎意料地，他竟然也出了趟远门，此刻正要回家，我和人换了座位，坐到他旁边，再找他问东问西，他却兀自一个劲地点头，再不说多余的话。还要过几年，我才偶然从他自己的嘴巴里得知，这回出远门，他是去看望一个女人，结果却阴差阳错地被关进了派出所。

我还记得那天我是和他一起走回了村子，春天，满目的油菜花都开了，蜜蜂们一直在身前缭绕不去，他突然停下步子，对我说："……还是你们好。"

"还是你们好"——是啊，我们一直都比他好，我们有妻子，有孩子，有牛马，有不打补丁的衣裳，他则不是，哪怕有过一个女人来到他的身边，到头来，那女人终究还是别人的妻子。

那个女人来自邻县，是个疯子，有一回疯病发作，扒上过路的货车，竟然流落到了此地，和他一样，寄居在油菜地边上的一口废窑里，没人知道他们是否有过肌肤相亲，反正他们两个人都很少进村，如果不是那女人经常在光天化日之下狂奔呼号，逼迫得他只好吃力地跟在后面追来追去，只怕没人知道村子里多出来了一个女人。所以，当那女人的丈夫辛苦找来此地，看见的却是她只认跛腿的他做丈夫时，难免怒火中烧，立即施与了暴打，虽说旁边也零散聚了几个村子里的人，但是，没人知道事情的原委，也就没人阻止这场暴打，只是听着他一遍一遍地诉说，他说：自始至终，他都只是送给了她一点衣被和吃喝，他和她，是干净的。

事情到此并未结束。第二年，农历新年刚过，他卖了收成，买了几件女人的衣服，坐车去了邻县，他想去看看那个疯女人。结果，等他辛苦地打听到她，找上门去，迎接他的，却是一场崭新的暴打，鬼使神差地，他还被送进了当地的一家派出所。不巧的是，当地正在发大水，一条大河正在临近破堤，他被关进派出所里的一间屋子之后，警察们锁了门，全都上了河堤去抗洪，整整四天半，他们忘记了他，等到洪水止住，警察们回到派出所，他早已经饿得奄奄一息了。

"这是命！"——好几年过去了，那难以言传的四天半，一直安静地待在他的体内，从来无人知晓，突然有一天，一场雪后，他变作了另外一个人，脸上挂着红晕，双目炯炯，散发出异常的热情，他再也不羞怯了，见人就说话，不管是谁，他都要拉扯住，再说起他那被人遗忘的四天半，他说自己的事，就像是在说别人的事，语气中，多少夹带着挖苦。尽管如此，也没人愿意听他说，一个个的，全都逃脱了他的拉扯，他也不恼怒，走了一个，他就再换一个，说到最后，他总归都会叹息一声："这是命！"

我也被他拉扯过，甚至足足听他讲了好几遍，我大致明白他：那四天半，是他迄今为止遭遇过最大的惊骇，这惊骇于他而言，远远大过他对这眼前世界的全部想象，他害怕它们，就将它们藏起来了，可是，只要有藏不住的时候，它们就会摄他的魂，乃至要他的命，所以，他唯有大着胆子，打碎从前的心肺和肝胆，再说出它们，才有可能将那河水般的惊骇赶出自己的体内。只是他不知道：就算有人停下步子，听他说了几十遍，终究还是无济于事，他脸上的红晕和眼睛里散出的光都在说明，他离疯掉已经只剩下一步之遥了。

如果就此彻底疯掉，他应当会成为此地最广为人知的存在，一个疯子，无论如何都会比一个跛子更加著名，可事实上，他并没有，在其后多年里，他时而发疯，时而不疯，但有一桩事情，不管疯与不疯，他都保持着惊人的一致，那就是：呵斥与驱赶，他始终都听得进去，它们一直都是他的亲人。

即使是被人赶出寄身之地的时候，他也丝毫未作抗辩。这年冬天，先是下了很大的雪，之后，收购了窑厂的人就来了。如无意外，这一场雪后，停产多年的窑厂就要重新复工，于他而言，却是不能再在这里住下去了。在此之前，窑厂的买家已经来了好几次，警告他，赶紧搬走，否则，他们便要亲自动手了。每一回，他似乎都听进去了，又像是没听进去，别人一旦说话,他就只管笑着点头,到了买家前来准备复工的时候,他还没有搬走,不用说,最后的结果,是他的全部家当都被扔出了窑外。

据说,在那艰险要命的关口上,他没有呼喊,也没有推搡,竟然还是一直在笑,家当们散落在雪地里,他看上去也全然没有舍不得,可能是双脚受了冻,他就站在人群里,小心翼翼地原地踏着步,只要有人看他一眼,他便又赶紧将步子停了下来,实在是:疯和不疯,他都是清醒的,如果他的一生也有功业,那便是用满脸的笑和全身的无用持续证明着自己的清醒。到了最后,家当们都扔在雪地里了,窑厂买家带领的人群也离开了,他却没有弯下腰去拾捡家当,而是跟着他们信步往前走,等到他们走远了,旷野上便只剩下了他一个人。

那个冬天,我在村子里写作,听说他被赶出窑厂的消息,便动了念头,想要去寻他,待我走上一座山冈,却只看见他化作了漫漫旷野上的一个黑点:他已经走得太远了,但他似乎还要一直走下去。世间万物,迟早都逃不脱一个定数:离开了窑厂,他总归会找到一个新的住处,再过些时间,他甚至会收养一条狗,这条狗会见证他所剩无几的时间,也将见证一小截柳树是如何长在了他的坟头。然而此刻的雪幕里,他还在继续朝前走,唯有天知道他打算走到哪里,渐渐地,雪幕只差一步便要将他彻底笼罩，他马上就将迎来消失，这明明白白的消失，酷似一个正在发生的寓言：那白茫茫里的一个黑点，不仅仅是一个人，他其实是所有人，一边往前走，一边走投无路，忽然情欲悲怨，忽然稼穑劳苦，路过了三千里五千里，终究是人人都站在了死亡的门口。

——终于，我说到了死。至此，我墓中的弟兄，我已经写下了对你的全部追忆。你看，远远的，帮我迁坟的人总算出现在了半里开外的地方，这篇潦草的祭文便也来到了它的结束之处，如前所说，这旷野上的祭文不为人知，但它为你的狗知，为满天西风与你坟头的一小截柳树所知，我便不致当它百无一用。所谓生死有命，接下来，我要去迁坟，你且去投生，只是你的狗还要独自苦挨这大风四起的黄昏光阴；说起来，这祭文里还有一句要紧的话来不及写下，不过没关系，我一边去迁坟，一边再慢慢地说给你听。

那要紧的一句，我还非得要说给你听不可，那就是：如果再世为人，就算又拖着一条残腿，你其实也可以这样活——与闪躲为敌，与奔逃为敌，把一切欲言又止之时拽到你的身前，再将它们碎尸万段，当然要像树木和草丛一样安静，但也不要忘了，在一切你打算踏足的地方，你都要先闯进去再说，管它山海关还是娘子关，这都是非过不可的五关，过了五关，再斩六将，斩杀奔马前的讪笑，斩杀幽闭中的惊恐，你管它们是银枪将还是白袍将，哪怕心如死灰，你也要斗胆上前，与它们大战三百回合，不是你死，便是他亡，如此一来，纵然落不得一个全尸，你也算是在你踏足之地打下了木桩，像拴住牛马一样，先拴住了你的人，又拴住了你说过的那些话，如此走一遭人世，众生抑或众神，你的歌声与哀声，他们才算作是彼此遭逢，又彼此验证；最后，切切不要忘了那条狗，它可能是你在上一世里唯一得到的爱，愿你再世为人之时，更早一点找到它，收养它，不，不仅仅是它，你要更早一点找到更多，一个人，一盏灯火，一间不被驱逐出去的房子，因为它们不是别的，它们正是人之为人的路线图和纪念碑，它们正是你的双手和跛足，乃至全身上下从未触碰过的爱。

我墓中的弟兄，记住我说的话：那些你要找的东西，一旦找到，你就要赶紧吃下去。

我墓中的弟兄，言尽于此，后会有期。白纸黑字，伏惟尚飨；前生后世，伏惟尚飨。

义结金兰记

夜深之后,东南风吹满了整座山谷,田野上,月光下,簇拥的桑叶碰撞在一起,发出扑簌的声响,渐渐地,小雨落了下来,但若有似无,月光也未消退,使得大地上的一切看上去都显得更加简单,也更加清白。

我刚打算关窗入睡,没料到,一支十数人的队伍,却经过我窗前的道路,正要走出村子,人群里,有人打着手电筒,有人用手机将眼前照亮,几乎没有人说话,但是,几声似乎一直在压抑的低泣还是被我听见了。

随后,我就看见了它:那只方圆百里以内闻名遐迩的猴子。一见之下,我的心里便有了不祥之感,未曾有半点犹豫,我也赶紧跑出门,走进了沉默的队伍,一边走,一边去盯着它看:因为连日的疾病,它早已不复当年之勇,只是安静地坐在一张椅子上,再被前后几人抬起来,慢慢往前走,而它,要费尽力气，才能掉转头去，看看这个，再看看那个。借着一点微光，我看见它的手被它女儿紧紧攥在了手里，那忍不住发出低泣之声的，正是它的女儿。

是啊，这只病入膏肓的猴子，却有一个身为人类的女儿。

如果要将这神赐般的机缘道尽，还得从十多年前说起——说起这片黄河岸边的县域，真正是荒瘠贫寒，绝大部分土地都可谓十种九不收，好在是，老祖宗留下了一门绝技，是为耍猴。所以，男子们成年之后，每遇农闲时节，多半都要带着自己的猴子，离家万里去讨一条活路，到了年关将近时，才从各地奔赴回来。因此，每一年，在春节前的几天里，火车站，泥泞的小路，拖拉机上，渡船上，到处都是顶着一身风雪的人和猴子。

不知从哪一天开始，一群无主的猴子，竟然啸聚到了一起，将此地的山河当成了昔日的水泊梁山，打家劫舍虽然还说不上，但是，围攻家禽，一夜之间掰尽田地里的玉米，甚至拦住独行的人索要食物，这些都是常有的事情。这群猴子的首领，因为胆大包天，几乎无人不识，渐渐地，人们不再称它猴子，而是叫它宋江宋公明，在逃过了几次捕杀之后，宋公明的队伍越来越庞大：那些死了主人又或不堪繁重训练的猴子们，全都逃出来，聚到了它的麾下。

就算半世英雄，也终有马失前蹄之时，忽有一夜，宋公明带领手下众兄弟去榨房里偷油，不料中了埋伏，被一支火铳打伤，只好捂住伤口奔逃，没逃多远，它就和众兄弟失散了，独自沿着黄河岸边寻找躲避之地，哪里知道，前几日刚好下过雨，堤岸崩塌，它竟失足掉进了黄河，只好怀抱着一棵和它同时掉入黄河的树，随波逐流，等待着命运向它显露真身。

花开两朵，各表一枝：话说黄河边的村子里，住着一个傻子，说是傻子，却也算不上太傻，娶过亲，还有一个女儿，妻子虽说已经跑了好几年，但他一个人带着女儿长大，却也没有少过女儿一口吃喝。和别的成年男子每年都要出去耍猴不同，大概是因为傻，也是因为太穷了，他既没有钱买一只猴子，也没有驯猴的本事，只好靠四处做苦力过活，对此他倒是并无不满意之处，稍有空闲，他便让女儿坐在自己的脖子上四处巡游，见人就骄傲地迎过去，就像顶着一面旗帜。

这一日黎明时分，天刚蒙蒙亮，傻子坐渡船过黄河，他要到黄河对岸的一家采石场里去做工，船行到一半，他便看见了那只被人唤作宋江的猴子。其时，它正在水中奄奄一息，一见之下，傻子便要跳入河水去救它，身边人赶紧阻拦，纷纷说那猴子已经死了，可是没有用，傻子非说那猴子的手还在动，说话间，傻子已经跳入了水中。傻子虽说傻，水性却是极好，没花多大工夫，他便一把抓住了正好被波浪翻卷过来的猴子。

接下来的事，更是让船上的人觉得匪夷所思——事实上，当傻子拽着猴子刚一上船，同行的人便认出了这猴子姓甚名谁，纷纷劝说傻子，赶紧就此罢手，以免养匪为患，哪里料到，傻子全然不管不顾，脱下自己的衣服，绑住了猴子的伤口。渡船到岸，他竟然没有下船，反而掉头回返，将那猴子扛回了家。

不做傻事怎么能叫傻子呢？但是，尽管如此，十里八乡的乡亲们也不会想到，傻子竟然傻到了这个地步：他将那猴子收留在家里，给它治了整整两个月的伤。

一开始，隔三岔五地，还会经常有人去傻子家里看看热闹，当他们看见傻子家里只剩下两碗稀饭，傻子却一碗给了女儿一碗给了猴子之时，终不免摇头叹息，渐渐地，因为首领受伤，此前聚众作恶的猴子们全都风流云散，人们也就忘了傻子的家里还住着猴子世界的宋公明这件事了。随后，秋风渐起，青壮男子们早就带着自己的猴子出门挣钱去了，唯有傻子，脖子上坐着女儿，手里牵着猴子，终日顶着大风在黄河岸边来回奔走——他是在教那右腿差点被火铳击断的猴子重新学会走路。

分别的那一天，是个大雪天，因为生计日益艰难，家里已经揭不开锅，傻子便带着女儿和猴子一起去了采石场：采石场烧的是大锅饭，所以，女儿和猴子总归都能吃上一口两口。没料到，那猴子还是给傻子惹了不少麻烦：到了吃饭的时候，人们看见当年的贼寇如今温驯地被傻子的女儿牵着手排队，就忍不住上前来嬉笑挑逗，哪里知道，霎时之间，那猴子勃然变色，故态复萌，恶狠狠地追逐着挑逗它的人一路狂奔，满采石场里都是他们的惊叫声。

好不容易，那些奔逃的人们才小心翼翼地返回来，一回来，就纷纷围住傻子，指责他，说他分明已经养匪为患，傻子也不说话，只是呵呵笑；吵闹了一会，人们突然发现，那猴子没有再回来，傻子的女儿四处寻找，却遍寻不见，直到她急得哭了起来，远处才传来了猴子的叫声。众人举目去看，只见那猴子端坐在远处的山崖上，全身上下都已经被白雪覆盖，傻子的女儿连声呼喊，要它回来，它却没有回来，仍旧沉默端坐。到了这时，又有人开始对着傻子说笑，说他算是白养了猴子一场，所谓江山易改本性难移，它该走就走，绝不会念你半点好，怪只怪你对一只畜生讲了两个月的情义，傻子还是不说话，一边听，一边呵呵笑。

说话间，那猴子突然从山崖上站起来，再转过身，转瞬之间，便消失在了茫茫雪幕里。傻子的女儿哭得更厉害了，傻子慌忙抱起了女儿，一边去给女儿擦掉眼泪，一边张望着那猴子消失的山崖，却还是呵呵笑。

——我猜想，彼时彼地，如果傻子不傻，能够自如说话，大概会告诉说长道短的人们：他笑，是因为就算有救命之恩，他也从未将那猴子视作自己的一己之物。

许多年后，我被一个纪录片导演所蛊惑，打算为他写一部关于耍猴人的纪录片脚本。如此，两个人便结伴前来，在这黄河边的村庄里住下了，住下没多久，我就听说了那位猴子世界的宋江宋公明，于是，马不停蹄地，我和导演便找到了傻子的家。然而那时候，傻子已经去世了，世上只留下了他的女儿一个人过活，好在是，已经长成少女的女儿从上到下都不曾有丝毫寒酸：她不仅活了下来，且并不比别人活得差多少。

这一切，都是因为她有一个义父，她的义父，就是当初被她父亲从黄河里搭救了性命的猴子。

话说从头，说回当年的采石场：那年冬天，越是临近春节，雪就下得越大，因为大雪封山，采石场的石头运不出去，傻子的生计变得比每一年都要更加艰难，但是，除了将女儿顶在脖子上，继续坐船去采石场做工，他也没有第二条路可走。

突然有一天,大概就是在那只猴子从山崖上消失了两个月之后,漫天大雪中,它竟然回来找傻子了。那一天,天色临近黄昏,傻子结束了冗长的苦力,正要牵着女儿去黄河岸边坐渡船回家,此时,女儿叫喊了起来,傻子顺着女儿指点的方向远远看去,终于看见,就在当初的山崖上,好几只猴子簇拥在一起,全都安安静静,而居中端坐的,正是宋江宋公明。多时不见,它就像一个出去捞世界的人心愿达成后刚刚返回了故乡,抽着烟,不发一语,却又不怒自威,如果戴上一副墨镜,就几乎可以和众多著名的黑社会大哥媲美了。

一见之下,小女儿就挣脱了傻子的手,朝着山崖的方向奔去,地上的雪太深了,没跑几步,小女儿就趔趄着倒了下去,这可吓得傻子不轻,赶紧朝女儿狂奔过来,和傻子同时一起狂奔的,还有猴子,只见那宋公明,扔掉手里的烟头,左手抄起一个编织袋,右手稍一使力,身体就腾空翻越了下来,端的是,风驰电掣,又丰神俊逸,就在十数个腾跃之间,它便跃下山崖,站在了雪地,再一步不停地朝小女儿跑了过来,在它身后,众兄弟一路跟随,个个都像是走江湖的练家子,此时情境,说它们像是林海雪原里正在出征的队伍,倒也并不过分。

一个傻子，一只猴子，几乎同时将小女儿从雪地里搀了起来。

傻子有点难以置信，但也不知道说什么好，一如既往，他就自顾自盯着猴子呵呵笑，倒是猴子，二话不说，径直打开了手中的编织袋，天可怜见，平常人家的吃穿用戴竟然装了满满一袋子，然后，猴子示意傻子将这一袋子宝贝接过去，没想到，傻子却摇着头，呵呵笑着，步步往后退。

这时候，早先已经上了渡船的人纷纷下船围观了过来，稍一打量，也就大致明白了：为了报答傻子的救命之恩，猴子送来了足以让傻子和他的女儿暂时吃饱喝足的东西。因为此等机缘实在前所未见，人们不禁纷纷叹息起来，直说这世上的多少人还不如一只猴子，又转而劝说傻子，赶紧收下猴子的东西，以免辜负了它的心意。

实际上，面对傻子的步步后退，猴子多少有点不明所以，只是碍于自己在众兄弟面前的脸面，它可能才忍着没有发作，突然之间，它似乎想明白了一件事情，霎时就变得怒不可遏，冲着傻子，连声嘶吼起来，但这嘶吼对傻子全然没有用，除了把女儿抱得更紧一点，他仍然还是呵呵笑着。

谁也没有想到，在无计可施之后，宋江宋公明竟然发出一声长啸，这长啸响彻在弥天大雪里，却令手下的众兄弟个个都平息静声，齐刷刷站成了一排，紧接着，宋公明亮出一个手势，众兄弟二话不说，竟然面向围观的人群整齐划一地敬了一个军礼，众人还没明白过来，宋公明又亮出一个手势，众兄弟中的头两个迅即狂奔出去，在雪地里接连三个空翻，站立住，再跑回到队伍里，这时候，宋公明才缓缓回过头去，一言不发地看着傻子，如果它能开口说话，那么，它大概会说：送给你的东西，绝非打家劫舍所得，身为一群能够卖艺的猴子，这编织袋里装的每一样东西，全都清清白白。

多多少少，围观的人们都受到了震骇——没有耍猴人的训练和指引，这群猴子却自行学会了卖艺，而且，还将卖艺所得送到了恩人的面前。当然，也有人说，这群猴子当初本就是跟随各自的主人卖艺的，会上三招两式也并没有什么稀罕，只是话未落音就被打断了，更多的人赶紧去劝说傻子：傻子，傻子，再不要犯糊涂，再不要伤了宋江宋公明的心，赶紧把它送来的东西接在手里吧。

如梦初醒一般，傻子愣怔着被人们推搡着朝猴子走过来，未料到，那猴子却像是被他伤了心，再不看他一眼，手拎着编织袋，跑到黄河岸边，将那编织袋扔在了渡船里，掉头就走，走出去一段路，终于还是折返回来，走到小女儿跟前，对她比比画画，似乎是在叮嘱她：不要忘了将那渡船上的编织袋带回家。

一切交代完毕，那猴子才带领着众兄弟再次消失在了雪幕里，直到它们走远了，人群里的傻子这才似乎明白过来，此前发生的，到底是怎样一桩机缘，但是，猴子已经走远了，他也只好喃喃地说着谁也听不懂的话，然而，眼睛里却涌出了泪水。

——十几年后的今天，此刻的深夜里，当我站在十数人的队伍里走出辽阔的桑田，终于站在了黄河岸边，必须承认，哪怕河滩里深一脚浅一脚，但是，除了紧跟着已然病入膏肓的宋江宋公明步步前行，我也借着月光在不断眺望着黄河的对岸：当初的采石场早已夷为平地了，交错的山崖却仍然依稀可见，值此穷途末路，不知道它是否还想得起来，当初的自己曾在那里上下翻越，如入无人之境？

一念及此，我就赶紧再盯着它去看，它却毫无顾盼当年之念，仍然闭目端坐，呼吸声尽管微弱，堪称均匀，看上去，就像一个正在禅定的老僧。

现在，我已经知道了此行的目的地，我们是要护送它，去到离此地最近的一个小火车站，然后，乘坐短途火车去往县城，将它送到一处要害的所在，让它在那里走上几步，又

或端坐一阵子即可 —— 好多年了，每隔几天，不管是赤日炎炎，还是风狂雨骤，它都要如此走上一遭，关于它的这条固定线路，整整一座县，几乎算得上是无人不晓：为了顺利乘车又不花钱，它甚至学会了逃票，学会了给列车员递上一根烟。

话说从头，还是说回当初的采石场：作为一个带头大哥，那只越来越著名的猴子，并未和傻子一般见识，每过一段时日，它就会给傻子送来吃穿用戴，一开始，不管傻子跟它凑得多近，它都横眉冷对，但是，终归是一家人，慢慢地，傻子的女儿将父亲的手递给猴子，再将猴子的手递给父亲，如此反复了几次，两只手也就握到一起去了。

说那猴子越来越著名，绝非是空穴来风，几年下来，不知多少人都看见过它背着一只编织袋赶往采石场或傻子的家里，啧啧称奇之余，遇见的人难免要说给旁人听，旁人再说给旁人，到了后来，只要它出行，就会有人丢下手中的活计前来一睹它的真身，时间长了，就有人对傻子说：傻子啊傻子，它哪里是只猴子，它分明是你的兄弟，如若有心，你就该与它歃血结义。

旁人的话，傻子全都听进去了。一个大雨天，那猴子给傻子的女儿送来了几斤樱桃，还没来得及进家门，眼前景象就吓了它一跳：傻子的房子竟然被大风给吹垮了。但是，尽管如此，垮塌的房子前却站了不少人，人群围绕着一只小方桌，小方桌上还摆着两碗酒水，酒水边上，两支红烛正在燃烧，却原来，择日不如撞日，傻子今日里便要和猴子结为异姓兄弟。

笑呵呵地，傻子告诉猴子，喝了这碗酒，我们就是兄弟了——也是奇怪，平素里，傻子着实是笨嘴拙舌，今日里说话，却被旁边的人教上两遍就学会了。那猴子还在不明所以中，傻子却一把抓住了它的手，劈头跪下，先对天地磕了三个头，再转过身，面对猴子，又磕了三个头，接着端起一碗酒水，仰起头，一饮而尽，这才兴奋地对猴子说：该你了！也不知道那猴子是否知道了此刻的酒水与红烛究竟所为何故，它似乎明白了，又似乎没明白，反正傻子为了给它做个样子，又对它磕了三个头，它便也照着样子给傻子磕了三个头，再端起另一碗酒水，仰起头，分了好几次才喝完。

如此，这一双兄弟，这一桩义结金兰，就在倒塌的房屋前完成了。

改日再来的时候，猴子不仅带了几张零碎钱给傻子，还带了几个兄弟，放下零碎钱，它便径直掏出一张过期火车票，冲傻子比画了半天，傻子却愣怔着全然不知它在比画什么。

猴子似乎早有准备，敲响了随身带的锣，几个兄弟立刻做鬼脸的做鬼脸，做前空翻的做前空翻，可是，傻子还是不知道眼前发生的究竟有何深意，如此一来，猴子就急了，冲傻子嘶吼起来，好在是，小女儿长大了，见得此景，赶紧找来了邻居。

邻居只扫了一眼，就大致明白了猴子的来意：它是在说服傻子，要他像别的男子们一样，离家耍猴，唯有如此，他才能重新盖起一座房子。哪里知道，傻子再傻，也知道他和猴子是结义的弟兄，竟然连连摇头，死活不肯，这样，猴子便又气又急，却也没有走，带领着兄弟们就在门口的树梢上坐着，一直坐到了天黑，双眼恶狠狠地看着傻子哄女儿睡觉，再看他裹着一卷破被子睡在屋檐下，却怎么也睡不着；半夜里，虽说没有下雨，闪电却是一击接连一击落在树前，而猴子却纹丝未动，终于，傻子起身跑到树下，对着树上的猴子喊：你下来，我跟你走！你下来，我跟你走！

如此这般，傻子也终于像别的男子一样走上了耍猴之路，但是，整整一座县的人都可以作证：傻子与猴子，与其说是人在耍猴，不如说是猴在耍人——事实上，因为一路上都带着女儿，傻子并没有走太远，多半时间就在县城里盘桓，最远也无非就是走到了省城。绝大多数时候，猴子们听从的是宋江宋公明的安排，傻子只需要抱着女儿坐在一边呵呵笑即可，看上去，他和围观的看客们并无什么分别，所以，经常是猴子们演到一半，就忍不住去捉弄傻子，要么抢了他的帽子戴在自己头上，要么突然跳到他的身上让他给自己点烟，更有甚者，竟然站在傻子身前，指令他也和自己一样去给看客们敬礼。

日子就这么一天天地过下去了，因为这支队伍不仅能表演人耍猴，还能表演猴耍人，零碎钱也就日益多了起来，在省城，傻子甚至还带着女儿去坐了一回旋转木马。

这一年春节将近的时候，傻子带着猴子们回到了自己的县城，出了火车站，他们就在站前的小广场上拉开了架势，打算最后演上几场再回村庄里过年。一如既往，宋江宋公明在场上当大哥，傻子坐在场下当观众，时近正午，傻子起了身，去给大家买几只锅盔回来当午饭，但是，就在他穿过马路的时候，迎面驶来一辆卡车，眨眼的工夫，他被卡车卷上了半空，再重重落下来，就这么死了，再也醒不过来了。

幸亏了十里八乡的乡亲，傻子再傻，乡亲们还是给他办了一个像模像样的葬礼。只不过，自始至终，宋江宋公明都没去葬礼上磕头，而是远远地端坐在门口的树梢上，既未动弹，也未嘶吼，只顾盯着傻子的遗像发呆。

到了第二天早晨，人们纷纷说，那猴子等到守灵的人散去之后，哭了整整一夜，但是，也有人说他们听到的哭声只不过是风声，毕竟之前从未有人听过猴子的哭声，说它哭了的人也就不再辩驳，于是相约在一起，再去傻子的家一探究竟，远远地，他们就看见猴子还没走，仍然端坐在树梢上，盯着傻子的遗像发呆。

事实上，这么多年，连同傻子的女儿，其实并不知道到了夜晚宋江宋公明到底栖身在哪里。按理说，傻子的家也是猴子的家，但是，可能是碍于男女有别，也可能是猴子自有猴子的规矩，自打傻子死后，猴子再未进过傻子的家门，哪怕是不放心那小女儿一个人过活，给她送吃送喝越来越频繁，也绝不进家门一步，从来都是放下东西就走，如果想多待一阵子，那也要么是坐在树梢上，要么坐在屋顶上。

有一回，那小女儿实在忍耐不住，想要知道它住在何地，趁着天黑偷偷跟上了它，没走几步就被它发现了。一反常态，它竟然对着她愤怒地嘶吼起来，她也只好乖乖在原地站住，看着她的义父消失在了一片莽丛之中。

它果真就是她的义父——虽说亲生父亲已经作别人世，但是，无论是她长成了一个少女，还是她结了婚，生了孩子，以至于今日，日子越过越好，一幢三层小楼刚刚被她建起，她的义父也从未消失，婚礼的时候，生孩子的时候，它就坐在树梢上抑或屋顶上，纹丝不动，但却双目炯炯，十几年下来，尽管它越来越苍老，手下的兄弟们也日渐凋零，但是所谓每临大事有静气，这个带头大哥，依然时刻准备着痛歼来犯之敌。

一如当初，傻子死了以后，他的妻子回来了，乡亲们连声说这下好了，小女儿也算有人管了，哪里知道，傻子的妻子拿到傻子的赔偿款之后，没过两天就扔下女儿又要跑，乡亲们在黄河渡口上截住了她，替那小女儿抢回了一些钱，再拿这些钱给小女儿盖了两间房子。盖房子的时候，活似一个个的监工，宋江宋公明带领着众兄弟前来，全都端坐在树梢上，要是有人胆敢截留下几块砖头几根木头，它便从斜刺里杀出，凶神恶煞般挡住了对方的去路。

又如几年前，村庄里的一匹马突然发了疯，横冲直撞，一路踩踏，正巧遇见那小女儿从做工的工厂里走出来，躲闪不及，被疯马迎头撞倒，再踩踏上去，左边的胳膊险些就被踩断了。哪里知道，当天晚上，这匹刚刚恢复平静的马就迎来了灭顶之灾：宋江宋公明和它的兄弟们星夜杀到，根本没给它任何反抗的机会，全都扑上去咬它的脖子，一句话，就是要它死，幸亏这马匹的主人赶来，好说歹说，那吓傻了的马匹才终于留下了一条性命。

再如十几天之前，已然长大的小女儿怀抱着自己的女儿，坐绿皮火车从县城里回村子，在距自己的村子十里开外的小站台上，她的女儿调皮，将牛奶洒在了一个喝醉了酒的外地人身上，如此小的一桩事，竟然引得外地人大发雷霆，举手就要去打这母女，可是且慢，就在他举手的一刹那，宋公明从天而降，尖厉，乃至是凄厉地嘶喊着冲上前来，瞬时之间，外地人的脸上、身上全都留下了一道道的血印子，可是，除了惊恐，除了难以置信，他也没有别的办法。

是啊，而今，宋江宋公明已经成了从这小站台到县城火车站之间的常客，因为当年的小女儿已经不再需要它去挣来口粮，垂垂老矣的自己也对吃喝一无所求，所以，现在，它日常里最重要的事，就是去往一处要害的所在，去那里也没有什么紧要的事，无非就是走上几步，抑或发一阵子呆。

在漫长的从前，于它而言，能挣到钱的地方就是要害之地，时至今日，它的要害之地就只有这一处了——这一处不是他处，其实就是当初傻子为了买锅盔而送命的地方。

这一天，因为在站台上遇见了，它便陪着小女儿和她的女儿回村子，一路上，小女儿的女儿不断去揪它的尾巴，也是奇怪，从前在它看来大逆不道的事，今日里也并没有令它多么恼怒；快要走出辽阔的桑田之时，在一条小路上，它和她们分别了。这一回，在时隔许多年以后，小女儿终究忍耐不住，偷偷跟上了它，可它毕竟是天纵英才，仅仅走了几步便发现了端倪，就此原地站住，缓缓回过身，正要怒斥之际，头却往前一栽，软绵绵地倒在了地上。

说起来，直到这一天，陷入了昏迷的它才算是第一回被小女儿请人抬回了自己的家门，只是这样的机缘已经注定不会太多了：油尽灯枯之后，一世英雄已经到了和这个世界说再见的时候了。

在时隔几年之后，我又来到了这个村子，个中缘由，说起来也不值一提：当年的纪录片导演，在消失了好几年之后，不知道从哪里又找了一笔钱，再来说服我，重新将废弃已久的脚本写完，因为百无聊赖，我竟言听计从，收拾好行李就来了。但是必须承认，这一回的仓促动身，却是注定了不虚此行，只因为，我终于见到了声名响彻了黄河两岸的宋江宋公明。

我见到它的时候，它刚刚从一场昏迷中醒过来，却吵闹着非要出门，所有人都知道，它是要像往日里一样，再去到距村子十里开外的小站台，坐火车，抵达县城里的要害之地，小女儿当然不许，拦在门口，它竟没有力气拿开小女儿的手臂，愣怔了一会，大概是太阳光太晃眼，它的眼睛里流出了眼泪，也只好颓然坐下，大口大口喘着长气。

稍后，它为它的泪水而羞涩，连忙伸手擦拭，反复举起了好几次手，竟然伸不到自己的双眼之前。

就像此刻，在满天的东南风里，在小女儿的低泣声里，我们的队伍，终于来到了宋江宋公明费尽气力想要踏足的小站台，然而，凭它一己之力，再往前走却已寸步难行，也是凑巧，前往县城的绿皮火车刚刚到站，可能是因为火车上通明的灯火看上去就像一场召唤，它终于深吸了几口气，从人群里颤巍巍地走出来，搭着扶手，踏上了车厢的台阶，列车员与它早已算作熟识，赶紧伸出手来搀它一把。

等它在车厢里站定，小女儿冲在最前面，整个队伍正要上去和它靠拢，谁也没有想到的事情发生了：它竟然拦在车厢门口，直朝小女儿摇手，顿时，小女儿就放声痛哭了起来，说什么也要上去，可是，它却心如磐石，将小女儿攥在手里的车票钱活生生塞回了她的口袋，小女儿继续哭喊，叫它不要心疼钱，她现在也不缺这几张车票钱，终究没有用，它仍然拦住车门，径直闭上了眼睛，就在这推让之间，车厢的门快关上了，火车就要开了，整个队伍站在车边，没有一个人知道如何是好，这时候，反倒是它，探出手去，从小女儿的手中拿过了一截桃树枝，意思是让小女儿放心——这是此地独有的风俗：桃木在手，鬼神勿近。

就在小女儿只顾痛哭的时候，车门关上了，火车缓缓地朝着更加广阔的原野和夜晚开去，这时候，小女儿才如梦初醒，一边哭，一边追着火车往前跑，整个队伍都伴随着她往前跑。每个人的眼睛，都紧盯着车厢里那个正在寻找座位的一世英雄，寸步也没有离开。好在是，没走两步，就有人将座位让给了它，它重重地坐下，大口喘息，暂时闭上了眼睛，一似老僧禅定，一似山河入梦，一似世间所有的美德上都栽满了桃花。

如是人间

此处栽种抑或自然生长过根本未及长大的树木,树干树冠早已烟消云散,但是,树桩们仍然还依稀残留在这里,如果我的每一步都能依附这些树桩,也许,天大的奇迹最终会对我眷顾一二?

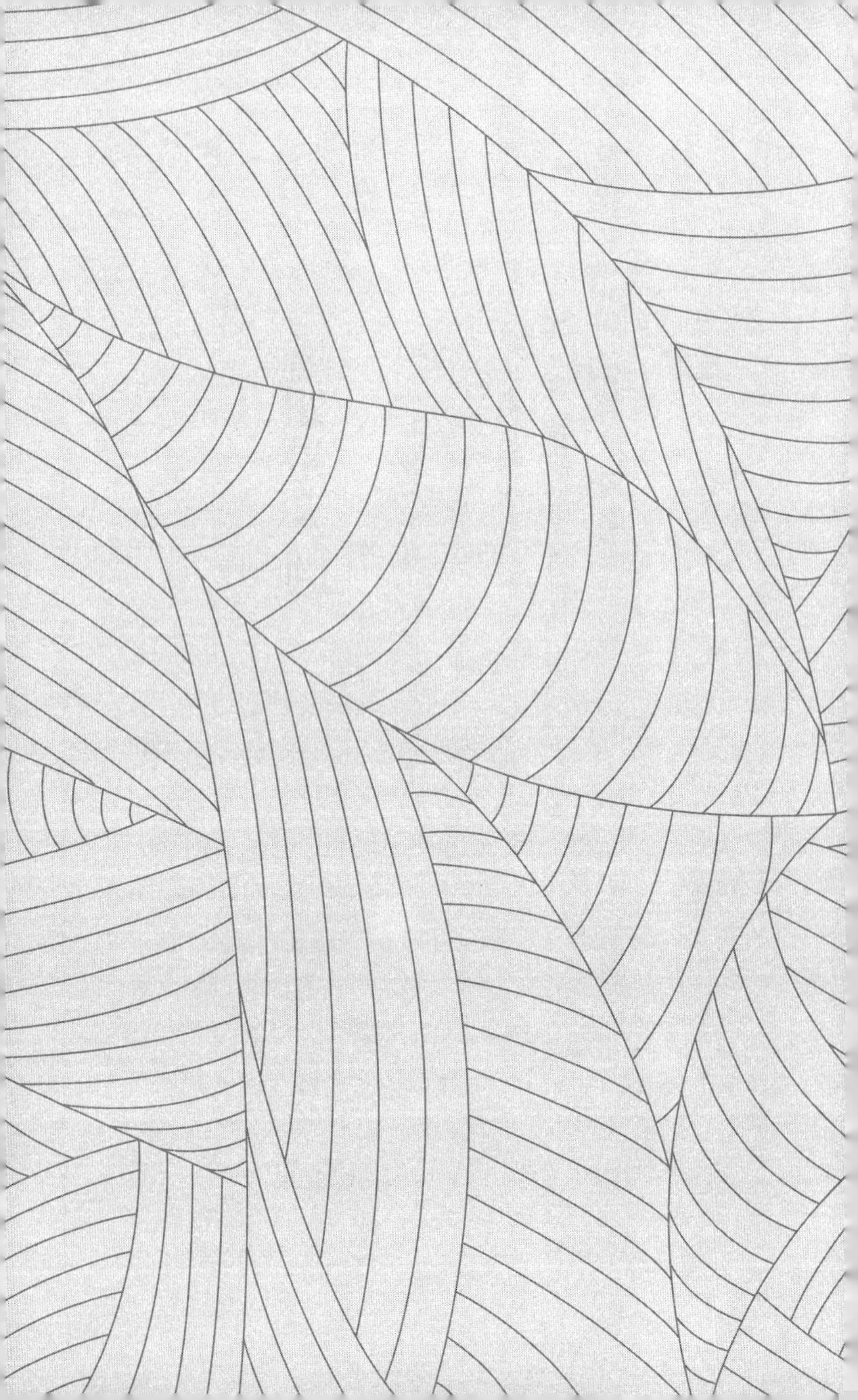

万里江山如是

西和县的社火,真是好看。先看那广大而漫长的仪仗:好似每个人的一生,不知道在何时,也不知道在何地,福祸从天而降,是死是活顿时便要见了分晓。在漫山的尘沙中,锣鼓之声骤然响起,直直地刺破尘沙,冲入了云霄,再狠狠地坠入了谷底,就像冰雹砸开了封冻的黄河,就像人心在神迹前狂乱地蹦跳,这一场人世,横竖不管地扑面而来,足足有上千人之多,全都画上了脸谱,列成了见首不见尾的长龙。开道的是青龙白虎,殿后的是关公周仓,再看其间,高跷之上,纸伞飞转,银枪高悬,开山斧当空,方天画戟刺向了满目河山;又看旱船和纸马之侧,折扇被抛上半空,小媳妇跌入了阴曹地府,大花轿横冲直撞,大海上的八仙突然抢走了许仙的新娘。

这是尘世之大,所有的苦楚都在现形,都在嘶吼,都在重新做人;这也是尘世之小,做人做妖,作魔作障,他们总归要抱住人迹罕至之处的一小堆烈火。

虽说正是春寒料峭的时节,但是,因为寸步不离地跑前跑后,我的全身上下都湿透了,却恨不得被大卸八块,各自奔向仪仗分散之后的那些热腾腾的所在。彩旗在烟尘里招展,锣鼓队好似世间所有一意求死的人全都聚在了一处,瓦岗寨的好汉们举杯痛饮,寒窑里的王宝钏将一盆清水当作了菱花镜。再去打探更多的风沙厮磨之处:这里在结义和指腹为婚,那里在对阵和一刀两断,还有几十盏花灯,白日里被点燃,再互相绞缠,几百回合争斗下来,却没有一盏灯火熄灭。更有高跷上的丑角们,悉数扮作了暗夜里的流寇:一个虚与委蛇,一个便拔出了兵刃,或是旋转飞奔,或是突然匍匐,却没有一个真正倒地不起。

也不知道从什么时候开始,冷不防地,羞惭攫住了我。这山川里,每个人都在拼死拼活,唯有我,跑前跑后也不过是隔岸观火 —— 这一年,恰好是我的本命年。还在春节里,我便得到通知,可能的活路和生计连连被取消,和去年一样,接下来的一年里,我仍然要继续做一个废物。但是,作为一个废物,我却哑口无言,反倒一遍接一遍地说服着自己:没用的,你就认了吧。于是,我干脆出了门,不知道奔逃到哪里去,但却开始了一意奔逃,第一站,便是这西和县,这时的我还不知道,这不过是我的奔逃刚刚掀开了序幕,这不过是万里江山在我眼前刚刚掀开了序幕。

这西和县里的巨大羞惭,一两句哪里能道得明白呢?黄昏降临的时候,一簇一簇的,那些山川里的烈火终于稍稍黯淡了下来,就好像,苦心已被验证,真相已然大白,所有的身体都在挣扎里证明了无辜,接下来,他们仍然有资格接受苦厄和幸福。风也渐渐小了,夜色一点点加重,脸谱背后的脸平静了,旱船背后的旱船也和奔涌的河水握手言和了,山川甚至被隐约的月光照耀,数以千计的人们端坐下来,安静地等待。我并不知道他们到底在等待什么,但是,他们在等待。

并未过去多久,等待戛然而止,在烟尘和山冈的深处,锣响了三声,铙又响了三声,像是儿女在眼前摔倒,像是母亲按住了疼痛的肚腹,所有的人都屏住了呼吸。而后,安静的白蛇在瞬间里苏醒,安静的沉香奔出了黄昏,齐刷刷,硬生生,入库的刀兵全都飞迸而出,寡言的人们陷入了纪律,箭矢一般狂乱,箭矢一般奔走,站定,聚集,人挨人,人挤人,倏忽里,一条人间的长龙便又横亘在了大地上。再看烟尘和山冈的深处,锣再响了三声,铙又响了三声,而后,是菩萨,是魔王,都要显出真身。唢呐是饿着肚子,半人高的大鼓是吃饱了饭,锣是亲戚,铙是穷亲戚,全都要活,全都要在死里拼出一场活——另外一支上千人的队伍终于出现在了退无可退之处。如此，浩劫来了，生机也来了。

天可怜见，心意碰上了，命也就撞上了。我并不知道，这两条长龙之间有没有一争高下的约定，但遇见了，即是盟约定下了。遇见了，头便要割下，债便要还上。两条长龙，就此开始了拼死拼活——你拔剑，我抽刀；你飞扑，我闪躲；你是蔷薇花，我是曼陀罗。单看那脸谱：吊眼环眼雌雄眼，瓦眉兽眉卧蚕眉。再看那争斗里的秧歌、旱船和高跷：衣襟缺了，彩纸烂了，跷木开始分叉了，可是，该举步的，寸土不让；该腾挪的，嘶喊几近了哭喊；该送去当头一击的，率先挨过一击之后，摇身一变，化作了阴鸷的虎狼。而后，火把举起来了，火光照亮了大地上的唐三藏和杜丽娘，还有激战里的张益德和花木兰。不仅他们，牛郎和织女、陈世美和秦香莲、法海和白娘子，没有一个人能够脱身。银河倒悬，江水倒灌，天大的冤屈已经铸成了铁案，他们唯有在此处摔杯为号，又在彼处双泪涟涟；在此处痛断肝肠，又在彼处将肝肠全都扯断。而阵仗依然无休无止，也许，这一生，他们全都要深陷在这无人之境里了。衣襟更加残破，彩纸似有似无，跷木说话间便要四分五裂，可是，营盘还在，旗帜还在，它们在，死活就还在，拼死拼活就还在。别的不说，只说那旗帜，假使在天有灵，你们只管去看，看那一字长蛇旗和二龙出水旗，看那七星北斗旗、九宫遮阳旗和十面埋伏旗，无一面不仍然赤裸地招展，无一面不在继续催逼着崭新的浩劫和生机。

只是，满山飘荡的旗帜有所不知，在鏖战面前，在死活面前，我终归是拔脚而逃了：对于一个没有战场的人来说，所有的号角声都是羞辱。所以，再三环顾之后，跑出去两步又折返回来之后，我痛下了决心，转过身去，狂奔着，将所有的鏖战与死活都丢在了身后。可是，等我跑上了相隔遥远处的一座山冈，回头看，满心里还是不甘愿，我不甘愿我在这里，我甘愿我在割头与还债的队伍里，在那里厮杀，又在那里抢亲；在那里呱呱坠地，又在那里驾鹤西去。不像现在，明明重新开始了奔跑，明明在奔跑里对自己接连说了好几句。也许，一片看不见的战场正在某个地方等待着自己？渐渐又颓丧下来，停止了步子，任由大风裹挟着自己，一步步，缓慢地朝前走。

那么，接着往下奔逃吧。有好多回，在小旅馆里过夜的时候，在小火车站里等车的时候，针扎般的痛悔突然袭来，我也曾经想过，赶紧做负心人，将这说不清道不明的浪游一把推开。终究还是没有，看着雨水敲打屋顶，看着流星坠落在林间，一如既往地，我还是将自己认作了戴罪之身，既然不想坐上公堂，既然不想背叛无能之罪，那么，我就接着再往下奔逃吧。

终于来到了黑龙江畔。终于等到了黑龙江开江的一日。这一日，天刚蒙蒙亮，在木刻楞里沉睡的我，猛然被一阵巨大的震颤所惊醒，踉跄着奔出了木刻楞，这才看见，黑龙江已经不是一条江，而是一座尘世，冰块与冰排在这座尘世里建立了崭新的城邦和国家。冰块铸成的洞窟和穹顶，冰排建造的尖塔和角斗场，各自沉默，互相对峙，就像来到了灾难的前夕，即使站在岸边，彻骨的凉意也一把将我抓住，不自禁地打起了冷战。我还来不及镇定，江中的后浪开始挤压前浪，前浪挤压冰块和冰排，最靠近堤岸的冰排无处可去，一边发出狮子吼，一边撞向堤岸。我终于明白过来，正是这撞击发出的震颤才将我惊醒，又几乎让世间所有的物象陷入了惊骇和止息。风停了，白桦树不再摇晃，整个大地都在震颤里变得自身难保。

即使世间所有的物象全都俯首称臣，那场注定了的灾难也终归无法避免。没有任何迹象，最大的一块冰排发起了攻击，乱世开始了：那块最大的冰排，直直扑向了矗立于众冰之上的君王般的冰山，这可如何了得？群臣开始了救驾，洞窟和穹顶，尖塔和角斗场，全都飞奔而来，碾压着将那块冰排围住，一转眼，就将它截断为了两截。然而，杀敌三千，自伤八百，冰块们垒造而成的洞窟断开了一条裂缝，尖塔上，足足有半人高的冰凌一根根扑簌而落，再在冰面上化作了碎片。哪里知道，那夭亡的豪杰绝非是孤家寡人，刹那间，它的死唤醒了更多的怒不可遏，一块块冰排，咆哮着，怒吼着，齐齐撞向了穹顶、尖塔和角斗场，后浪前浪全都弃暗投明，成了一块块冰排的蛮力和靠山。如此，任他常胜将军，还是顶戴花翎，只好吞下苦水，被撕裂，被咬噬，被千刀万剐，最终轰然崩塌，沉入江水，再也无法现身。

就算远远地站在岸上，寒气也一寸寸迫近了我，不仅仅是凉意，而是刀剑快要抵达咽喉的寒气。那寒气，像是生造出了另一番河山，再将此刻里的我、白桦林和广大无边的田野认作了臣民。不知道是天大的恩赐还是飞来横祸，我们全都缄口不言，眺望着江中的那座冰山，就像正在朝觐刚刚建成的首都。

不曾想到的是，有一个人，在我背后，大呼小叫着奔跑了过来，如此，这寒凉的国土上，在天色尚早之时，竟然硬生生闯入了一个外寇。我转过身去，面向对方，看着他离我越来越近，形容也就越来越清晰：那个人，破衣烂衫，胡子拉碴，真可算得上蓬头垢面，而且，可能是跑得太快，脸上全是岸边的柳条抽打过去之后留下的口子。见到我，那个人并未跟我打一声招呼，而像是跟我熟识了很久，并肩站住，再拉扯着我，继续对着黑龙江大呼小叫，又指指点点——每当江中的城邦和国家发生一次新的动乱，他的惊呼声便响过了奔流声。但是，我认真地听了好一阵子，却听不出完整的一句话。那个人倒是一切如故，疯癫着，嗯嗯呀呀着，一次次冲向江水，快要落入江中之时，又准确地退回到了我身边，如此反复了好多回，终于，等到他再一次退回到我身边，我便不得不一把抓住了他，再去问他究竟所从何来。

那个人，果真是有几分疯癫，但却绝不是明白无误的疯子，趁着江水暂时恢复平静，一场新的暴乱正在孕育，在不时飞溅过来的水花里，他对我说起了自己姓甚名谁。原来，他是三十公里外的一家酿酒厂的工人，七年前生了根本活不下去的病，也没钱治，干脆就没进过医院一天，但是，他从未放弃过自己给自己治疗。说起来，那治疗的法子，实在是再也简单不过——但凡刚刚落生的物事，他都追着去看，去吸它们身上的精气，破壳的鸡仔，破土的麦苗，第一缸酿出的酒，又比如眼前这条动了雷霆之怒的黑龙江。就这么一年年过下来，直到今天，他也没有死。

我岂能相信那个人的轻描淡写呢？而且，这黑龙江，古来有之，年复一年地滔滔东去，在哪一段，他才能够吸上他要的第一口精气？不承想，对方却一把攥住了我的胳膊，再对我说：你不要不信，这黑龙江啊，年年死，又年年生。被冰冻住，就是它死了；开江的时候，就是它又活了过来。现在，没有错，就是现在，冰块撞上了冰块，冰排撞上了冰排，它们其实不是别的，它们就是黑龙江散出的第一口精气。所以，每一年，黑龙江开江的时候，他都要跟着冰块和冰排，不要命地向前跑，它们涌到哪里，他就跟着跑到哪里，只因为，它们就是药，是他一年中喝下过的最猛的药。

　　我似乎听懂了那个人的话，却也颇费了一阵子去思量。这时候，他却再次不成语调地叫喊了起来，我便跟他一起，重新去眺望江水里那犬牙交错的国度——数十块木橡状的沉重冰排，并作一起，在冷酷的君王面前，再一次揭竿而起，在转瞬的时间里，它们磨洗了刀刃，坚固了心意，用肉身，用命运，面朝那座巍然不动的冰山横贯而去。整个大地，再一次发出了震颤。震颤一起，我身边的那个人便又不要命地叫喊了起来，那叫喊声甚至变成了匕首，再飞奔入江，加入了造反的队伍。再看那个人的脸，在接连叫喊的驱使下，他的五官都变形了，眼神却愈加狂乱，这狂乱又使得叫喊声愈加模糊难辨，像是在打气，又像是在一遍复一遍地重复着开江号子。我定了定神，再去见证江中的造反：在数十骁将的自取灭亡之下，冰山之侧的河道终于被撞开了一条口子，骁将们犹如疾风卷地，孤军深入，这才发现，它们早已被团团包围。

　　既然如此，埋骨何须桑梓地？在激浪的加持之下，数十块冰排杀红了眼睛，拔出了插在胸膛上的刀子，重新并作一处，只朝一处用力：一记，两记，三记；一条命，两条命，三条命。终于，冷酷的君王开始连连后退，喽啰们也一哄而散，其后，校尉和驸马顶了上来，元帅和宰相也顶了上来。但是没有用，骁将们不是在绣花，不是在请客吃饭，它们是在拼命，是在拿自己的命去换黑龙江的命，如此，还有谁能取消这必然到来的胜利？在持续的震颤中，在雷声般的低吼中，我听见了身边那个人的哭声，但我已然知晓了对方因何而哭。在这一场自取灭亡的身边，我自己的眼眶也早已红了。然而，惨烈的拼杀还在继续，拼杀的结果，却是出乎了我和身边人的意料：校尉和驸马早已沉入了江水；元帅和宰相正在坍塌；那君王，这才开始一夫当关，在天大的压迫之中，它竟然小小地往前了一步，就这么一步，大义退缩了，正道崩坏了。赤贫的骁将们，天不假年，一块块，全都在硬生生的抵挡里应声而裂，徒留下了余恨未消的冷冻江山。

随即，震颤消失了，整个江面都陷入了沉默，唯有那得胜的君王，冷眼打量着不发一言的江水，打量着自己依然算得上广阔的国土。它决然不会想到，不在他处，就在它的脚下，哽咽的江水已经开始了觉悟。过命弟兄的死，为的就是此刻，为的就是让它知道，不管后浪与前浪，不管冰块、冰排还是冰山，唯有将它们全都消融于它，唯有一个完整的它，才能真正算作是黑龙江的主人。

好吧，觉悟降临了，致命的反扑也就开始了：好似一条长龙被电流击中，冰山脚下的江水，突然间抬起了头，只要它抬起了头，大义和正道便都来了。岸边的白桦林重新开始了摇晃，大风，一场大风从天而降，先是变成石头铸成的手臂，推动着江水，又变成万千条鞭子，抽打着江水，所有的江水都疼痛难忍，直至忍无可忍，猛然间，就像一千头狮子从水底跳跃了出来，全都站上了风头与浪尖，摇头，摆尾，低低地哀叫，只差一点点机缘，改朝换代便要近在眼前了。而那最后的一点机缘说到就到——大风变得更加暴烈，远远的天际处传来了咆哮，巨浪正在像真理一般向着所有的死敌碾压过来，越来越近了，越来越近了，而那一千头狮子仍然摇头，摆尾，低低地哀叫。终于，时间到了，真理的道路势必要更加宽阔，势必要更美，好吧，什么都不等了，伴随着巨浪，一千头狮子跃上了半空，再直直地向前，无数的前定与结局，一一便要水落石出了。

浪头从半空里降下的时候，黑龙江里的一切都归作了空，归作了无，又归作了无中生有。仅仅只在须臾之间，那座冰山，那一尊冷酷的君王，便已经片甲不留，但是，它却认取了前身，成了完整的江水的一部分；再看那江水，绝无半点倨傲，只存侥幸之心，埋着头，携带着残冰，缓缓地，心如磐石地，继续向前奔流。就好像，它早已知道，崭新的劫难，就在看得见的前方，一如我身边的那个人，目睹着最后的浪头降落，目睹着黑龙江暂时迎来了坦途，哇的一声，他号啕大哭了起来。我没有去劝说他，而是任由他哭，我知道，他的哭泣，就是他吸下的精气，而我呢？我能吸下的第一口精气又躲藏在何时何地呢？

那个人，哭了一阵子，突然想起了什么，和来时一样，也没跟我打一声招呼，拔脚就狂奔了起来，一边奔跑，他一边又面朝江水开始了大呼小叫。但是，看着他跑远，我却仍然不曾上前劝阻，那是因为，只要他的奔跑不停止，只要还在开江期内，黑龙江里的欲仙欲死就还会等着他去目睹，去见证。他的追随和奔跑，不光是认命，更是不认命。那么好吧，亲爱的弟兄，我就和你一样呼喊起来吧，我，被你用奔跑抛下的这个人，照旧还深陷在无能之罪里欲辩无词，只能用呼喊来祝你一路顺风。

离开了黑龙江，苏州兖州，荆州霸州，失魂落魄地，我又踏足了不少地方。小旅馆里，又或小火车站里，睡着了，又或清醒的时候，黑龙江总是在我眼前清晰地流淌和奔涌，黑龙江边的那个陌路人总是在我身边跑过来跑过去。时间久了，我便忍不住，也像他一样，一边奔跑，一边睁大了眼睛遍寻能够吸气之处。有一回，在河北，朔风干冷，在一条干涸的河流边上，我奔跑了小半夜。这小半夜，我的耳朵边上，巨浪一直在隐约地奔涌，就好像，黑龙江已经来到了我的身边，只要我跑下去，第一口精气就会被我摄入，无能之罪就会被我推开。可是，正在此时，我却接到了一个出版大佬的电话，出版大佬径直告诉我，他已经看过了我发给他的还没写完的长篇小说，恕他直言，这小说就是一堆垃圾。

实际上，电话对面的人说得一点都没错，那部没写完的长篇小说，我也认为它就是一堆垃圾，所以，放下电话的时候，我的耳边早就没了激浪奔涌的声音，颓然旁顾了好半天之后，我在河滩里坐下，再对自己说：没有用的，你是一个废物，你就认了吧。

终于来到了广西的甘蔗林。终于来到了在上万亩甘蔗林里迷路的一整天。这一天的清晨，天还没有亮，小旅馆里，做梦的时候，我完整地梦见了一个故事，激动着醒了过来，竟然发现，梦里见到的一切，醒了之后也都记得清清楚楚。这故事，和小城之外上万亩的甘蔗林有关，但说来惭愧，我来到这小城已经半个月还多，却从未踏进漫无边际的甘蔗林一步，一念之下，我便再也无法安睡，恨不得立刻就置身在了甘蔗林里。于是，我干脆起了床，在弥天大雾里，小心翼翼地一步步试探着出了城。等我来到甘蔗林的旁边，前一晚的月亮还未落下，当空里的鱼肚白若有似无，黎明虽说已经到来，但是雾气却又将它往后延迟了不少，我却什么也顾不上，随便找了一处地界钻进甘蔗林，深吸一口气，埋头，开始了漫长的奔跑。

"……美不是别的什么,而是我们刚好可以承受的恐怖的开始。"漫长的奔跑结束之后,当我站定在甘蔗们的身边,又弯腰去气喘吁吁地呼吸,里尔克的诗句顿时便在头脑里挥之不去。但是,这恐怖并不是恐怖片式的恐怖,这恐怖,指向的是人的无能——在此处,当甘蔗们不再是一棵一棵,而是铺天盖地,它们便不仅仅是甘蔗了,它们是善知识,是玉宇呈祥,是天上的神迹来到了人间。因此,和在这世上被示现的别的神迹一样,它们真是叫人欢喜。至高的造化一直都没有丢弃大地上的我们,我们竟然有机缘和如此庄严的法相并肩在一起。它们也真是叫人害怕,我们配得上如此浩大的所在吗?在如此浩大的所在里,混沌与玄妙,忍耐与指望,我们到底要怎么做,才不会被它们压垮,再将它们一一指认、一一领受呢?

这甘蔗林里只有甘蔗,但是,人间的一切也尽在这甘蔗林里。地底里的煤块,烈火里的真金,取经的道路,蜜蜂盘旋的花蕊,第一场雪,白纸上的黑字,等等等等,及至世间所有饱蘸了蜜糖与苦水的正确,全都在这里,因为它们全都像甘蔗林一样正确。此时此地,无边无际的甘蔗林,不过是它们无边无际的化身。

真是美啊。弥天大雾暂时还没有消散的迹象,但这就是甘蔗林该有的模样。甘蔗们明明都在,雾气却又护卫和隔离着它们，就好像，它们所在的地方，是仙草所在的地方，也是传国玉玺所在的地方，你非得要用血肉、苦行和征战才能触及它的一丝半点。真是美啊：天上飘起了雨丝，雨丝淋湿了甘蔗，甘蔗林里便散发出了巨大的香气。这香气，绝非只是咬破甘蔗之后汁液喷溅出来的香气，麦苗的香气，婴孩的香气，桃花被风吹散的香气，生米被煮成熟饭的香气，它们全都来了。甘蔗林的香气，即是这世上的一切香气。在香气里，在雾气里，近一点，再近一点，盯着离我最近的一根甘蔗去看。甘蔗秆精悍，一节一节的，节节都饱满得像是紧握起来的拳头；甘蔗叶修长，它们先是像剑，垂下来之后，却像是顺从和驯服的心；从下往上看，整根甘蔗都被雨丝和雾气沁湿了，就好像，为了胜利，年轻的战士淌下过热泪，又掩藏了热泪。

而我却迷路了。在甘蔗林里流连了几乎一整个上午，雾气没有散，雨丝也没有散，梦境里的故事，被我身在甘蔗们的旁边默写了许多遍，终于可以原路返回了，这时候，我才发现，不管我如何笃定地认清了方向，再一意向前，最后的结果，却是离来路越来越远。我提醒自己：切莫要慌张，低头，闭目，冥想，再一次确认了方向。二十分钟后，在我以为就要回到来路上的时候，拨开身前的甘蔗，当头看见的，却是一座坚壁似的山岩，我竟然走到了和来路完全南辕北辙的地方，如此之快，里尔克的诗句便化作最真实的遭遇迫近了我的眼前:"……我们之所以赞许它,是因为它安详地不屑于毁灭我们。"

手机早就没电了,已经无法通过它找到可以求救的人,于是,我开始呼喊,一边奔跑一边呼喊。这奔跑,这呼喊,除了将一群群栖息的鸟雀惊动,纷纷扑扇着翅膀飞进了更深的雾气,却再也没有别的丝毫用处。那时的我还没想到,直到天黑之前,我都要在无数条歧路上来来回回,而且,在奔走中,时间丧失了,我既像是被凝固的时间牢牢囚禁在了寸步难行之处,又像是被静止不动的时针所抛弃,我越往前走,它们就越不往前走。世界也消失了,如此之境,既像是全世界都被浓缩成了此处,又像是,此处变作了世界之外的世界,我的使出了浑身气力的来来回回,只不过是一场被搁置在方外迷宫里的徒劳。

渐渐地,骇怖降临了。也许,这一生,我再也走不出这片甘蔗林了?渐渐地,故态复萌了,我又开始不断告诉自己:没有用的,你是一个废物,你就认了吧。之后,我仰头去看隐隐约约的铅灰般的天空,雨丝虽说停住了,雾气却在加深加重,天色也在转暗转淡。我知道,黄昏正在来临,如果再回不到来路上,先不说这一条性命是不是会在这甘蔗林里葬身,单说一夜的风寒和忍饥挨饿受下来,我也只怕要落得个奄奄一息的下场。

也就是在这个时候，不经意地向前看，我几乎又要张开嘴巴呼喊出来——在我的正前方，一小块空地上，竟然坐落着一间潦草的房屋，房屋里，还供着一尊我叫不出名字的菩萨。我的心里骤然一紧，赶紧趋步上前，紧盯着眼前所见，死命地看：这座房屋，其实非常小，仅供一尊低矮的菩萨容身。说它潦草，是因为将它搭建而成的并不是他物，只是那些生了虫害的甘蔗们，因此，也就格外地寒酸和腐朽。还有那尊菩萨，搜肠刮肚了好半天，苦思冥想了好半天，我还是叫不出它的名字，可我仍然一见之下便已激动难言。这一尊旷野之神，莫不正是神迹前来指引，莫不正是走投无路之后横空出现的一条新路？所以，面对那菩萨，我倒头便拜，一连磕了不知道多少个响头。

然而没有用，当我磕完头，再去仰望菩萨，菩萨依然慈眉善目，可是，新路和指引在哪里呢？我站起身来，深山探宝一般，屏声静气，绕着那座潦草的房屋走了好几圈，唯恐错过了什么要害和蛛丝马迹，终究还是一无所获。而这时候，犹如雪上加霜，天空里，雨丝变作了雨滴，雨滴又在刹那间变得急促，再后来，一阵更比一阵剧烈，没过多大一会儿，我的全身上下便被浇得湿透。与此同时，天地间的光线变得更加黯淡了，毫无疑问，黄昏正在确切地到来。我哆嗦着，环顾着身边的一条条绝路，再将视线收回，去打量近旁的甘蔗们，突然，当我看见甘蔗们当中最为壮硕的一根，一个念想，一个志愿，诞生了：莫不如，不再管那菩萨，转而信自己，站到那根最壮硕的甘蔗前，选定一个方向，什么都不想，只顾往前跑；跑不动的时候，停下来，再去找最壮硕的同伴在哪里，找到了，照着它之所在的方向继续奔跑；就这么不闻不问和一意孤行下去，说不定，那条遍寻不见的来路，反倒会被我误打误撞地遇见？

天空里响起了一阵闷雷，闷雷声里，闪电鳞次栉比，纷纷击打着甘蔗们，其中的一道，甚至吃了豹子胆，击打着破落屋檐下的菩萨。如果我再在原地里困守，它们迟早要击打在我身上。好吧，什么都不等了，出发吧。我轻手轻脚，走到了最壮硕的那根甘蔗前，闭目，低头，旋转，而后站定，再睁开眼睛，直面的方向，即是选定的方向。好吧，什么都不等了。我深吸了一口气，像受伤的野兽，像一场战役中活下来的最后一个，在雷声和闪电之下，除了奔跑还是奔跑。实在跑不动了，我停下步子，一边喘息，一边再去寻找方寸之地里最为壮硕的同伴。并没花费太多时间，最新的同伴很快就被我找到了，我便止住喘息，强迫着自己重新抖擞，重新三步并作了两步，哪怕好多次都摔倒在地，那几乎是必然到来的颓丧却并没有到来，只因为，新的伙伴，新的指南针，乃至新的照亮了道路的灯笼，正在等待着我。

突然，我的眼眶里涌出了泪水。起先，是一阵清亮的噼啪之声从前方传递了过来，我还以为，那只是雷声在变小；稍后，那清亮的一声一声，离我越来越近；终于，一头牛，悠悠鸣叫了起来。到了这时，我才醒转过来，这噼啪之声，不是别的，它是鞭子抽打耕牛的声音，也就是说，那条遍寻不见的来路，已经身在我的咫尺之内了。到了这时，我的喉头才一阵紧缩，眼泪便一颗一颗流下，又混入了滂沱的雨水。我抹了一把脸上的雨水，朝前看——真真切切地，我已经来到了上万亩甘蔗林的边缘，只需迈出去一步，我便跨上了通往小城里去的道路。道路上，一个正在向前驱赶着耕牛的农夫看见了我，可能是将我当作了鬼魂，他被吓得魂飞魄散，但又只好强自镇定。

而我，我却并没有追上前去，在天色黑定之前的最后一点微光里，我站在甘蔗们中间，先是接受着雨水的洗刷，其后，我接连擦拭了眼睛，去眺望离我最近的、赐给了我救命之恩的那一根最强壮的同伴——这才发现，我再也找不见它了。可是，我明明记得它的所在，明明记得它迥异于其他的甘蔗，现在，它却怎么再也无法被我一眼认出了呢？像此前身在迷宫里一样，我闭目，低头，想要等到睁开眼睛时再去找见它，最后的结果，却是我根本没有再睁开眼睛，而是入了神去作如是想：莫非是，那些最壮硕的同伴，自始至终都不存在？莫非是，唯有将迷宫和菩萨丢在一边，唯有将闷雷和闪电丢在一边，去孤军犯险，去以身试法，崭新的同伴、灯笼和指南针才会一再光临你的身边和头顶?

离开广西小城的时候,我所乘坐的绿皮火车,几乎是紧贴着上万亩甘蔗林在向前缓慢地行驶。连日笼罩的雾气还是没有散,所以,置身在绿皮火车里,我总是疑心,那一场甘蔗林里的局促和狂奔仍然还在持续?那么,就不要结束了吧,我对自己说,就这么迎来雷声和闪电,再发了疯一般跑下去吧,也许,你也并不全然是一个废物。还有,管他远在天边,还是近在眼前,或早或晚,另外一座迷宫总归要横亘于前,也许,它在等待和召唤的,不过是另外一场孤军犯险和以身试法?

终于来到了祁连山中。终于来到了被暴风雪围困的这一日。这一日,正午时分,紧赶慢赶之后,我终于站在了一座被墨汁般的云团罩住了大半截的山冈前。如果想要穿过这道山冈,我就必须爬上眼前高耸而坚冰遍地的达坂,而这哪里有半点可能?不说达坂与山冈,只说这几乎要将整个人世都掀上半空的暴风雪。暴风从祁连山的每一座山口里涌入,收拢,聚集,长成孽障,长成血盆大口;然后,再分散,横扫,席卷;一路上,它们又唤醒了在此地沉睡和盘踞的妖精,自此两相撕缠、飞扑和攫取,再粗硬的山石,也将饱受它们的恐吓,再广阔的山河,也只有在一败再败之后割土求和。再看那屠刀一般的雪:从天空里倾倒下来的雪,还有散落在旷野上的雪，一个往上，一个向下，在半空里碰撞、交会和合二为一，是为雪幕。这雪幕，时而扭曲蜿蜒，时而迎接更多的飞雪，再从半空里砸落下来，屠夫一般，手起刀落，生生砍掉了雪幕之外的世界。如此，我的眼睛便瞎了，就算还有漩涡般打转的雪粒历历在目，但是，我的眼睛，瞎了。

而我非要穿过那道山冈不可，穿过了它，我便可以看见我的生计和活路。几天前，我接到一个纪录片剧组的电话，他们正在拍摄一部关于祁连山的纪录片，他们说，如果我愿意，不妨前来跟他们一起工作，尽管收入微薄，工作结束之后，用这收入糊上一阵子的口总是没问题的。我当然愿意，一接到电话，便千山万水地赶来了。现在，我确切地知道，只要穿过眼前的这道山冈，我便可以找见我的同伴，尽管天寒地冻，他们也仍然每天都在出工，每天都在拍摄着最是苦寒也最是白茫茫的祁连山。

在手机信号完全消失之前，我跟剧组通过一个电话，得知他们会派出一个同伴来引领我去跟他们会合，然而，久等未来，最后，我也只能凭靠一己之力翻越这达坂和山冈。实在是别无他法了，我便瞎着眼，拨开离我最近的雪幕，一步步爬上了达坂，但这显然是自取其辱。积雪之下，无一处不是被坚冰包裹的砾石，踩上去之后，如果砾石之外的冰碴没有断裂，那还尚且算作侥幸，如果踩断了，哪怕走得再远，最后的结果,也无非是仰面倒下,在巨大的冰坡上随波逐流。其间还要失魂落魄地去提防着自己,不要就此跌下达坂两侧的山崖。最终,我还是跌回到了此前出发的地方,而这正是我此前耗费了好几个小时的遭遇——反反复复地爬了上去,又反反复复跌了回来。

再一次,我选定了出发的地方。这一回,我横下一条心,偏偏从最靠近悬崖之处向上攀爬,原因是:此处栽种抑或自然生长过根本未及长大的树木,树干树冠早已烟消云散,但是,树桩们仍然还依稀残留在这里,如果我的每一步都能依附这些树桩,也许,天大的奇迹最终会对我眷顾一二?思忖再三之后,我不再等待,开始了攀爬。一开始,这攀爬竟然出乎意料地顺利,不到半个小时,我便来到了达坂的中央。到了这时,当我再次向山冈上眺望,某种势在必得之心也就坚固了起来。哪里知道,就在我旁顾左右之间,一阵暴风猛烈地席卷了过来,伴随着暴风,头顶上的雪幕在顷刻里坍塌,凌空,当头,对准我再三地击打。我的心里一慌,脚底下一个趔趄,不自禁地呼叫了起来,但这呼叫救不了我,我先是直直地栽倒,又直直地跌落下了山崖。

实际上,在跌落的第一个瞬间里,我便又故态复萌了,那句不断被我推开的话,还是在心底里死灰复燃了:没有用的,你是一个废物,你就认了吧。只是这一回,当我刚刚开始作践自己，嘲笑竟也油然而生，那嘲笑，仅仅只针对自己。当此阴阳两隔之际，你没有手脚并用，你没有将牙关咬出血来，你不是一个废物还能是什么？如此，我的心，竟然疼得要命，一边向下跌落，我却一边忘掉了自己的生死，而是深陷在了扑面而来的不甘愿当中——是啊，我不甘愿我身披着一具名叫废物的皮囊就此作别人世。漫天的暴风和飞雪，我跟你们说，其实，我只甘愿我在攀爬中将那具名叫废物的皮囊一点点撕开！所以，在最后的关头上，在遍体里从上到下的迷乱、恐惧和绝望当中，我终于手脚并用了起来，我终于将牙关咬出了血，我终于对自己说：哪怕死了，你也要推开那句话。

是的，我推开了那句话，而且，我也没有死。跌落不光没有将我带入阴曹地府，相反，当我在灭顶之灾里睁开眼睛，又抑制住了狂跳的心。这才发现，我其实是被山崖边的另外一座稍微低矮的山头所接受了，这座山头之外，才是真正的悬崖，而且，因为它的低矮，正好被达坂抵挡护佑，尽管也堆满了雪，但却几乎没有风，深重的雪幕无法在这里被暴风推波助澜，我的视线也就变得格外清晰了。由此，我看见了我的命运：穷愁如是，荒寒如是，但是，自有万里江山如是。跌宕也好，颠簸也好，在这天人交战的本命年里，万里江山竟然将我所有的奔逃变成了命定的去处：江河奔涌，是在提醒我张大嘴巴去吸吮造物的精气？乱石嶙峋，是在叫我将骨头变成石头，再在沉默的铸造里重新做人？还有此刻，风狂雪骤，它是在叫我吃掉怯懦，吞下慌张，再从虚空里硬生生长出一对铁打的翅膀？

风雪更加大了。还有，几乎没有黄昏来过渡，夜晚，就这么突然地降临了。好在是，即使夜晚降临，天色却并没有伸手不见五指，漫山遍野的雪，发出了漫山遍野的光。好吧，是再次上路的时候了。低矮的山头上，我站起身，将手伸向达坂，在微茫之光里胡乱摸索了好半天，终于抓定了两根树桩，又一回将牙关咬出了血，呼喊着，张牙舞爪着，最终，前度刘郎今又来，我终究回到了阔别已久的达坂上。再往四下里看：风速正在升高，此前的重重雪幕正在被暴风击散，各自滚作一团，恢复了妖精的真身，再去呼啸，去横扫，就好像，只要这呼啸与横扫继续下去，祁连山中最大的魔王便要横空出世。

不管了，全都不管了，暴风和狂雪，妖精和魔王，你们暂且退后，且待我步步向前，只因为，真正的指引，已经化作了潮水，正在从山冈上朝我涌动过来。谁能想到，接下来，我所踏上的，竟是一条勉强可称之为坦途的道路呢！往前走，那些树桩，越来越结实，跟冰雪砾石凝结在一起之后，也越来越粗糙，不再是一根一根，而成了一簇一簇，须知这一簇一簇，全都可以环抱在手，到了此时，它们哪里还是树桩呢？它们早就变成了救命的武器。于是，我将自己匍匐在地，环抱住一簇，手脚并用了一阵子，并未费去多少气力，我便抵达了它，再越过它，去靠近了下一簇。

说到底，在此前的跌落里，万里江山已经让我探究了自己的功课，所以，等我终于抵达了山冈，想象中的激动难耐并没有出现，更何况，稍一向前举目，更加艰险的功课便已经在旷野里袒露无遗了。雪幕之外，山冈之下，是一片更加漫长而陡峭的达坂。很显然，如果找不到可以依凭的树桩，只要胆敢踏足其上，等待着我的，便只可能是再一回从山崖里跌落下去。就是这样，这万里江山，这万里江山之苦，又一次在我眼前掀开了序幕。只是，不同以往的是，不经意里，当近前的一道雪幕扑打过来，我未及闪躲，狼狈地吞下了一口雪，接下来，我却没有将雪吐出来，而是一口一口地去咬，就好像，咬碎了它，即是咬碎了万里江山之苦。

突然之间，我的身体呆滞住了——我在咬着雪，却有一张嘴巴，正在对面轻轻地舔舐着我，但是，我什么都看不清。而后又如遭电击，慌张着，呼喊着，拨开了身边的雪幕，雪幕越是分散，我就越是慌张。终于，我总算看清楚了那舔舐着我的到底是谁：那竟然是一匹马，是的，千真万确，那就是一匹白马。此前，我之所以看不见它，不过是因为大雪将它的全身都覆盖殆尽了，现在，在我们终于得以相见之时，它先是嘶鸣了一声，又再温驯地凑近了我。恰在这时，可能是听见了我的呼喊，也听见了白马的嘶鸣，达坂之下的旷野上，隐隐约约里，我竟然听到，有人在叫我的名字。我知道，那是剧组里的同伴在叫我的名字，我连声答应着，喉头却在紧缩，眼眶也模糊了。所以，达坂下，不知是手电筒的光，还是发电车的光，当它们远远地开始了投射，远远地来到了我的眼前，我的视线里，好长时间仍是模模糊糊。

最后，还是白马唤醒了我。可能是我走神的时间太长了，那白马，便又仰头，长长地嘶鸣了一声，这才掉转身去，面向同伴和光芒所在的地方，一甩马鬃，抖落了身上的积雪，再来回头看我，见我不解其意，它便又向后退了一步，几乎与我并肩，重新嘶鸣，重新抖落身上的积雪，如此反复了好几遍。到了这时候，我才彻底弄清楚了它的身份和来意，它不是别人，它正是同伴们派来接应我的同伴，既然如此，我还等什么呢？和它对视了一小会儿之后，我抚摸着它，又骑上了它。

我全然没有想到，坐在白马的背上，既没有跌宕，也没有颠簸，虽然走得慢，我的同伴却是每一步都走得稳稳当当。我将身体埋伏下去，紧贴着它的背，想去看它的四蹄上到底潜藏了什么样的神力，但是，那四蹄，不过是寻常的四蹄，却又好似安放了磁铁，时刻接受着大地的吸引，每一步踏下去，四蹄便在迅疾里变成了四颗铁钉，钉紧了大地，又咬死了大地。这样，我就不再去看它，而是看向了前方，在前方灯火的照耀下，达坂更加清晰，达坂上的险境也更加清晰。而我，干脆闭上了眼睛，在马背上唱起了歌。祁连山中，祁连山外，乃至整个尘世上，假如有人也如同了此刻的我，在苦行，在拼尽性命，我要对他说：放下心来，好好活在这尘世上吧。虽说穷愁如是，荒寒如是，然而，灯火如是，同伴如是，万里江山，亦如是。

在春天哭泣

大雨过后，春天来了，我先是看见河水变得异常清澈，鱼苗被水草纠缠，只好不停地翻腾辗转，可是，一旦摆脱水草，它们就要长成真正的鱼。一群蜜蜂越过河水，直奔梨花和桃花，我便跟随它们向前奔跑，一直奔到桃树和梨树底下，看着它们从桃花到梨花，再从梨花到桃花，埋首，匍匐，大快朵颐，间或张望片刻，似乎是在怕被别人知晓了此处的秘密。而后，不经意地眺望，群蜂都将被震慑——远处的山峦之下，油菜花的波浪仿佛从天而降，没有边际，没有尽头，不由分说地一意铺展和奔涌。如此一来，蜂群们就像是醉鬼们远远地看见了酒厂，全都如梦初醒，赶紧上路，赶紧要自己早一点彻底醉倒，不如此，岂不是辜负了山河大地的恩宠？

我就继续跟着蜂群往油菜花地里奔跑，没跑几步，我便看见了正在争吵的和尚和诗人。和尚是哥哥，已经出家好几年了,可是,一年四季里,用他自己的话说,除了念经打坐,他就没有哪几天是可以不用担心那个不成器的弟弟的。所以,只要有点空,他便要往家里赶,好让自己知道,那不成器的弟弟,到底吃饱了饭没有。那弟弟也是荒唐,高中毕业之后,一心要做个诗人,既不安心种地,又不出门打工,甚至连诗也没有写出来几首,终日里好似游魂一般,绕着河水打转,绕着田埂打转,转着转着,他便忍不住哭了出来。有一回,下雨的时候,他正在哭泣,恰好遇见我,"多美啊!"他哽咽着,让我去看雨幕里的麦田,"你说,要是有人看见它们都不哭,那么,他还是个人吗?"

可是,我只有十岁出头,目睹着雨水和麦田,我必须承认,眼前所见,千真万确是美的,但我还不至于为它们落泪,往往是局促了一阵子,我也只好羞惭地跑开,但我不会跑得太远。怀揣巨大的好奇之心,我会远远地找一处地界躲避起来,再看着他哭泣、奔跑和仰天长啸。

一如此刻,油菜花地里,蜂群们已经早早抛下了我,消失在了我一辈子也数不尽的花朵之中。我便在潮湿的田埂上坐下,去偷听和尚与诗人的争吵——和既往一样,和尚先是耐心劝说诗人,莫不如跟自己一起剃度出家,总好过没有饭吃;诗人却说,吃上饭只是一件小事,他的大事,是要等着诗从地里河里树林里长出来。和尚气不打一处来,再去愤怒地质问诗人，写诗到底有什么用？诗人动了动嘴角，告诉和尚，万物自有灵，所以念经打坐也不会帮助一株油菜长得更繁更茂，那么请问，念经打坐有什么用？话已至此，和尚忍不住要殴打诗人，终于未能伸手，却一眼看见了我，我还未及闪躲，他倒是拖拽着诗人一路小跑着来到了我的跟前。

转瞬之后，当着我的面，那一对兄弟竟然打起了赌，口说无凭，以我为证：哥哥念经，弟弟念诗。如果我觉得哥哥念的经好听，弟弟现在就跟着哥哥去出家；如果我觉得弟弟念的诗好听，哥哥从此再不多说一句，任由弟弟继续不成器下去。但有一条，弟弟念的诗，得是自己写出来的，而且，是现在、立即、马上写出来的。或许是好奇之心还在继续，也或许是以为见证这一场赌博能够加快自己的长大成人，仓促之间，我竟懵懂着点头，眼看着和尚就在我对面盘腿坐下，刹那工夫，天地之间竟然变得异常安静，蜂群们发出的嗡嗡之声远远地退隐到了听力所及之外。

多年以后我才知道，油菜花地里响起的念诵，不是别的，正是《地藏经》——那一段让人失魂落魄的念诵之声啊，一时如雨丝擦过柳条，欲滴未滴，其下流淌的河水也只好驻足不前，等待着它们的加入；一时又如在夜晚里成熟的豆荚，欲绽未绽，黑黢黢的身体里正在制造小小的雷霆，却又被月光惊吓，一再推迟着彻底的暴露。慈悲音和喜舍音，云雷音和狮子吼音，少净天与遍净天，大梵天与无量光天，这些经书里的命名与指认，我至少需要二十年后才能少许明白它们究竟身为何物，但它们却又全都在念诵里早早示现，化作了少年眼前清晰可见的一景一物。它们是：报春花和油菜花，石榴树和苹果树；它们是：穷人摘下了豌豆角，瞎眼的人望见了火烧云。是的，它们几乎是大地上的一切。而那和尚仍然闭目，念诵还未停止，我的狂想便继续奔流向前，那一段让人失魂落魄的念诵之声啊，先是变作了半梦半醒的喜鹊，慵懒地鸣叫了一声，一枚果实便应声出现在了花朵上。而后，它又变作了夏天里的稻浪，风吹过去，稻浪们不发一言，沉默地去绵延去起伏，像是受苦人忍住了悲痛，但是，所有的酸楚与哽咽，都将在稻穗与稻穗的碰撞中得到久违的报偿。

真好听啊。那和尚早已结束了念诵，我却迟迟陷落在一座被光明环绕的山洞里无法脱身，张了张嘴巴，好半天也说不出话。对于我的迷醉，那和尚显然心知肚明，甚至不等我的评点，他便赶紧去吩咐诗人来念一首他自己写的诗，这首诗，必须是他自己现在、马上、立即写出来的。诗人愣怔了一会儿，终是不服气，下定了决心，跳下田埂，拨开一株半人高的油菜，再拨开另一株比他还高的油菜，踩踏着脚底下湿漉漉的泥巴，反倒像个去意已决的求法僧，倏忽之间便消失不见，就好像，过一会儿，待到他从油菜花的背后现身，他定然会手捧真经一般捧出他的诗。

作为一桩赌局的见证人,哪怕诗人不见了,我自然也不能随意离开,所以,我便老老实实地继续在田埂上坐下,偷偷打量着近处的和尚。弟弟毕竟是他的心头肉,哪怕只离开了一小会儿,他就忍耐不住,跟了上去,没跟几步,叹息一声,掉转了步子,和我一样,在田埂上坐下,闭目,但却没有念经。这时候,黄昏正在加深,满天的火烧云像是在突然间窥见了自己的命运,说话间便要从天空里倾倒下来,再和大地上金黄色的波浪绞缠奔涌,一路向前,最终,它们将在夜色来临之前奔入山丘与山丘搭成的巨大熔炉。我正恍惚着,那和尚却已不耐烦,站起身,在田埂上来回打转,直至踮起脚尖往前眺望,可是,弟弟的身影一直没有出现,他也只好强忍着怒意重新坐下,再次闭上了眼睛。

直到天黑之前,由远及近,油菜花地里终于响起了窸窸窣窣的声响,差不多同时,我跟和尚都是腾地起身,再等着诗人现出身形,然而,他却久久未能推开密不透风的油菜们跨上田埂。这时候,和尚便再也忍耐不住,拨开油菜们,一把拽出诗人,劈头就问:你的诗在哪呢?还有,写不出就写不出,你哭个什么哭?听见和尚这么说,我便往前凑近了一步,借着一点微光,我终于看清楚,真真切切地,诗人的脸上淌了一脸的泪。沉默了一会儿,诗人还是承认了,他确实没有能够写出一首诗，然而，只要不让他出家，一直待在这里，或早或晚，他会写出诗来。只因为，地里河里树林里迟早会长出诗来，到了那时，诗就自然会从他身体里跳出来，好像刚才，油菜地西北方向的深处，他刚刚在一条小河边站定，立刻就忘记了这世上的一切，甚至忘了写诗——美，他只见到了美，他唯一能够想起的，也只有美。一看见美就在眼前，一想到美就在眼前，他的眼泪，便再也止不住地涌了出来。

可是，这都没有用，再多的口舌也都枉费了：那和尚，早已下定了决心，使出了全身力气，牢牢将诗人控制在了自己的手中，使得他根本无法挣脱出去，而后，拖拽着他，连村子都不想再回，一意向东走，只因为，东边二十里地外便有他的寺庙。没走出去几步，那诗人拼了命站住，指着我，跟他的哥哥打商量：哥呀哥呀，我再跟你打一个赌，就让他，这个小孩子，去我刚才去过的地方站一站，你看他哭不哭，他要是不哭，我愿赌服输，再跟你去当和尚，好不好？

我吓了一跳，但是，某种渴望却又滋生了出来，说到底，下意识里，我可能还是希望这场赌局不要就此草草结束，所以，当那和尚不耐烦地听完弟弟的话，转头问我是否愿意去他弟弟说到的那条小河边去站一站的时候，我竟然痛快地答应了。这么一来，那和尚当然也不好再多说什么，也可能是为了让他的弟弟彻底死心，于是，他便拖拽着弟弟重新在田埂上坐下了，而我，就好像战场上得了命令的送信小卒，一刻都等不及，飞也似的钻入了油菜与油菜之间，再朝着西北方向狂奔，没跑多久，我就听见了河水发出的哗哗流淌之声。

遗憾的是，我根本没有哭：春天的雨，说来就来，当我在河边站定，之前隐隐约约的月光在迅疾之间消失了，我抬头去看，天空里，浓墨般的云团正在吞噬月亮，随后，四下里变得黯淡，我便什么也看不清了。这时候，一阵急雨又当空而下，即使我在最高大的一株油菜底下躲定了，雨珠携带着寒气落下，我的脸上、脖子上，仍然还是只觉得凉飕飕的，但我不能轻易辜负了诗人，在高大的油菜底下，我耐心等待着急雨止住，等待着月光重新照亮眼前的一切。可惜的是，过了一阵子，急雨虽说停止了，月亮却再也没有肯出来，眼前四野仍然全都是黑黢黢的。我一遍一遍睁大了眼睛，终究什么都看不见，而寒意还在继续加深，渐渐地，我冻得打起了哆嗦，最后，实在没办法了，我只好空抱一颗辜负之心，重新狂奔，回到了和尚和诗人的身边，再告诉他们，那在我脸上淌得到处都是的，是雨水，并不是泪水。

到了这时候，那诗人，再也不好多说什么，抢先一步站起身来，沉默地往东走。那和尚也终于安了心，不再管弟弟，反倒走近了我，问我，是否需要他将我送回村子里去。此时此刻，和尚、诗人，还有我，我们何曾能够想到，哪怕诗人自此确实出了家，但是，几年之后，寺庙被拆，这两兄弟还会还俗做起小生意来呢？我们又何曾想到，再过了十年，那和尚，那诗人，竟然会变成名震一方的兄弟企业家呢？可是，彼时之我，只清楚地知道一件事：我对不起那个沉默着大踏步往前走的人，因此而更加羞惭，更加小心翼翼。所以，面对和尚的询问，我慌乱异常，连连摇着头，仓促之下，还未等他多说几句，我便躲得远远的，随后，朝着村子的方向，我又再次狂奔了起来。

然而，我却并没有真正离开，跑了一会儿，我干脆径直跳下田埂，重新跑进了油菜花地，然后，往回折返。因为跑得太快，油菜的枝叶扑面而来，就像一条条鞭子正在抽打我的脸，尽管如此，此前的记忆却是越来越清晰。我甚至清晰地记得，我曾经在哪一株油菜底下躲过雨：是的，巨大的羞惭之心让我无法回到村子里去安然入睡，我还想故地重游，再去试一试，机缘到了，我是否也能像诗人一样，在小河边迎来一场真正的哭泣？

终究没有用。天空里，虽说月亮正在死命摆脱云团的纠缠，但还是无法再现它的端倪，我愣怔着朝四下里环顾，仍然一无所见，可是，和之前不同，此刻的我心意已决。无论如何，我都要像那诗人一样，在小河边站定，看清某种我一无所知但却一定近在眼前的秘密。如此一来，我反倒不再焦虑，天上也没有再下雨，我便干脆离河水更近一些，席地坐下。苜蓿的香气，油菜花的香气，更多不知从何而来的香气，全都缭绕在我的周边，我的身体便生出了酥软之感，再加上不时有鱼群跃出水面，发出扑通之声，我竟好似一个听着木鱼的敲击声打盹的小僧，不知不觉就睡着了。

命定的时刻，是在黎明时分，其时，一条大鱼从河水里腾空而起，又重重落下，就像一场敲打般令我惊醒了过来。刚一睁眼，铺天盖地的美便不由分说地奔涌到了我的身前，早于沉醉，震惊提前将我牢牢地裹挟了起来。那美啊，它分明是一只蹲伏在天地之间的猛兽，霎时间就要一口吞掉我。月亮当空高悬，鱼肚白正在来临；池塘和村庄，树林和田野，茫茫雾气既遮盖了它们，又穿透了它们；雾气里，桃花和梨花，油菜花和苜蓿花，那些白与黄，那些紫与蓝，好似一颗颗柔顺却又不被驯服的心，若隐若现，却从未停止过迫在眉睫的跳动。那美啊，它分明还是眼前这条并不宽阔的河流。如果沿着这条河流往南走，我将依次看见鱼群、刚刚长成的荷叶和天际处绵绵不绝的群山。要是往北走，我还将依次看见泵站、被藤蔓爬满的篱笆和前几天才播下的稻秧。最后，我将看见我的村庄，是的，那里住着不少受苦人，这些人没吃上过什么饱饭，也没有几件好衣裳，但是，每年春天，雨水充足之时，好歹会有一条河流起死回生通向他们，这条河流终会将他们与稻秧、油菜花和更多可能的收成连接在一起，所以，他们虽说在受苦，但他们也有指望。

母亲，不自禁地，我想起了母亲，不只是我的母亲，而是村庄里所有人的母亲。这时候，一阵零星小雨穿过我头顶的云层，先是若有若无，其后又淅淅沥沥，而我却不以为意，反倒仰着面，淋着雨，自顾自地去想着母亲。我们的母亲们，她们多穷啊，可是，就像缝纫之时被尖针扎破了手，又像生火做饭时喉咙里呛了烟，所有的穷，她们都将吞咽下去，既不可怜自己，也不对人说起一句，而后，再去穿针引线，再去生火做饭，多像此时此刻眼前的一切，荷叶，油菜花，田野，群山，所有近在眼前的物事与机缘们。自打来到这世上，你们也受了苦，你们甚至会荒芜、腐烂和消失，但是，时间一到，你们仍然会清清白白地现身，哀怜着我们，庇佑着我们，一如我们的母亲。也许可以这么说：你们，就是我们的母亲？恰好在此时，母亲的呼喊声在田野上响了起来，那呼喊声尽管微弱，却足以令我战栗，因为那并不是所有人的母亲，那是我一个人的母亲，是啊，她正在寻找我，可是，来不及呼应她，只是听见了她的第一声呼喊，巨大的酸楚便降临了，猝不及防地，我的眼睛里便涌出了眼泪。

是的，我哭了。在我脸上淌得四处都是的，除了雨水，还有泪水。

只是，对不起母亲的是，在哭泣中，我并没有穿过茫茫雾气跑向她，反倒向东而去，渐渐地离她越来越远。当此之时，我满脑子里想起的，除了被和尚劫持而去的诗人，竟然再无其他，对，我一心要追上他，告诉他，在他站立过的那条小河边，如他所愿，我哭了。

时隔多年之后，我还清楚地记得那场春天夜晚里的奔跑。泪水涌出，使身体变得轻盈，而月光迟迟不肯消退，哪怕天光已经大亮，它仍然当空高悬，像是在提醒我，昨日里的赌局至今还没有完结，只要找到诗人，告诉他，我真的哭了，这样，我便在这一夜里真正地长大成人了。如此，哪怕当我好不容易跑出油菜花地，来到一条比此前那条小河宽阔出许多的河流边上，平日里的浮桥也不知所终，我都不曾有片刻犹豫，而是径直卷起了裤腿，在刺骨的河水里盘桓了好半天，这才踏入了另外一片看不到头的油菜花地。我知道，当我跑出这一片油菜花地，尽头处，便坐落着和尚的寺庙。

时隔多年之后，我还清楚地记得那一座被油菜花环绕的寺庙，只是，出乎意料的是，当我上气不接下气地赶到寺庙里去，却并没有见到诗人弟弟，也没有见到他的和尚哥哥。原因打听起来倒也简单，这座寺庙，其实只是一座更大寺庙的下院，为了不让弟弟反悔，昨夜里，那和尚哥哥回到寺庙之后，只是简单收拾了几件行李，赶紧就继续押送着弟弟去了距此一百多公里外的上院，也就是说，一时半会儿，我恐怕是再也不会有见到那诗人的可能了。当我打听清楚了诗人的下落，就像是被一盆冷水浇淋得全身透湿，在寺庙外的田埂上，我颓然坐了好半天，眼看着身前的花枝与花枝被风吹动，又看见蜂群们嗡嗡鸣叫着越过我的头顶，辜负与歉疚之感便像油菜花的香气一般变得越来越强烈了。只是，那时的我还没想到，不久之后，我就要离开我们的村庄，前往更加广大的世界里去生活——等我再见到诗人，已经是在二十多年之后了。

二十多年后，又是春天，为了给一部注定无法完成的长篇小说收集素材，我去了一趟四川的新津县。实话说，置身于新津县的乡野之间，许多时候，我都误以为自己是重回到了幼时的村庄。当我行走在一块接着一块的油菜花地边上，不自禁地，浓重的今夕何夕之感，动辄便令我恍惚得不知所以。但我早已不是那个在油菜花地里发足狂奔的少年，现在的我，一旦察觉到某种追悔之意袭上身来，又或者，一旦对自己发问何至于此时此地，下意识地，便要赶紧去找到喝酒的地方。

这一晚，我从一个镇子里出来，夜幕之下，远远地看见了一处农家乐，一想到手里的长篇小说注定无法完成，心底里顿时涌起了借酒消愁之念，二话不说就进了那农家乐。正是仲春时节，院子里开满了桃花梨花，虽然夜雨不时降下，但也近似于无，所以，在桃树梨树的底下，照旧坐满了觥筹交错的男男女女。我避开喧嚷，找到一处僻静之地，点了酒菜，一个人兀自喝了起来，没过多久，便有了微醺之感。在微醺里，我去打量周边的食客，猛然间，不过偶一举目，我竟差一点失声叫喊了起来——是的，二十多年之后，我再一次见到了诗人。当然，现在的他早就不是一个诗人，而是变成了著名的民营企业家，因为他的著名，我自然也听说了他的不少近况。他的哥哥，因为喝酒喝得太多，伤了肝，终于无救，好几年前就死在了肝移植的手术台上，如此一来，他反倒变得更有钱了。于是，他便开始在四川一带投资兴建好几个特色小镇，但是，不知何故，资金链断裂了。为了把特色小镇建起来，他只好回到家乡去高息揽储，好几年都是拆东墙补西墙，终究没有用。几年下来，一直没有一座小镇能够建好，为了躲避家乡的债主，他只能常年待在四川，根本不敢再踏入家乡的地界一步。

诗人显然也喝多了，和我一样，他也是一个人坐在僻静之地，桌子底下全是喝空了的啤酒瓶，看起来，他暂时不会再要服务员上酒了，而是埋头，嘿嘿地笑着打手机游戏，有好几回，他笑得无法自制，差点从椅子上栽倒在了地上。借着稍微酩酊的醉意，我想了一会儿，没有忍住，还是端起酒杯走向了他。

时间太久了，诗人根本已经不记得我了，所以，眼见我在他对面坐下，他可能以为我是他的某个债主，霎时间大惊失色，站起身来就要走，趔趄了好一阵子，醉意太深，他又迈不动步子，我一伸手去拉扯，他便只好乖乖重新坐下了。到了这时候，我才看清楚，他的脸上有好几处伤，全都在结痂，也不知是被人打的，还是喝多了在地上摔的，还有，他的眼睛里全是血丝，看上去，就像是几天几夜都没有睡觉的样子。为了让他定下心来，我赶紧告诉他我是谁，他却还是茫然看着我，全然记不起。如此，我便径直对他说起了二十多年前的那个夜晚，直到这时，我才对他说：二十多年前的那个夜晚，我的确哭了。

天空里突然响起了一阵清脆的雷声，雨水伴随雷声在瞬时间变得密集起来，桃树梨树底下的男女们纷纷来到我和诗人近前的屋檐下躲雨，一时之间，我和诗人的身边变得吵吵嚷嚷。但是，尽管如此，诗人还是如遭电击，是的，他想起了我，一个劲儿地，张大嘴巴看着我，也说不出话来。沉默了好半天，他才问我，他是不是欠了我的钱？我连说没有。他又问，他是不是欠了我哪个亲戚的钱？我再对他说没有，他这才稍微放了心。愣怔了一小会儿，他伸出手，端起了我的酒杯，又将酒杯里的酒一饮而尽，那酒竟然使他变得清醒，再看了我一小会儿，猛然站起身来，三步两步就消失在了男男女女当中。

面对诗人的夺路而去，有那么一刹那，我多少有些觉得愕然，但是，很快我也就想明白了：此情此境，如果我是他，不掉头就走又能如何呢？也罢，也罢，我便端着空酒杯，回到了自己的酒桌前，却发现我的酒桌正在被服务员收拾打扫，见我又回来，服务员连声跟我说着对不起。也罢，也罢，我便也就没再喝下去，结了账，出了农家乐，上了门前的省道，淋着雨，想要回到此前的镇子上去。

在省道上，越往前走，农家乐的灯火就变得越黯淡，但是我知道，雨水正在浇淋的，除了我，还有我身边全无边际和尽头的油菜花地。在夜晚里，一棵一棵的油菜，它们认祖归宗，停止了起伏和涌动，全都变作了世间命运里最温顺的那一部分。所以，即使身在酩酊之中，又走在雨水之下，我也觉得心安理得，因为此刻不是别的，千真万确地，它们其实是我的命运正在显现的时刻。只是，我没想到的是，没往前走多远，我又碰见了诗人——此时的他，正好从省道南侧的油菜花地里钻出来，看见了我，却只当没看见，飞快地从我身前跑过，又钻进了省道北侧的另一片油菜花地，刚刚钻进去，他就摔倒在地，挣扎了好半天，始终陷在泥泞里站不起身来。

我只好跳下省道，去油菜花地里搀他起来，没想到，他却毫不领情，见我走近，他竟然号啕一声，哭了出来，又挥舞着拳头让我滚开,一句一句,他的嘴巴里一直在胡乱地叫喊着什么,而我却听不清。最后,实在没办法了,我使出了全身的气力,就像当初的和尚哥哥,牢牢将他控制住,再将耳朵凑到他的嘴巴边,好在是,雨水也变小了些。我终于听清楚了他的胡言乱语,却原来,他是在说:现在的他已经不是他了,而是变作了十岁的我,十岁的我啊一定不要就此停下,一定要跑过眼前的这片油菜花地,追上他,要他写诗,不要他出家。

从天而降的雨水,还有全世界的油菜花,你们是否能够告诉我这是为什么呢?几乎就在我听清楚他的话的同时,巨大的酸楚降临了,猝不及防地,我的眼睛里涌出了眼泪。现在好了:他的脸上,我的脸上,全都是湿漉漉的;我也分不清楚,他的脸上,我的脸上,那淌得到处都是的,哪里是雨水,哪里是泪水。

七杯烈酒

第一杯酒,我要敬的是山桃花。那满坡满谷的山桃花,并不是一树一树,而是一簇一簇,从黄土里钻出来,或从岩石缝里活生生挤出来,铺展在一起,偶尔中断,渐成连绵,再被风一吹,就好像,世间的全部酸楚和穷苦都被它们抹消了。我知道,在更广大的地方,干旱和寡淡,荒瘠和贫寒,这些语词仍然在山坡与山谷里深埋,但是,风再吹时,这些语词都将变成山桃花,一簇一簇地从寸草不生的地方破土现身 —— 山桃花,它们是多么赤裸和坚贞啊:满树满枝,几乎看不见一片叶子,唯有花朵,柔弱而蛮横地占据着枝头,像出嫁的姐姐,像奔命的舅舅,今年去了,明年一定还会回来,回来的时候,他们会不由分说地给你递过来他们的心意。

为了写作一部民国年间匪患题材的电影剧本,在这部电影开始拍摄的前一年,我受投资人之命,一个人前来此处生活和写作三个月。说实话,在来到陕北角落里这座名叫"石圪梁"的村庄之前，尽管我已经对可能遭遇的情形作了许多遍设想，但是，当我的双脚真正踏足于此，眼前所见还是让我欲说还休：真正是满目荒凉，非得要睁大眼睛，才能在山旮旯里发现些微活命的口粮；村庄空寂，学校闲置，年轻人早已都远走高飞，为数不多的几个中年人里，好几个都是在外打工时患了重病再回来等死的人；还有我住的那一口窑洞，背对着一座山，满墙透风，窗户几近腐烂，到了夜晚，甚至会有实在挨不过寒冷的狐狸奔下山来，从窗户外腾空跃入，跳到我的身边。

幸亏了那满坡满谷的山桃花：这一晚，北风大作，"倒春寒"明白无误地来临，雪粒子纷纷砸入窑洞里。我避无可避，渐渐地，就感受到了一股巨大的悔意，是啊，为什么我会身在此时此地？不写这部电影就一定会饿死吗？于是，稍作思虑之后，我决心就此离开，不是等到天亮，而是现在就收拾好行李离开。几分钟后，我拎着简单的行李，出了窑洞，爬上了窗户外面的那座山的山脊，我大概知道，在山脊上一直走到天亮，我会看见山下的公路，公路上，会开来去往县城的大客车。也就是在此时，那些平日里司空见惯的山桃花们，好像是被雪粒子砸得清醒了，这才想起我与它们还未及相亲，于是，凭空里造出了机缘，将我拦在了要害之地——雪粒子像是携带着微弱的光，照亮了我身旁西坡的一片还未及开出来的山桃花，看上去，就好似它们的冻死之时已经近在天亮之前。我蹲在它们身边看了一会儿，叹息一声，接着往前走，哪里知道，刚刚走出去几步，一场灾害便在我身后发生了：脚底的小路突然变得颤抖和扭曲，我险些站立不住，与此同时，身后传来一阵含混和轰鸣的声响。我回过头去，一眼看见途经的西坡正在崩塌——那西坡，好似蛰伏多年的龙王就在此刻里亡命出世，沙块和黄土，断岩和碎石，瀑布一般，泥石流一般，全都不由分说地流泻、碾压和狂奔，猛然间又静止下去，就像那龙王正在黑暗里喘息，以待稍后的上天入地，唯有烟尘四起，穿过雪粒子，在山巅、山坡和山谷里缭绕不止又升腾不止——虽说来此地的时间并不长，我却已经不是第一次目睹类似的山体滑坡了，但是，这么大的滑坡，我倒还是头一回见到。

也不知道为什么，烟尘里，我却心疼起了那些快要被冻死的山桃花：经此一劫，它们只怕全都气绝身亡了吧？这么想着，也是鬼使神差，我竟然想去再看一眼它们，于是，便在原地里猫着腰，小心翼翼下到山谷里，再走近了山体滑坡的地方。果然，那些山桃花全都被席卷而下，却又被连根拔起，像是战祸后被迫分开的一家人，散落在各地，又眺望着彼此。我靠近了其中的一簇，伸手去抚一抚它们，而它们早已对自己的命运见怪不怪：暴风和尘沙们，焦渴的黄土和随时可能发生断裂的山岩们，你们若要我死，我便去死，总归好过哀莫大于心死。

哪里知道根本不是——突然，像是雪粒子瞬时绽作了雪花，像是一根爆竹的引线正在刺刺冒烟，一颗花苞，对，只有一颗，它轻轻地抖动了一下，而后，叶柄开始了不为人知的战栗，萼片随即分裂。我心里一紧，死死地盯着它去看，看着它吞噬了雪粒子，再看着花托在慌乱中定定地稳住了身形。我知道，一桩莫大的事情就要发生了，即使如此，花开得还是比期待的更快。是的，一朵花，一朵完整的花，闪电般，就这么开了出来。在烟霾里，它灰尘扑面；在北风里，它静止不动，小小的，但又是嚣张的。灾祸已然结束，分散的河山，失去的尊严，必须全都聚拢和卷土重来！我看看这朵花，再抬头去看看昏暗的天光，一时之间，竟然震惊莫名，激奋和仓皇，全都不请自到。而事情并未到此为止：就在我埋首那一朵完整之花的面前时，更多的花，一朵一朵，一簇一簇，像是领受了召唤，更像是最后一次确认了自己的命运，哗啦啦全都开了。现在，它们不再是眺望彼此了，而是用花朵重新将彼此连接在了一起。哪怕离我最近的这一簇，早已被孤悬在外，却也开出了五六朵，而叶柄与花托又在轻轻地抖动，更多的花，转瞬之后便要在这"倒春寒"的世上现身了。

可是，就在此时，山巅上再次传来巨大的轰鸣，四下周边又生出了颤抖与扭曲之感，而我没有抬头，我知道，那不过是又一回的山体滑坡要来了，还有那蛰伏了好半天的龙王,也终于迎来了自己上天入地的时刻。只是,对不起龙王了,此时此刻,我的满眼里已经没有你了,我的满眼里,就只有剩下的还没有开出来的那几朵花。紧接着,轰鸣声越来越近,越来越近,烟尘愈加浓烈,小石子甚至已经飞溅到了我身上,所谓兵荒马乱,所谓十万火急,全都不过如此。我还是置若罔闻,屏住呼吸等待着发落,是的,最后仅剩的那几朵还未开出来的花,我要它们来发落我。

到头来,它们终归是没有辜负我:就在它们即将被彻底掩埋的同时,它们开了。看见它们开了,我也迅疾跑开,远远站在一边,看着它们最后开了一阵子,随即,轰隆隆滚下的黄土和碎石将它们吞没,从此再无了踪影。所以,天人永隔之后,它们并未见证我对自己的发落——最终,我没有离开那座名叫"石圪梁"的村庄,而是在越来越密集的雪粒子里返回了自己的窑洞。是啊,我当然无法对人说明自己究竟遭遇了一桩什么样的因缘,可是,我清清楚楚地知道,我目睹过一场盛大的抗辩。这场抗辩里,哪怕最后仍然被掩埋,所有的被告们,全都用尽气力变成了原告。也许,我也该像那最后时刻开出的花,死到临头都要给自己生生造出一丝半点的呈堂证供?也许,那座名叫"石圪梁"的村庄里,酒坊和羊圈,枣树底下和梨树梢上,更多的抗辩和证词还在等着我去目睹、见证和合二为一?

这么想着，天也快亮了，远远地，我又看见了我的窑洞。正在这时候，一阵"信天游"从天际里响起，义士一般，持刀刺破了最后的夜幕，雪粒子好像也被吓住了，戛然而止，任由那歌声继续撕心裂肺地在山间与所有的房前屋后游走。那歌声甚至不是歌声，而是每个人都必须安居和拜服的命运，只要它来了，你就走不掉，所以，我的鼻子一酸，干脆发足狂奔，跑向了我的命运。

所以，第二杯酒，我要敬瞎子老六，还有他的"信天游"。据说，一年四季中，也就是冬天里，满世界都天寒地滑，在外卖唱的瞎子老六这才被迫回村子里住上一季，其他时间里，他都是一个人深一脚浅一脚在黄河两岸卖唱挣活命钱。按理说，当此春天时节，他早就该出门了，只是今年的春天实在冷得凶，他才时至今日还在村子里打转。实际上，自打我在这村子里住下，耳边就无一日不曾响起瞎子老六唱出来的"信天游"，只是因为心猿意马，听过了也就只当没听过。可是，这一日的清晨，我打定了主意重新回到村子里安营扎寨，再一回听到瞎子老六的"信天游"，那歌声，竟然变作了勾魂的魔杖，牵引着我，在村子里四处寻找着他的所在。离他越近，我就越迷狂，他唱一声，我的心便要狂跳一阵。

瞎子老六唱道："太阳出来一点点红呀，出门的人儿谁心疼。月牙儿出来一点点明呀，出门的人儿谁照应。羊肚子手巾三道道蓝,出门的人儿回家难。一难没有买冰糖的钱,二难没有好衣衫……"这时候,我已经看见了他,身背一只包袱,手持一根探路的竹竿,他正轻车熟路地往村外的晒场上走。我跟上了他,听他清了清嗓子,接着唱下一首:"一道道水来一道道川,赶上骡子儿哟我走三边。一条条的那个路上哟人马马那个多,都赶上的那个三边哟去把那宝贝驮。三边那个三宝名气大,二毛毛羊皮甜干干草,还有那个大青盐……"渐渐地,我越跟越近,看着他费力地从小路上爬向比他高出半个头的晒场——因为天上还撒着雪粒子,平日里还算好走的那条小路变得泥泞难行,好几回,他都差点摔倒在地,既然如此,我也就没再跟在他背后,而是跑上前搀住了他,再向他介绍我姓甚名谁。他到底也是走江湖的人,满面笑着说,他早已听说有外乡人住进了村里,又连声说我来这里受苦了,如此,不过短短的工夫,待我搀着他走到一座巨大的石磨盘旁边的时候,我们已经变得亲热起来了。

到了晒场边上,满天的雪粒子终于变作了雪花,四下里飞舞着开始了堆积。我原本以为瞎子老六前来晒场是为了拾掇什么东西,哪里知道,晒场上空空如也。在晒场边上的一棵枯死的枣树下站了一会儿,他问我,喜不喜欢听"信天游",我当然点头称是,他便让我好好听,自己却从枣树底下走到了石磨盘边上,咬了咬牙,喉结涌动了一阵,再仰面朝天,满脸上都是雪花。到了这时,他满身的气力才像是全都灌注到了嗓子里，于是，他扯着嗓子就开始唱："墙头上跑马还嫌低，面对面睡觉还想你。你是哥哥命蛋蛋，搂在怀里打颤颤。满天星星没月亮，叫一声哥哥穿衣裳。满天星星没月亮，小心跳在了狗身上……"

那歌声，我该怎么来描述它呢？枣树底下，我想了半天，终究想不出一个合适的词，只觉得全身里灌满了酒浆，手脚热烘烘的，眼窝和心神，也全都热烘烘的，最后，当我下意识地去环顾眼前的山峦、村庄和雪花，"命运"——唯有这个词化作一块巨石面朝我的身体撞击了过来——对，命运，所谓善有善报，那些穷苦的山峦、村庄和雪花，命运终将为你们送来"信天游"，你们也终将在"信天游"里变得越来越清白和美。就像此刻的我，歌声一起，我便再一次确信了自己：重新回到"石圪梁"来安营扎寨，正是我的命运。再看那瞎子老六，他不再停留在原处，却像是一头拉磨的骡子，绕着石磨盘打转，一边打转一边继续唱："半夜来了鸡叫走，哥哥你好比偷吃的狗。一把搣住哥哥的手，说不下日子你难走。青杨柳树活剥皮，咱们二人活分离。叫一声哥哥你走呀，撂下了妹妹谁搂呀……"

这一早晨，满打满算，瞎子老六唱了有十多首"信天游"，奇怪的是，自始至终，他都是在绕着石磨盘打转，丝毫也没有挪足到别的地方。终于结束歌唱的时候，我多少有些好奇,一边搀着他往村子里走,一边问他,为何不肯离开那石磨盘半步?瞎子老六竟然一阵神伤,终了,也不瞒我,对我说,这些"信天游",他其实是唱给一个死去的故人的,想当初,他还没有满世界卖唱的时候,唯一的活路,就是终日里和故人一起,在这晒场上给人拉磨。他那故人,寻常的"信天游"都不爱听,要听,就只爱听些男女酸曲。每一回,只要自己唱起了男女酸曲,那故人便像是喝多了酒一般,全身是力气,到了那时候,自己可就轻省了,只管唱歌,不管拉磨。所以,时间尽管过去了这么多年,但是,只要他回来,每天早晨,他都忘不了来这晒场上给故人唱上一阵子酸曲,不如此,他便觉得自己对不起那故人。

瞎子老六说完了,径直朝前走出了几步,我也不再说话,沉默着跟上去,再次搀住了他。不过,我没有想到的是,待我们快到村口的时候,在两条小路分岔的地方,瞎子老六却突然止住了步子,我还以为他只是稍微地犯一下迷糊,赶紧告诉他,朝北走才能进村,要是往南走,就离村子越来越远了。他不说话,安安静静站在雪里听我说完,却解下身上背着的那只简单的包袱,冲我示意了下,再笑着对我说,虽说是一见如故,但是恐怕也再难有相见之期,只因为,打今日里起,他便要再去黄河两岸卖唱了,所以,现在,他就不再进村了。

事情竟然如此，但是，如此也好。我原本以为，自此之后，我在这石圪梁村就算交下了一个能过心的人，不承想，相亲与相别，竟然全都发生在眼前的雪都来不及下得更大一点的工夫里。只不过，世间之事，往往如此，我会在倏忽里留下，瞎子老六自然也会在倏忽里离开，一如石圪梁村外更广大的尘世里，此处下雪，彼处起风，有人啼哭着降生，有人不发一言地辞世，正所谓，衰兰送客咸阳道，天若有情天亦老。是啊，这扑面而来的相亲与相别，弄不好，也不过是为了证明这样一桩事情：我活该在这里，他活该在那里。这么想着，我便松开了手，不再搀他，再看着他一路朝南，走得倒是稳稳当当，没走几步，我终究还是未能忍住好奇之心，追了上去，再问他，他的那个故人，到底是个什么样的人？如果他信得过我，他走后，只要我还在村里，隔三岔五，我也许能够买上些纸钱香烛去他的坟头稍作祭奠，你看这样可好？

显然，听完我的话，瞎子老六稍稍有些诧异，下意识地仰面，喉结又涌动了一阵，然后，他才笑着摇头，又下定了决心，告诉我，他的那个故人，其实不是一个人，而是一头骡子。什么？骡子？！我不禁瞠目结舌。他便再对我说了一遍：是啊，就是骡子。停了停，他还是笑着：一头骡子，哪里有什么坟呢？可是，在这世上啊，除了它，我实在是没有别的故人了。饥寒的时候，它在；得病的时候，拉磨的时候，它也在。要是连它都不能算我的故人，还有谁是呢？瞎子老六说完了，我还恍惚着的时候，他却已经轻悄地继续往南走了。不过，就算清醒过来，我也没有再去追上他——看看他，再看看远处的村庄，一股巨大的迫切之感破空而来，召唤着我，驱使着我，让我不再拖泥带水，朝北而去，一路跑进了村庄。是的，迫切，我要迫切地看清楚，那些寻常的庄户里，还深埋着什么样的造化？在那些穷得揭不开的锅里，在那些举目皆是的石头缝里，还有什么样的情义乃至教义此刻里正在涌出和长成？而那早已看不见了的瞎子老六，远远地又开口唱了起来："把住情人亲了个嘴，肚里的疙瘩化成水。要吃砂糖化成水，要吃冰糖嘴对嘴。砂糖不如冰糖甜，冰糖不如胳膊弯里绵。砂糖冰糖都吃遍，没有三妹子唾沫儿甜……"

雪停的时候，我又回到了自己的窑洞，但是却没有进屋，站在屋檐底下，紧盯着平日里早就烂熟于心的景致风物看了又看：山桃花又开了一片，羊群被赶出了羊圈，炊烟正在升起，回家等死的人开始了剧烈而漫长的咳嗽，而那些长满了整个村庄的枣树们，满身的雪花终究被新叶刺破，渐渐地，巨大的绿便战胜了巨大的白。只看清这些尚且不够，我就像是开了天眼，更多在平日里深藏于微茫和幽深之处的事物渐渐现形，被我清晰地看见：村子西头寒酸的小庙里，早起的人按照惯例正在给菩萨们供上三杯酒；学校旁边的一户人家里，女主人大病初愈，给小女儿戴上了蝴蝶发卡；还有，这村子里竟然遍布了那么多条小路，那么多条小路，我竟然从未踏足过。此时此刻，满脑子里，我只有一个愿望——那些从未踏足过的道路，我都要一一走过，那些从未亲近过的人，我都要一一亲近。

我真的像是开了天眼，打这天起，说来也怪，初来这石圪梁村时的局促和生涩，一夜之间便飞到了九霄云外：见到了人，我便凑上去搭话；见到了羔羊，我也大呼小叫着将它们赶上了山，又或者撵下了坡。不到半个月，这村庄里的大大小小，已经几乎没有我还不曾相识的人了。白天里，我在村子里东奔西走，时间便过得飞快，就算到了夜晚，我也不会闲着。刚入夜时，我多半会前往废弃的学校，去到一间教室里和人打本地的花牌，要说起来，这几乎就是赌博了，只不过，我们的赌资，最多也不过是一只小袋子里装着的几十颗红枣。夜再深一些的时候，要是酒瘾上来了，我就直奔村子东头的一家小酒坊，不管多晚，那酒坊里多多少少总会聚集着几个喜欢喝酒的人，见了面，也不管谁请客，坐下喝便是，大不了，第二天晚上自己再请同道们喝。只是那苞谷烧太烈了，不多不少，我正好可以喝下七杯，要是再多喝一杯，十有八九，我便要醉倒过去，躺倒在酒槽边上长醉不醒。

有时候，大多是在后半夜，我喝多了，往自己的窑洞里走的时候,总是忍不住拐到村子西头的那座小庙里待一会儿。小庙实在太小,正当中供着高低三尊我认不出的菩萨,两边的墙壁上,还有更多我认不出的菩萨们被彩绘在其上。我其实疑心村子里的人大多也都和我一样,根本不知道这些菩萨们姓甚名谁,但是,三尊菩萨身前的一条石凳上,倒是从未间断过供奉而来的苞谷烧。春天是真正到来了,村子里的枣树们不停地随着春风起伏,月光也是明晃晃的,我便借着月光和醉意,一遍一遍地去看那些墙壁上的彩绘菩萨,又想起了白日里相熟过的人,还想起了瞎子老六,想起了石圪梁村外的茫茫尘世。如此之时,我便再也忍不住,一笔两笔,在心底里开始了画像,只不过,我画的不是菩萨,而是人,那些一日更比一日亲热起来的人。

譬如老冯。"春去春会来,花谢花会再开",每回喝多的时候,老冯都拉着我的手说:"春去春会来,花谢花会再开,你说对吧?"我只要说对,他便又跟我抬起了杠:"其实我觉得不对,我这么乐观的人,老天凭什么说死就要让我死?说到底,人间不值得啊!"话说到这个地步,我也没有办法再应答下去,只好任凭他喝尽了一杯再喝一杯。阻止他喝多实无必要,用他自己的话说,反正黄土已经埋到他的脖颈上来了——打一落生,他就是个私生子,长大之后,原本一直在村里学校当语文老师,渐渐地,因为没有学生可教,他也只好远走了广东打工。近十年下来,没有挣到什么钱,反倒落了个肺癌的下场，一个人凄凄惶惶地回了石圪梁村，终日里以听各种各样的老歌度日。稍有空闲，他便举着一个手机，气喘吁吁地跑来找我，要和我共同分享他在手机里读到的文章，无非是些《远离负能量爆棚的十种人》和《你若安好，就是我最大的满足》之类，"写得真好，对不对？"文章在手，老冯总是先发出由衷的赞叹，迅疾又陷入了半天也拔不出的伤感，"可惜，我不能再活一遍了。"

突有一夜，我喝多了，正走在回自己窑洞的路上，迎面撞见了他，他又举着手机朝我狂奔而来，我还以为他是要找我分享好文章，不曾料到，他突然定定地在我身前站住，告诉我，他刚刚做下了一个决定：天一亮，他便要去礼泉县，弄清楚自己的身世，虽然没有更多的线索，但他至少知道母亲当初是在礼泉县城里帮工的时候怀上的他，那么，去礼泉县挨家挨户地打探，总归不会有什么错误。我诧异着问他，一辈子如此之长，为何要等到现在才去做这桩事情？他低下头想了一会儿，对我说，他是躲不过去了——这一辈子，他其实都在躲避着这桩事，为了躲这桩事，他没做成过别的任何一桩事。当老师当不好，打工也打不好，结过婚，日子也没过好，到头来，媳妇早早跑了，自己也没留下个一男半女，现在，要死了，却连死都死不好。就在刚才，他终于想清楚了，为了能死好，他不得不活好。可是，要想活好，各种各样的老歌终究没有用，手机里的文章也终究没有用，要想活好，只有一条路，那就是，他不要再躲着那桩他躲了一辈子的事了。

春风浩荡，我和老冯身边的梨树被风吹动，梨花们纷纷落在了我们的头顶和肩头上。终了，我不免担心，时间过去了好几十年，老冯在礼泉县可能一无所获，"春去春会来，花谢花会再开，"老冯说，"可是，我可以死得安心些了，我这辈子也算是做了件正经事了，对不对？"我当然说对，老冯便笑了起来，他一笑，一口白牙在黑暗里便显得几乎和梨花一样白了。

又譬如马家三兄弟。这三兄弟，和旁人一样，原本都是在山旮旯里种些苞谷和荞麦求得活命的口粮，也不知道中了什么邪，马家的老二出门打了几年工之后，非要回村里种兰花，而且，说干就干。晒场往西，再走两里，一块稍微平坦之地，便是他高价租下种兰花的所在。简直想都不用想，在陕北种兰花，定下这主意和生计的人，只可能是脑子已经坏了。所以，几年下来，马家的老二，年年种兰花，年年又都种不活兰花。可是，万万没有想到，他的两个兄弟，老大和老三，也跟他一起中了魔障，各自抛下自己的活计，一年到头跟着老二作魔作障。此等行径，自然便成了一桩笑话，而我，在听说了那三兄弟的行径之后，却对他们生出了亲切之心，每隔几日，总要去往他们种兰花的塑料大棚，跟他们一起，给兰草们增湿和分盆，又或给兰草们去泥和蔽荫。尽管如此，那个人人都说不出口的结局却又早早已经定下了：甚至连一朵花都还没来得及开出来，兰草们都纷纷开始了发白发黑，很显然，它们的死亡之时，已经指日可待了。

这一晚，星辰低垂，明月悬空，天光可谓大好，然而，兰草却死了一大片。面对死去的兰草，马家的老二接连叹息，却也不曾格外惊奇，反倒出了塑料大棚，一个人沿着布满了石块的田埂信步打转。是啊，他不过是又一次遇见了坏运气，但是，反正，他也从来没遇见过什么好运气。塑料大棚里，只剩下了我和马家的老大跟老三，我便径直问了他们，这注定了的、一时半会儿都看不见收成的日子，他们还要陪着老二过到什么时候？老大的话平日里就少，这时候也只是笑，那老三，却是念过高中的人，听完我的问话，想了又想，跑向塑料大棚的一角，翻找了半天，找到一本破破烂烂的书，再举着书凑到我眼跟前，翻到一页，"芝兰生于幽谷，不以无人而不芳，"他念出这两句，再问我，"这句话的意思，说的是，哪怕没有人看见，兰花该咋样就还咋样，对吧？"我点头称是，他便看向遥远处田埂上的老二："他败就败了吧，不能他败了，我们兄弟就散了。我们兄弟，一堆里朝前走着哪。"

也说不清楚是为了什么，一时之间，月光愈加亮堂，星辰们也愈加饱满，一颗颗的，全都像是刹那间便要被汁液撑破的果实，蓦然间，我竟觉得时空正在流转，我们好似已经不在塑料大棚里，而是置身在了一幅岩画之中。在岩画中，管他旷野和麦穗，管他星空和山峦，全都铁铸一般被凝固了，然而，唯有信心穿透黑铁，仿佛地底的岩浆，仍然在呼啸着奔涌流淌。我再去看那马家的老大和老三，刹那的工夫，他们也变作了两尊寡言和笃定的罗汉：心意决了，多说一句都是妄言，唯一的道路，便是木讷和顺从。还有那马家的老二，不知何时，静悄悄地重回了大棚之内，再静悄悄地盘腿坐下，就好像，又一尊罗汉来到了众生之间，发白又或发黑的兰草们，好似一个个混沌未开的沙弥，迟早都要幡然悔悟，开出花来。

还譬如改改妹子。说起她，就得先说起卖粉条的满仓，这满仓，也不知道哪里修来的福气，虽说在西安卖粉条时出了车祸，还瘸了一条腿，谁承想，等他回到村里，竟然中了改改妹子的意，就算一推再推，这远近闻名的美人儿，照旧是起早贪黑往他窑洞里跑，给他上药，搀他去县城的医院，还给他生火做饭洗衣裳呢！看这个样子，十有八九，怕是还要给他生娃啦。这改改，可是不得了呀，人好看不说，还在县城最大的商场里租了柜台卖皮鞋，偏偏却撞鬼了一般，听说瘸了腿的满仓回了村子，她竟关了柜台，终日里伺候起了满仓。要知道，那满仓，不光穷，还离过婚，前几年，一个人拖拽着长大的娃娃也生急病死了。人说世上黄连苦，在这石圪梁村，那满仓就比黄连还要苦。可是，事情荒唐得很，任谁也不会想到，那满仓，你猜怎么着？没天理了，他反倒根本不理睬改改，蹬鼻子上脸，对改改是又打又骂，到后来，连门都不让她上了。那改改，一个女娃娃，可怜得很哪，总是一个人买了酒喝，喝多了，就蹲在满仓的窑洞门前哭，你说，这世上，这石圪梁村，还有没有天理？

实际上，我却知道，改改妹子并未喜欢上满仓，我还知道她到底何以如此——近十年前，在西安城里打工的时候，她被骗子骗了，被迫着卖起了身子，想跑，跑不掉，想死，也没死成。恰在这时候，有一回，她被骗子们押着上街买衣服的时候，街头上遇见了满仓，当天晚上，满仓便将自己身上所有的钱全都拿了出来，又去凑借了一部分，再找到骗子们，将她赎了出来。人人都说满仓穷，那是他们都不知道，早在那么多年前，满仓给改改拿出的这笔钱，就足以在县城里盘下一个铺子了，他穷，是因为他早早就把钱花在了改改身上。改改被赎出来之后，转头去了苏州打工，多年之后，终于回到县城，在最大的商场里租下了柜台。可是，那满仓，却一直没有过好，而且，这些年，因为他甚少回到村子里，所以，改改被迫着卖过身子，他又拿钱把改改赎了出来，这两桩事情，根本就没什么人知道。

大概因为我是个外乡人，也大概是因为改改妹子高看了我，有天晚上，在小庙前面，她拦住了我，似乎再也忍耐不住，什么都顾不上了，劈头便对我说起了前因后果，而后，她又央求我去劝说满仓，让他娶了她。事实上，起先，他对她又打又骂，并不是她一心要嫁给他，她一心要的，其实只是将自己所有的钱都给他，是的，那是她所有的钱。可是，她打错了算盘，每回偷偷给他留下的钱，都能被他从床铺底下、墙缝中乃至羊圈里找出来，再怒骂着砸给她，现在，她已经没有别的法子了，她干脆想把水搅浑。是的，如果嫁给他是给他钱的唯一法子，那么，她也不在乎自己嫁给他。

只是，惭愧的是，尽管改改妹子对我道尽了实情，到头来，我也并未如她所愿。站在小庙门口，我一边看着她又奔向了满仓的窑洞，一边却再一回没来由地想起了那个词：命运。对，命运，实实在在的，命运给改改妹子送来了苦行，也给石圪梁村里更多的人送来了苦行。可是，就像我当初跟瞎子老六一起所遭遇的山峦、村庄和雪花，它们终将在"信天游"里变得越来越清白和美，而你们，也终将在一再的苦行里，遭逢到各自在这尘世里何以度日的真正秘密。对这秘密，我其实一无所知，也因此故，我要像满仓一样，像那些山峦、村庄和雪花一样，或是对着改改妹子怒骂，或是拜服在深夜的菩萨们身前，总归要强自镇定，总归要守口如瓶。

岂止是深夜啊,岂止是在小庙里头啊,哪怕是在梦境里,下意识地,一笔两笔,我也常常忍不住给相熟的人画起像来。说不清缘由地,每一回,只要相熟的人们踏进了我的梦境,总是会在茫茫雾气里现身,或是簇拥,或是分散,他们并无一个刻意地聚集于此,但却自有一只巨手将他们托举,再安置于雾气之中,一个一个,衣裳破烂,脸色黑亮,该背着箩筐的人照旧背着箩筐,该拎着酒壶的人照旧拎着酒壶。我便直盯盯地去看他们,看着看着,就认准了这样一桩事情:他们根本不是别人,其实是走下了墙壁的菩萨;墙壁上的菩萨也不是别人,不过是依次走上了墙壁的他们。一念及此,哪怕苞谷烧再烈,满打满算,我也只能喝下七杯,可是,我却不管不顾,执意对自己说,哪怕拼出性命,也要给菩萨们敬上烈酒三满杯。

是的,当此别离之际,第三杯,第四杯,第五杯,这七杯烈酒中的三满杯,我不会将它们端正地供奉在小庙门前的石凳上,而是会当着菩萨们的面一饮而尽。相熟的人们,还有墙壁上的菩萨们,你们有所不知,唯有烈酒灼身,我才能对得起这一场目睹、见证和合二为一;唯有烈酒灼身,此一去的泥牛入海之后,我才能够反复确信,这一生里,我的确发过一场名叫"石圪梁村"的高烧,在这场高烧之后,弄不好,不管去到哪里,只要那些名叫"山桃花"和"信天游"的病毒还在,我便定然还会迎来新的高烧。没有办法,我和这石圪梁村，无论多么不情愿，切切实实地，终于还是来到了真正别离的时候——我一心想要写出来的那部电影剧本，其实早就不用再多写一个字了。仅仅在我重新回到石圪梁村住下的二十天之后，投资人便来了电话，在电话里，他让我立刻收拾行李打道回府，因为这个电影项目已经被他放弃，我也不必再多做无用功了。而我，却将投资人的话当作了耳旁风：哪怕生计没了，我也还是要在这村子里住满三个月，说起来，不过是舍不得。

所以，第六杯，第七杯，这两杯我尚能勉强喝下的烈酒，想来想去，我就自己敬给自己吧。这倒不是我有多么贪杯，实在是，就算我早早见识过了山桃花和"信天游"，三个月以来，在这石圪梁村里坐卧、游荡和狂奔的，其实是两个我。一个我，黎明即起，端坐在窑洞里写剧本，但是，因为电影的投资人喝多了酒跟没喝酒完全判若两人，我所写下的主人公也只好时而是土匪，时而又变作了盐贩子和地下党。没过几天，我差不多已经猜到，手上的这个项目很快便要化为乌有，可终究还是心存了侥幸，投资人的电话一来，我便马上开始了讨好卖乖。而另一个我，却是身轻如燕，踏遍了石圪梁村里的每一家庄户，进东家说长，去西家道短，在灶膛前谈笑，又在风箱边打盹，就好像，我根本不是什么外乡人，我其实是某一户人家里的小儿子：在外受了苦，现在回来了，我又岂能不撒娇？

严重的时候，一个我，几乎容不下另外一个我。窑洞里的那个我，在电话里讨完了好又卖完了乖之后，站在窗子前，一眼看见山巅上那只时常破窗跃入的狐狸，也难免会对自己说：错了，这些年都错了。那么多的无用功，那么多的过路人，其实不是因为别的，那不过是因为你胆小如鼠，那不过是你在用漫长的消磨回避着真正的写作。而真正的写作，如果你要它来，就得首先推开那些无用功和过路人，像另外一个我，在雨水里泥沙俱下，又在春风里滴血认亲。再看另外一个我：一时间，他满山寻找着那只早已熟稔的狐狸，狐狸也早就不怕他，找到了，他和它，也无非是相顾无言，只差敬对方一杯酒；一时间，他又在闪电的光亮里奔跑，那闪电，好似一言九鼎的风水先生，耧犁和连枷，油旋和黑粉，村后的望夫石和坟前的望子草，那些他命数里欠缺的，风水先生全都会一一照亮，再指点给他。

一个我，甚至在害怕着另外一个我——窑洞里的我做了一个笼子，许多次，尤其在接完投资人的电话之后，那么多的追悔、疑虑和不知何从好半天持续不退，窑洞里的我便飞快跑进了村子，将那四下里游荡的另外一个我抓捕回来，牢牢关进了笼子，哀求他，不要再想入非非了，你所渴望的奇迹，注定不会到来，你早已被注定的，无非是遇见更多的无用功和过路人。而那另外一个我却总有法子虎口脱险，逃出笼子，再硬生生拉扯着窑洞里的我，一路向前飞跑，跑过了小庙和酒坊，跑过了老冯、马家三兄弟和改改妹子，最后，当我们在晒场上站定，回望石圪梁村，但见村庄静穆，又见群山耸峙，即使窑洞里的我也不得不承认，满当当的风云之气，终究是不由分说地灌满了胸腔。可是，尽管如此，窑洞里的我反倒觉得大事不好，拔脚就要奔逃，另外一个我赶紧伸手阻拦，十有八九，两个我便厮打在了一起。

厮打得最厉害的一次，是在春分之日。据说是上百年的老习俗了，但凡春分，这石圪梁村里的老老少少便要聚集在一处，打腰鼓，吃干烙，入了夜之后，还要举起火把唱"信天游"。为了拍摄这些老习俗，这一天，省里县里的电视台都派了人来拍专题片。然而，正是在这一天，入夜之后，窑洞里的我得到了电影项目正式被投资人放弃的消息，不由得悲从中来，一刻也不停地飞奔而出，在半山腰的一户人家里找到了另外一个我，再拽他出来，要和他就此远离这石圪梁村，而他却仍是一如既往地执意不从。窑洞里的我当然怒从心起，一脚将他飞踹在地，再狠狠地将他踩在脚下，开始了厉声呵斥，哪里料到，他竟也一脚将窑洞里的我绊倒在地。如此，两个我便喘息着，搂抱着，却更加激烈地纠缠着，滚下了半山腰，一直滚到了正在沉默地吃着干草的羊群们边上。

恰在这时候，村庄四围的山巅之上，一支支火把从夜幕里闪现，红彤彤的，愣生生的，像是大地和夜幕的伤口，又像是人世间最清苦的美德终于被点燃了。那些小小的火焰，虽说只能映照方寸之地，但却自有乖张，如入无人之境。随后，"信天游"响了起来："牵牛牛开花羊跑青，二月里见罢到如今。百灵子过河沉不了底，三年二年忘不了你。白马青鬃四银蹄，马身上打盹梦见你……"一曲既罢，一曲又起："荞麦皮皮担墙墙飞，我一心一意想呀想着个你。心里头有谁就是个谁，就是个谁，哪怕他旁人跑成个罗圈圈腿……"

实际上，"信天游"一起，窑洞里的我便捂住了自己的胸口：完了，命数定了，说来说去，我到底是离不开这石圪梁村了。再看那另外一个我：也是双目炯炯地去看，也是凝气静神地去听，却不由得攥紧了拳头，最后，终究伸出手去，捂住了自己的胸口。在羊群们身边，两个人对视着，暂未决定何去何从，不要紧，"信天游"还会再起，人间草木，山河风烟，都还会在更多的"信天游"里水落石出。果然，痛哭和诉告一般，掏心和挖肺一般，又一阵"信天游"起了，两个人在刹那里瞠目结舌：那不是瞎子老六的声音吗？瞎子老六不是在黄河两岸里卖唱挣活命钱吗？可是，千真万确的，瞎子老六就在这里，因为所有火把底下的人都变作了他，如此，所有的声音就都在和他一起，嘶唱着同一曲"信天游"："太阳出来一点点红呀，出门的人儿谁心疼。月牙儿出来一点点明呀，出门的人儿谁照应。羊肚子手巾三道道蓝，出门的人儿回家难。一难没有买冰糖的钱，二难没有好衣衫……"

伴随着瞎子老六和更多人的歌声，两个我，终于落下了泪。几乎就在同时，两个我一起想起了当初的山桃花。虽说火把在山巅上高照，但近在身前的，还是茫茫的夜幕，但就算如此，两个我却都分明看见，此时此刻，在水井边，在教室里的课桌上，在一切喑哑和微弱的物事旁边，一簇山桃花，又一簇山桃花，正在抗辩一般开出来。那些山桃花，多么像我们头顶上的"信天游"啊：那些忍饥的和挨饿的，那些天上和地下的，那些说不出口和说了一万遍都没有用的，你们终将被"信天游"重新连接，只要"信天游"还在，你们就都有依有靠。依靠来了，你们便只管去打腰鼓，只管去吃干烙和举火把，因为它们也不是别的，它们正是抗辩和烟尘里最后开出的花。就这样，夜幕下，歌声里，两个我，鼻子发酸地喘息着。最后，另外一个我终于痛下了决心，不辞而别，朝着山巅上的火把们奔去；而窑洞里的我终于不再阻拦，就只在原地站着，纹丝未动，看着另外一个我越跑越远，越跑越远，直至最后，消失在了夜路上，消失在了相熟的人们和墙壁上的菩萨们中间。

——其时情境，就像黎明正在到来的此刻：说起来，这别离和赶路的一夜，我的确没有少受罪，一路上的山坡与山巅，和我初来时一样艰困难行，虽说时令已在春夏之交，山间的寒气却照样浓重，不由得打了不少寒战。好在是我有烈酒灼身，紧赶慢赶，天光大亮之前，公路边上，我准时等来了第一班开往县城的大客车。稍后，大客车在我身前停下，一个和我年岁差不多的人下了车，面对面，打我身边走过去，先是跳下了干涸的沟渠，又再爬上了我来时的山坡。一开始，我并不以为意，只当那是寻常可见的江湖交错，没过多久，偶然一回头，看见正猫着腰往山巅上攀爬的他，突然就认出了他：他不是别人，他正是三个月前在此处下车再前往石圪梁村的我。

我的身体蓦地一震，将脑袋伸出窗去，想对着那隐约的身影叫喊一声，终了，却并没有叫喊出来，只是在心底里对他说：兄弟啊，我要恭喜你，你在此刻所踏足的路，迟早都要变成西天取经的路 —— 虽说八十一难刚刚开始，但是只要你愿意，或早或晚，那石圪梁村都会变成极乐灵山上的雷音寺。想了想，我又对大客车里的自己说：兄弟啊，我也要恭喜你，你此刻所踏足的路，同样是一条西天取经的路 —— 虽说八十一难刚刚开始，但是只要你愿意，你迟早还会遇见另外一座石圪梁村，再一次和那石圪梁村道别的时候，你还会一边鼻子发酸，一边喝下七杯烈酒。

三过榆林

冬至日，天降暴雨，我头一回过榆林城。其时黑云压城，滂沱的雨水似乎将整个尘世驱赶到了雨幕之外，而我乘坐的小客车依然在雨幕中缓缓驶向茫茫然不可知的地方，直到一棵榆树被狂风折断，硬生生刺入了车窗，小客车才终于停下。乘客们全都被破窗而入的"刺客"吓住了，虽说未作动弹，但是纷纷仓皇四顾，看上去，就像一群末世里的囚徒，抑或一群待宰的羔羊。

过了好半天，沉默才终究被一个瞎子打破。那瞎子显然是个爱热闹的人，似乎天生就怕冷场，全然未将满天暴雨放在心上，竟然向左邻右舍打听起了车窗外的景致。路边的房屋是砖房还是窑洞？地里的小麦长到多高了？还有，既然此地唤作榆林，我们所经之处，是不是果有成片的榆林？然而左邻右舍无不满脸愁云，面对他堪称活泼的提问，一个个先是搪塞和苦笑，过了一阵子，也就不再理会他了。

哪里知道，稍一冷场，他竟然当即提议，既然一时半会儿走不了，他干脆给大家唱段曲子，不知众位乡亲们意下如何？众位乡亲仍然懒得理会，他却二话不说，径直扯着嗓子唱了起来："风飒飒，雨潇潇，青山苍翠，迎天晓抗秋寒风雨难摧，头高昂步从容冷对群匪，耳听得声声呼唤深谷萦回……"

一听之下，我心头倒是一惊，只因为，那瞎子唱的不是别的，正是我家乡的荆州花鼓戏《蝶恋花》。可能是他走南闯北的年岁过于深长，之前我竟然没听出他来自何方，如此，我便屏息听他继续唱，果然，不几句之后，我便可以确认：千真万确，他是我的同乡。

天快黑下来的时候，雨稍微小了些，我和其他几个乘客下了车，一起将那棵刺入车厢的树拖拽了出去，再连声催促司机赶紧开车。可是，司机连打了几次火，小客车就是无法发动起来，乘客们这才烦躁起来，纷纷指责起了司机。殊不知，在指责声里，司机却变得比乘客更加烦躁，几言不合之后，他竟然推门而出，跳下小客车，钻入雨幕，自顾自地朝前走了。所有人都瞠目结舌，全都忘记了阻挡，眼睁睁看着愤怒的司机越走越远，竟至于全然消失在了雨幕里。

天色即将黑定之前，雨稍微止住了些，乘客们终于放弃了司机还会回来的指望，三五相邀，怨声载道地背上各自的行李，再往榆林城的方向跋涉前行。我也别无他法，只好随着众人一起往前走，因为脚下实在过于泥泞，我每往前走上三五步便要摔倒一次，不由得越来越沮丧，直到听旁边的人说此地离榆林城实际上已经只剩下十多公里，这才总算松了一口气。可是，就在这时候，我却想起一件事来，原地站住，思虑了一阵子，终究还是决定折返回去，奔向了刚刚离开的那辆小客车。

果然，除了那瞎子，从小客车上下来的人都走尽了，只剩下他杵着拐棍，一脸茫然地站在车门边，听听这边的动静，再听听那边的动静，似乎不知道眼前发生了什么事情，又好像已经知道了，却不知道往哪个方向迈开步子。听见我来了，下意识地笑了起来，却听错了方向，不过就在转瞬之后，我所来的方向便被他准确地辨认清楚了，于是，他认真地、庄重地对我笑了起来。

并无一句寒暄，我走上前，径直告诉他，所有人都已经徒步前往榆林城了，又问他，愿不愿意和我一起往前走？他使劲点头，点完头，似乎是想起来忘了笑一下，又格外热烈地笑着连声说愿意。如此，我便牵着他的拐棍，重新踏上了前往榆林城的路。未承想，还没走出去几步，我便一个趔趄，费了好一会儿心机想要站住，却终于还是摔倒在地，不用说，那瞎子也紧接着摔倒了。躺在地上，我刚想对他说一句惭愧，大概是早已习惯了摔倒，他竟然异常轻松地立即从地上站了起来，哈哈笑着，告诉我说他一点事都没有。

如此，我便从地上爬起来，再次牵着他往前走。这时候，天色黑定了下来，我拿出手机，当作电筒来用，这样，眼前的道路倒是都能辨认清楚。既然夜黑路长，两个人终归要攀谈起来，我先对他说了自己是何方人氏，再问他是不是我的同乡，没料到，他竟然告诉我，他其实是江西人，为了活命，他从十多岁就开始在全国游历，之所以会唱荆州花鼓戏，是因为他在荆州城里住过整整三年，也正是在那里，他遇到了他的师父。师父也是个瞎子，教会了他唱花鼓戏，此后，他才终于不再为吃了上顿没下顿而发愁，即使在离开荆州之后，他差不多踏遍了一十三省，始终并没有缺吃少穿，哪怕是在广东湛江的一个小县城里，他听不懂旁人说话，旁人也听不懂他说话，可是，只要他唱起了花鼓戏，总有人会给他送来吃喝。

身旁的同路人身世竟是如此，倒是多少有些出乎我的意料，于是，我便转而问他，为何来到这并不算盛大的榆林城，难道此处的吃喝比广东更容易得来吗？他却告诉我，他来此地，是要给师父养老送终。

——他的师父，就是榆林城里的人，年轻之时，也是千里万里地去了荆州，中年之后，日渐思乡，拼死拼活也要回到榆林。实际上，他和师父是同一天离开荆州的，只是一个往南一个向北。在荆州城北门的小汽车站，他对师父立了一个誓，说要以五年为期，五年之后，他定当会前往榆林城，找到师父，侍候他。而今年就是他与师父分别后的第五年，所以，过了秋分，他就从暂居的河北出发了，一直走了几个月，至今日，才总算是走到了榆林城外。

我当然不曾想到，我们脚踏的这条路，竟然是一条践约的路。愣怔了片刻，我干脆不再牵着他的拐棍，转而离他更近，搀住了他，他也稍微愣怔了下，没有拒绝我的亲近，仍然是一脸的笑，如此，我们便重新一小步一小步往前走。令人羞愧的是，没走多远，我又趔趄了起来，反倒是他，一把将我定定地拉扯住，这才没有倒下，直到这时我才多少有些明白，看起来，我是在带领他，实际上，他需要的，其实只是一个前往榆林的方向。作为一个在黑暗里不知走过多少弯路的人，此刻脚下的艰困，于他而言，不过是最寻常的小小磨折。

这时候，天上起了大风，之前已经疏淡下来的雨水重新变得密集，越往前走，雨滴愈加坚硬，显然，一场更加狂暴的大雨正在迫不及待地显露端倪，我身旁的那瞎子却问我，想不想听他再唱几支曲子？实话说了吧，我全无听歌的心思，却又不想拂违了他的好意，想了想，转而问他：眼见得的狂风骤雨，一路上又黑灯瞎火，掐指一算，真不知何时才能走到榆林城，他何以还能开口唱曲？哪知道，他却还是笑着告诉我：你就当它们全都不在，风也不在，雨也不在。

我举头在黑暗里四顾，风雨明明都在，绝非虚在，全都是一颗一颗、一阵一阵的实在，那瞎子却反倒像是被漫天风雨激发了兴致，甚至恢复了之前小客车里的活泼，兴致勃勃地对我说，这么多年，他都是这么过下来的——风雨交加之时，他告诉自己，它们全都不存在；一脚跌进深沟或窨井里之后，他告诉自己，他不过是刚睡了一觉才从红薯窖里醒过来；有一回，他被一个女人打破了头，他告诉自己，那是他回到了小时候，那个女人，可能是他的母亲。不仅如此，哪怕平日里并未遭遇什么沟壑，但凡踏足一地，仿佛画画，仿佛拍电影，他早已习惯了用狂想给所在之处安排好周遭和伴侣。时间长了，那些周遭和伴侣就跟他熟稔得像是一家人了，打招呼、开玩笑乃至吵嘴，一样都不会少。就譬如：在刚才的来路上，风雨当然无踪，他的眼前身边只有铺天盖地的榆林，其中一棵榆树上还落了一对凤凰；前一阵子，他坐渡船过黄河，河中的水神听说他路过此地，特意给他备下了几壶薄酒，两人端的是一醉方休；更早一些，他刚从河北离开的那个早晨，天上下着小雪，他当自己回了宋朝，一路上，风高他要放火，夜黑他要杀人，因为他不是别人，十万禁军教头豹子头林冲是也。

必须承认，在暴雨当空而下的时刻，听完他扯着嗓子说出的这些话，我的心底里遍布了巨大的惊异。更加令我惊异的是，不觉间，我竟然越走越快，不要说摔倒，连一个趔趄都没有，似乎真的穿云破雾，和他一起走在了豹子头夜奔的路上。似乎前方真真切切的就有一座山神庙要从风雪里显出身形，再等着我们放火烧掉。终了，我还是问他：此刻，但不是此世，而是他狂想出的彼世里，和我们同路的、亲如伴侣的，是些什么样的奇珍异兽？

霎时之间，那瞎子就像再生了一对火眼金睛，几乎是雀跃着告诉我：现在，我们是在首都北京，长安街，十里长街送总理的长安街，身前身后绝无任何泥泞。你看那绿树成荫，你再看那华灯初上，对了，你抬头去看我们的头顶，没有错，要相信自己的眼睛，有一只孔雀，跟着我们走了千里万里，一同到了北京，现在，它就在我们的头顶上往前飞。实不相瞒，这是他最好的朋友，每一回，只要它在近旁，他就忍不住要和它一起开口唱起来。

有那么一刹那，我好像真的踏足了他所指点的那个世界，下意识地，竟然抬头去眺望那只并不存在的孔雀。而我身边的他,对未能歌唱的忍耐仿佛已经临近了极限,终于几近亢奋地唱起了另一段荆州花鼓戏《花墙会》:"家住湖广襄阳九龙井,遵父命回乡省亲遇灾星,求恩人留下府君名和姓,方天觉结草衔环报大恩……"

直到好几年之后,在诸多风尘厮混稍微了结的间隙,艳阳下抑或夜幕里,那瞎子的歌声偶尔仍会破空而来,只叫我当场站住,一遍又一遍地在虚空里追逐着缭绕不去的余音。那歌声虽说不至于比作当头棒喝般的狮子吼,却也堪似佛前的木鱼一阵更比一阵猛烈地敲响了。赶路的时刻到了,做功课的时刻到了,被某种至高之物一把拉扯过去的时刻到了。如果说,在我过去的生涯里的确存在过几番紧张、迷醉乃至明心见性之时,那么,榆林城外,那一场雨夜里的遭际之于我的全部生涯,就像我拿出手机当作电筒来用时散发出的光芒,虽然没有多么夺目,却刚刚照亮了眼前的行路。

是啊,在当初的夜路上,当那瞎子的歌声不断升高,我确切地感到了紧张,那甚至是一种强烈的担心。我担心我们头顶上的孔雀飞走了,也担心所谓的"清醒"不请自来,驱使我不再夹杂在雨幕和那个孔雀盘旋的世界之间左右为难。到了后来,我竟然担心暴雨早早结束,担心眼前的夜路早早走完,担心这神赐般的苦行会戛然而止。脚下的泥泞和艰困消失了,不知不觉间,我早已如履平地,又身轻如燕,就算闪电穿透了雨水，在我们的身边接连击下，我也视而不见。就算之前走在前头的三三两两一个个被我们越了过去，我也视而不见，就只是费尽了气力朝前走，费尽了气力在那瞎子的狂想之境里上天入地，却不忘对自己说：你看那绿树成荫，你再看那华灯初上。

然而，送君千里，终须一别。雨还在下，当我再一次抹去脸上的雨水，竟然一眼瞥见了不远处闪烁着的霓虹，再稍微仔细一点辨认，可以看清楚霓虹所在其实是一座郊区商场。渐渐地，汽车喇叭声也清晰了起来，千真万确，我们已经走到了榆林城内。恍惚间，我去看身边的那瞎子，他也止住了歌唱，面朝我，又挂满了一脸的笑，其时情境，就像两个取经的沙弥渡尽了劫波，这才来到了人迹罕至的藏经洞前。但是，就在此时，我竟然听见有人站在商场的屋檐下叫我的名字。

说起来，我这一回打榆林过，为的是给一部电视剧看景，目的地却是距榆林城一百多公里的另外一座县城。我和摄影师美术师早已约好了在榆林城里碰头，但是，在刚才的夜路上，因为我一直在拿手机当电筒用，手机大概是已经被雨水淋坏了，摄影师美术师给我打了许多遍电话，却怎么也打不通，于是干脆租好了车，就在我进城的必由之路上等着我。此时，一见到我，二话不说便要将我拉上车，而我，却站在原地里纹丝未动。实话说了吧：我竟然舍不得就此离开那瞎子。在同伴接连不断的催促声里，我看看他们，再去看那瞎子，迷乱着不知如何是好。可是，就在这转瞬之间，那瞎子却仿佛已经完全对我的情形明了于心，虽说还是笑着，却像是做下了一个决定，笃定地点了点头，要我赶紧上车离开，听我还是没有动弹，他又哈哈地笑着说："我走啦！再不走，我的孔雀就要得重感冒啦！"

说完，他便三两步重新奔入了雨幕，而我，也就在恍惚间被同伴们拉扯着上了车。之后，我们的车朝着目的地缓缓向前行驶，而那瞎子的唱曲之声又从雨幕里升腾了起来："我为你，我为你千里奔波冒风尘，我为你死里余生血染巾，我为你挨过王府无情棍，我为你含悲忍辱入空门，我为你墙外脚印摞脚印，我为你手拿木鱼敲碎心，只盼你无损冰清玉洁体，要谨防花落寒塘染污尘……"

其后多年，我将不少荆州花鼓戏的选段拷进了手机里，每逢走夜路的时候，山西也好山东也罢，台湾也好香港也罢，我总是忍不住再三去听它们，听多了，某种对身边万物的热情就不自禁从心底里涌动起来——想当初，谁能想到，我自小就算作熟稔的花鼓戏会突然降临在寸步难行的夜路上呢？如此，这浩渺尘世里的高楼与深谷、山寺与火车、穷人与花朵，它们和他们，是否也在不为人知之处缔结下了深重机缘？其后多年，我还经常想起榆林城里的雨幕，就好像，榆林城里的雨水无休无止，那瞎子在雨幕里的奔走也无休无止，但是，只要他的歌声不停，雨水便无损于他的金刚不坏之身。其后多年，稍遇如坐针毡之时，我也强迫自己闭上眼睛，画画一般，拍电影一般，用狂想给自己的所在之处安排好周遭和伴侣。但是，离开了暴雨、榆林城和那歌唱的瞎子，更多的苟且便故态复萌，直至变成本来面目的全部，那只我曾经见识过的孔雀，始终不曾飞临我的头顶。

直至我第二回经过榆林。这一回，我仍然是为了一部电视剧前来，为了说服一个导演能拍我写的戏，我和投资人带着大包小包的土特产，前去探望正在榆林城拍戏的导演，只是这一回，我们是从北京坐飞机前来。在从机场前往榆林城的路上，虽说窗外的残雪不断提醒我今时已非往日，但是，我满脑子里念想的，却仍然是记忆里堪称刻骨的那条夜路。如此，我便暗自定下了主意：此去榆林，尽管行程实在仓促，我也定然要找到那瞎子，再听他唱一曲荆州花鼓戏。

幸运的是，找到他竟然非常容易，在旅馆办入住手续的时候，我向服务员打听起他的下落，没想到，几年下来，他在榆林城里竟然已经算得上著名。服务员告诉我，她认得他，他就住在一座汽车站附近的小巷子里，几乎每天，他都要在汽车站前面的小广场上卖唱。我问服务员，那瞎子唱的是不是荆州花鼓戏，服务员却确切地告诉我，他唱的是秦腔和地方小调。这倒不奇怪，他的师父就是榆林当地人，教他唱会秦腔和当地小调应该都不在话下。如此，我便火急火燎地朝他所在之处寻了过去。

其时正是黄昏，汽车站里已经没有多少人乘车，所以，站前小广场上也人烟稀落。虽说隔了老远我就听见他在扯着嗓子唱，但他身边的确并无一个人围观。我几乎是小跑着奔了过去，一脚站定在他身前。他多半以为是来了给他打赏的人，于是唱得愈加卖力，青筋暴露，曲声也渐渐激越起来，直至额头上渗出了豆大的汗珠。

一曲唱罢，他先是辨认清楚我的站处，而后，就笑了起来，正是我所熟悉的，那种盲目而热情的笑。见我不说话，他便问我，要不要再听一曲？刹那间，我便想起了当初的小客车上，他也是如此这般地问他身边的人。这时候，我就开口了，径直告诉了他我是谁，他稍微愣怔了片刻，哎呀一声，腾地站起来，一把握紧了我的手。

因为已经和前来探望的导演约定了他收工之后的夜宵，而且明天一早我就要离开，所以，我便对那瞎子提议，闲话不要再提，你我二人，何不就此找一家小店，先行把酒言欢？那瞎子当然说好，他知道有一家羊汤馆，那里的羊杂碎好吃得紧，但是因为我远道而来，而他已是此地的地主，所以，这顿酒一定要他来请。好说歹说全都没有用，我便不再推辞他的盛情，干脆搀着他，两人一起欢欢喜喜离开了。

看上去，那瞎子显然早已对榆林城里的大小街巷烂熟于心，没花多长时间，我们就在一条小巷子里找到了他说的羊汤馆。临要进门，我突然想起一件事来，就赶紧问他：何不叫上他的师父，一起来作这尽兴之欢？没想到的是，一反常态，他竟然叹息起来，也不说话，先找了一张桌子坐下了。

三巡过后，酒酣耳热，那瞎子竟然哭了起来，到了这时候，我才知道，却原来，自从那晚来到这榆林城，此后每一日，他无不都是在找他的师父，但一直到今天，秦腔学会了，地方小调也学会了，师父却仍无半点音信。许多次，他前去师父的旧居向他的邻居打探，得来的消息，却是师父从来没有回来过。他也想过，是不是离开榆林城去找师父，可是，他既不知道去哪里找，又生怕他一走师父就回来了，所以，在此地，他的每一日，都真正是左右为难。

这个在我记忆里活泼到触目的人，此刻竟然号啕大哭了起来。面对他的哭泣，我全然不知道该如何宽慰他，心里倒是涌起过一个念头，想问问他，在此地风霜雨雪过下来，他都用狂想给自己安排过什么样的周遭和伴侣？他的老朋友，那只孔雀，是否还在与他长相厮守？终究没有问出来，也只好端起酒杯一饮而尽，好在是，似乎我的到来重新将以往的他激活了，哭泣突然止住，他提议说给我唱一曲荆州花鼓戏，唱完了，他还想带我在这榆林城里走一走，也不枉我好歹来了这一趟，总要知道榆林城的模样。我当然说好，他便喝下一杯酒，也不管邻桌的旁人，兀自亮开嗓子，那铁匠敲击山河般的曲声顿时就冲破了羊汤馆："想当年娘在桑园把儿命救，带回家胜过了亲生骨肉，全不顾家中清贫又添一口，娘的甘苦点点刻在儿的心头……"

直到曲子唱完，我们出了羊汤馆，那瞎子领着我在城中游转，他久违的活泼才总算水落石出了起来。四周景致被他一一指点：这里是回民街，那里是糕点铺，前方有一座建于清朝的桥，更远的地方，还有从明朝留下来的老城墙。其时情形多少显得有些怪异——一个瞎子正在热情地充当导游，跟在他身后的我却反倒连连称是，所以，每当有人经过，总不免多看我们几眼。那瞎子却不知所以，可能是太久无人与他亲近，他拉扯着我，几乎是在小跑着往前奔行，好几回都差点撞倒了围观我们的路人。

然而，看着他跌跌撞撞地来回奔忙，我的心底里却是涌起了某种不祥之感。过度的雀跃，时而荆州话时而榆林话的频繁转换，还有他脸上过分夺目的红晕，这一切，恰恰可以用失魂落魄来形容，甚至尚且不够，我还是实话说了吧——他的身上甚至显露出了隐约的疯癫。

等到我们行至一条稍微空寂的街道上，四下里无人，我就忍耐不住，径直去问他，那只狂想世界里的孔雀此刻是否正在我们的头顶上。哪里知道，他半天都没说话，迎着夕光安静地站立着，最后，叹息着告诉我：那孔雀虽然还在，但每一现身就立刻变作了猛兽，而且终日里都在威吓他，想要吃掉他。我多少有些不知所以，反倒帮他追忆着当初：也曾跟黄河的河神干杯，也曾化身林冲走出河北，为什么偏偏到了这榆林，那只孔雀就变作了要吃他的猛兽呢？这时候，他从夕光里侧过脸来，告诉我，他的魂丢了，从前的好多事，都不记得了。

再往前走了一小段，在一面仿古酒旗之下，那瞎子又站住了，突然间，既像是丧失的记忆突然恢复，又像是奔涌的委屈终于冲破了闸口，彻底打开了话匣子。他对我说：此生中，他要拿性命去侍卫的，就是他的师父，只因为，如果他这一生里也像旁人一般得到过谁的亲近和欢喜，除了师父，就再也没别的人了。所以，侍卫师父于他岂止是念想，那简直就是每一念及鼻子就要发酸的狂喜，好像佛教徒们在尘世里可能不发一言，倘若见到释迦牟尼，哪有不跪拜痛哭的道理呢？在这茫茫人间奔走，掉进了窨井，他当自己是从红薯窖里醒来，被陌生的女人打破了头，他将对方当作自己的母亲，为的是，赶紧度过去，赶紧见到师父，赶紧向他索要亲近和欢喜。可是，他却只能在那个狂想的世界里见到师父，更可怕的是，因为那只孔雀，还有更多的物事，全都变作了吃他的猛兽，他连那个狂想的世界也不敢去了。

这一回，轮到我不说话地暗自叹息了，也只好陪着他一起沉默地朝前走。要说起来，这世上的聚散果真有命——我们刚刚踏上另一条街，我竟劈头就遇见了正在拍戏的剧组。不用说，这剧组的导演正是我从北京飞来探望的人，如此，我便赶紧上前，前去问候导演，再去问候相熟的演员们。可是，等到一轮寒暄下来，举目四望，那瞎子却凭空里消失得无影无踪，我不曾有片刻犹豫，四处奔跑，从前街找到后街，终了，此行的任务占了上风，我终究没有继续找那瞎子，迟疑着，还是回到了导演的身边，直至陪着他完成了当日的戏份。这样，我和那瞎子的第二次相逢，就此便草草作别了。

隔天清晨，赶飞机的路上，我特地绕道那瞎子卖唱的汽车站，四顾了好一阵子，没有找见他，又眼见得大雪从天空里降下，地面上正在上冻，生怕误了飞机，还是颓然前往了飞机场。一路上，越往前走，那种明确的不祥之感就愈加浓重。我就实话说了吧，前一日里，在此世，而不是在狂想出的彼世，那瞎子所有的指点都是错误的：回民街，糕点铺，清朝的桥，明朝的老城墙，事实上一样都不存在；就连我们干杯歌唱的羊汤馆也不存在，那不过就是街头上一家用彩条布搭起来的排档。

第三回过榆林全然是个意外。我一个人在山西吕梁地区游荡，漫无目的地到了临县，看过了正觉寺和义居寺之后，兴之所至，竟然渡过了黄河，去对岸的陕西佳县听了几天民歌，快要离开时我才知道，这佳县正是榆林的辖地，两地相距不过百十公里而已。霎时之间，那瞎子的身影便从空茫里显出了身形，就像站在眼前一般活生生，我便没有犹豫，直奔汽车站，坐上了前往榆林的客车。

到了榆林城，我仍然住在了上一回来时住过的旅馆，旅馆的服务员也尚且还认得我，办入住手续的时候，我还没来得及打问，她竟然径直告诉我，那瞎子已经死了。我愣怔着，甚至来不及震骇，只是盯着她说不出话来，她便再次告诉我：那瞎子千真万确已经死了，就死在榆林城外的一座水库里。只听说他在四周乡镇里打探他师父的下落，终归是眼睛看不见，可能一脚踏空掉进了水库，死了好几天才被人发现。最惨的是，他死了还不到半年，他的师父就回到了榆林城。

在旅馆的柜台前，我恍惚站着，一时之间，房卡拿在手上，痴呆着忘了上楼，就在恍惚与痴呆之间，当初的暴雨和夜幕，后来的羊汤馆和仿古酒旗，一幕幕纷至沓来，中间又夹杂着连绵的唱曲之声，一会儿是《花墙会》，一会儿是《送香茶》，那曲声互相缠绕，又分头而去，终于全都喑哑了。我清醒过来，问那服务员，知不知道那瞎子的师父现居何处。服务员便回答我，像那瞎子生前一样，他的师父也是终日在汽车站前的小广场上卖唱，去那里就可以寻见，这样，我就二话不说，推门即向汽车站方向飞奔了过去。

二十分钟之后，气喘吁吁地，我站定在了那瞎子的师父跟前。其时又是夕照满天之时，那老者并没有开口歌唱，而是安静地坐在夕阳里，身体算得上硬实，如果不是双眼俱盲，说是一身的清朗之气也不过分。没有等待太久，我走近他坐下，再跟他仔细说起来，我跟他的徒弟，的确存在过几番机缘，我们的头顶上，曾经盘旋过同一只孔雀，只是没想到，这机缘如此浅薄，他竟然就此便驾鹤西去了。没想到，我刚说到此处，那老者就打断了我，再若无其事地告诉我，他的徒弟并没有死。

和在旅馆的柜台前一样，我又陷入了愣怔，那老者似乎未曾出门已知天下三分，早已看透了我的疑惑，伸出手向前指点，说他的徒弟就在对面唱曲。我顺着他的指点向前看，除了匆忙的人流，却是再无所见。但见那老者，彻底将陷塌的眼窝紧闭，再仰起头来轻微地摇晃，似乎真正是在随着一支曲子渐入了佳境。蓦然间,好似闪电击醒了记忆,诸多消失已久的场景死灰复燃,我总算明白了,和当初夜路上的那瞎子一样,除去此在的尘世,他的师父,也别有一个人间,在那个人间里,那瞎子照旧活着,照旧在奔走唱曲。

对那瞎子的歌唱,他的师父多有不满,一边听,他一边告诉我:花鼓戏里,《清风亭》唱破了音,《哑女告状》则记错了词;秦腔里,因为咬字始终没有过关,唯有《斩韩信》里的一小段尚可一听。除了诺诺称是,我也答不上别的话,干脆逼迫自己狠狠盯着老者指点的对面,看看能否找到那瞎子的身影,能否切实地踏足于这师徒二人的人间。但是,除了耳边的汽车喇叭声,除了眼前渐渐稀少下来的人流,我再也未能听见和看见更多。

天黑下来之后,和上回来榆林城时我问那瞎子的一样,我也试探着问那老者,你我二人,何不就此寻一家小店把酒言欢?抑或说一说你的徒弟?多说一说他,于我而言,是否也可算作一场勉强的祭拜?那老者似乎不愿意听我的后半句,直接打断我的话,再对我说:你我二人,当然要把酒言欢,但是,把酒的绝不止二人,而是三人,他的徒弟也要一并前去。随后,不等我多说,他起了身,朝向对面的辽阔之处,大喊了一声:走啦!这才径直走在了我的前面。

小酒馆里，那老者执意吩咐服务员，给他的徒弟也摆上了一副碗筷。上了酒之后，他第一个先给我倒上，再给自己倒上，最后才给徒弟倒上，这最后一杯好似在吩咐徒弟，不管身在哪里，礼数规矩都不能坏了。然后，他便开始和我碰杯，每一回碰杯，他的杯子都能准确地碰上我的杯子，只有到了这时候，小小的得意才算流露出来，但这得意，只是给徒弟看的，意思是要他学着点本事，当然，这小小的得意，刚刚好地都化作了气定神闲的一部分。要说起来，那老者的酒量真是好，两瓶白酒，我并未喝多少，没多大工夫，酒瓶里便所剩无几。我刚要再叫服务员来加酒，他却仰头喝尽最后一杯，又对着那副多出来的碗筷大喊了一声：走啦！一语既罢，我还坐在原处，他却站起身来推门而出了。

忙不迭地，我结了账，也推门跑出去，在巷子口追上了那老者，再问他住在何处，我好送他回去，他却连连推辞。我多少有些放心不下，执意要送他，他这才驻了足，告诉我，他的住处实在有碍观瞻，两人此处别过也就好了。我当然接口再劝他不必作过多想，哪知道，他却说，颠沛流离了一辈子，他当然不在乎，但是，他的徒弟在乎，他怕他的徒弟怪自己没能给师父置下一处更好点的容身之所。

当夜里，躺在旅馆中，我竟然难以入睡，只要一闭上眼，满脑子里便都是那师徒二人的身影，在诸多思虑之中，乱麻与沟壑交错，于我而言，已经几近于一场小小的错乱。直到天快亮了，我也没能睡着，干脆披衣起床，出了旅馆，在城中信步乱走，走着走着，就走到了那座汽车站前的小广场上，没料到，那昨日里的老者也早就来了，待我走近了才看清楚，他的脸上竟然流了一脸的血。再仔细看，那血是从头上渗下来的，而他的年纪毕竟已经不轻，此刻，他撕下了衬衣的一块，正在吃力地给自己包扎。

一见之下，我差不多大惊失色，赶紧上前帮他包扎好，再要带他前去医院。不承想，他却端坐下来，只说他心里有数，伤口和血都不打紧，过一阵子就好了。我当然不信，拉扯了好几遍，终于还是未能如愿，没有别的办法，我也只好就在他身边坐下，想了想，终归忍不住去问，这头破血流究竟是所为何故？他倒是没瞒我，对我说，他这是被人打了——这广场上卖唱的，有真瞎子，也有假瞎子，大概是因为他唱得好，卖唱所得总比假瞎子多，所以，他已被那几个假瞎子打过好几回了。

蓦然间，这老者的徒弟曾经对我说过的话在我耳边回旋了起来，他说：他要拿性命去侍卫的，只有他的师父；他还说：见了师父，自己要拼命向师父索要亲近和欢喜。如果他还活着，今日里，面对如此情形，他只怕是要和那几个假瞎子将命拼尽了。就这么胡思乱想着，再看看身边的老者，迟疑了一会儿，我终究对他问出了那些纠缠了我整整一夜的思虑：如何能够像他一样，死亡非但未能将他和他的徒弟分开，反倒让他们更加如影随形？还有，他的徒弟，千真万确已然作别了人世，他不伤心吗？如果他并不伤心，只要终日沉迷于狂想的所在便已足够，那么，这难道不是对死亡的轻慢乃至侮辱吗？

问完了，我就直盯盯地看着他，心底里却做好了他不发一语的准备，哪知道，那老者沉默了一阵子，竟然开始说起了河南邓县。却原来，当年离开荆州之后，他才刚刚走到河南邓县，因为看不见，行至一座村庄时，被一根裸露的电线击晕了，如果不是被一个弹棉花的小伙子所救，他肯定早已不在人世。身体稍微好些之后，他又日夜赶往榆林城，没走多远，他就听说那弹棉花的小伙子被一只疯掉的恶犬活活咬死了，四岁大的女儿却一个人被孤零零地扔在了世上，如此，他便实在没法子再往前走了，只好折回邓县去找那四岁大的女儿，谁承想，这一找，他便在邓县住了整整八年。八年里，为了养活那个小女孩，除了卖唱，但凡做牛做马的差事，他一样都没落下过。

在邓县，他不多的慰藉，除了小女孩在渐渐长大，仍然是，也只能是和徒弟共度的别一世界。当初，在荆州城，他给过他的徒弟两根拐杖，一根叫做卖唱，一根就是用狂想给自己安排好周遭和伴侣。说起来，这也不是什么独门秘笈，多半只是身为一个瞎子的本能，据他所知，太多的瞎子都是以此遁形，才能在诸多心如死灰之时逼迫自己再往下多活一阵子。可是，那一方生造出的人间，你既要知道如何走进去，你就还要知道如何走出来，有时候，它是一罐蜜糖，有时候，它却是一堆能烤死人的火。他不是不知道，他的徒弟心思太重，但是，如果不像自己一样以此遁形，徒弟又何以一个人在伸手不见五指之中走过千里万里？所以，在邓县，在他给自己安排的周遭里，就像徒弟头顶上的孔雀，他唯一的伴侣，唯有徒弟。

小女孩长到十二岁那一年，突然被一户好心的人家收养了，他放心不下，在邓县又多待了半年，直到确信那小女孩衣食的确无忧，在时隔八年半之后，他才总算重新踏上了回到榆林城的路。一到榆林，他就听说他的徒弟已经死在了此地，别人总说眼泪都流尽了，对他来说，他的一双瞎眼根本流不出眼泪，徒弟死后，他却意外地开始流泪，直至最后，跟别人一样，他的眼泪也流尽了。但是，尽管如此，他也横下了一条心：既然如此，只要自己一日不死，他就将和他的徒弟在别一人间里继续相见；每一日，他都将继续接受徒弟的侍奉，粗茶淡饭也好，打骂调教也罢，一样都不能少。若不如此，天上诸佛，地上如你，你们倒是告诉我，我还有没有第二条路可走？

这时候，天上起了微风，广场边上的行道树轻轻地摇晃了起来，天光也隐隐地亮了，黎明正在到来，而我身边的老者脸上的血非但没有止住，反倒在越流越多。我再次劝说他，赶紧跟我一起去医院，然而，他端坐着，依旧纹丝未动，仿佛那些正在流淌的血不过是命运的信使，隔三岔五，它们就要和他来打个招呼。这时候，洒水车远远地开了过来，也是奇怪，此地的洒水车上播放的乐曲竟然是秦腔，可是，就在这骤然之间，那秦腔，像是一声命令，又像一场召唤，让那老者整肃了衣冠，开口便唱："叹汉室多不幸权奸当道，诛莽卓又逢下国贼曹操，肆赏罚擅生杀不向朕告，杀国舅弑贵妃凶焰日高，伏皇后秉忠心为国报效，叹寡人不能保她命一条……"

唱至此处，那老者突然停顿下来，朝向广场对面大吼了一声：唱起来呀！我的身体骤然一震，干脆闭上了眼睛，就好像：只要闭上了眼睛，我就能和那老者一样看见他的徒弟，我就能继续听见不止一人，而是师徒二人并作一起嘶喊出来的曲子："咱父子好比那笼中之鸟，纵然间有双翅也难脱逃，眼看着千秋业寡人难保，眼看着大厦倾风雨飘摇，忆往事思将来忧心如捣，做天子反落个无有下梢……"

铁锅里的牡丹

后半夜,在小镇子上的破败旅馆里,我醒了过来。虽说时节正是春天,但是,因为此地已经持续了十个月的干旱,满目所见,几乎寸草不生,推开窗子,对着茫茫夜幕使劲地嗅了半天,却嗅不见任何一丝绿叶和花朵的气息。

因为百无聊赖,我便披衣起床,信步走出了旅馆。旅馆建在一条完全干涸的河流边上,我顺着那条河往前走了大约十分钟,满目都是司空见惯的所在:菜市场渍水横流,棚户区墙皮剥落,小医院的屋檐下挤满了睡觉的农民工,几张标语不知从何处被风吹起,落在了身边的河床里,不用看我也知道,那些标语的内容全都和抗旱有关。再往下走,也不过是更多更深的百无聊赖,我便往回折返,待我走到小旅馆门前,一眼就看见了小山西,他竟然也没睡,一个人坐在河对岸抽烟。

说起来，小山西比我得小十多岁，三年前，妻子不告而别，他怀抱着一岁多的儿子，投亲靠友前来此地，盼望找到条活路，因为孩子是个脑瘫儿，寻常的活计根本不够治疗的花销，所以，在做过好几份工之后，他终于东拼西凑攒够了本钱，开始做一点小生意。哪里知道，也不知道是运气不好还是脑子太笨，做什么亏什么，非但没有赚到钱，他反而欠了一身的债。去年冬天，几乎是磕头一般，他向此地的亲朋好友又借了一笔钱，打算来年开始养蜂，结果，到了今年的春天，蜜蜂买了，钱花完了，目力所及之处却看不到一朵花开。

既然在夜幕里相逢，我就干脆过了河，去和小山西说上几句话。待到我走近了，才发现他不仅仅是像我一样睡不着，而是在对着死了一地的蜜蜂发呆，在他身后，是一片堪称辽阔但都未开花的油菜地。如果是往年，当此时节，那些油菜起码要长到半人高，而现在，最高的也只到我和小山西的脚踝处——它们要是再不开花，小山西剩下的蜜蜂们恐怕也只有死路一条了。

去年冬天，为了养蜂，他付给了身后油菜地的主人一笔不菲的价钱，得以在此处安营扎寨，我初来这镇子之时，几乎每日里都能见到他在河对岸忙前忙后的样子：搭工棚，置蜂箱，扎紧油菜地的篱笆，要紧的事真是一桩接着一桩。就算隔了一条河，我也能轻易感受到这个小伙子的满心欢喜，即使只倒回到一个多月前，哪怕大旱的迹象已经一目了然，他也终日里让儿子骑在自己的脖子上，再一遍遍前往干涸的河里去挑水浇地，只要有人路过，他都会满脸笑着去打招呼，有的时候，我甚至还能听见他一边挑着水桶在油菜地和河流之间来回奔忙，一边和儿子同声唱起的儿歌："春天在哪里呀，春天在哪里，春天在那青翠的山林里……"

彼时彼境，我丝毫都不怀疑，河水和油菜，蜜蜂和儿子，还有那虽说远未到来但却势在必得的收成，这些，这一切，共同给小山西组成了一座让他双脚生风的桃花源。

"你说——"在桃花源早已化作火焰山的此刻，夜幕里，小山西却径直问我，"春天怎么还不来呢？它到底在哪里呢？"他当然知道，我也没有答案，问完了，递过一支烟给我，再给我点上，之后，也没有更多的话说，两个人一起心神不宁地张望着渐渐浮现的黎明，但逐渐升高的气温已经对我们再三宣告：即将展开的新的一天，仍然不会有一滴雨落下。

过了一阵子，小山西的儿子在工棚里呼喊了几声，他赶紧狂奔过去，却发现儿子只是在说梦话，这才下意识地叹息着走回来，再次点上了一根烟，总归要说上几句什么，他便问我，因何来到此地？我也没有隐瞒他，告诉他，我来此地，是为了给一个企业家写部纪录片的脚本，这个镇子，正是那位企业家的故乡。但是，在采访了一段时日之后，我突然不想再写这个脚本了，又想不出合适的推辞理由，加上就算离开此地也不知道去哪里干些什么，便干脆躲在这镇子上过一天是一天。

大概是因为我驻留在此地的理由实在过于荒唐，小山西听完多少觉得难以置信，但也只是劝我：有一口饭吃不容易，只要有个饭碗，就得想法子，让碗里盛上饭。我也不知道该如何作答，就点头称是，转而问他：既然此地大旱，为何不带上他的蜜蜂们远走他乡？据我所知，这世上的养蜂人无一不是追逐着花期东奔西走，他却为何偏偏留守在这河岸边画地为牢？小山西又下意识地叹息了一声，这才告诉我：他无一日不想走，无奈却走不了，因为眼前这些蜜蜂和家当都是借钱买的，而且，为了将这可能的生计维持下去，他正在越借越多，那些借钱给他的人担心他一去不回，所以，他的口舌都已经费尽了，可他们就是不放心，也绝不同意他离开此地。

说话间，天光渐渐明亮，黑铁一般的事实不请自来：低矮的油菜们好似低头认罪，就算有一丝若有若无的风吹过来，它们也全都绵软疲惫地耷拉着，不愿意起伏，似乎个个哀莫大于心死。小山西却不肯认命，趁着儿子还没醒，他决定去更远处一条还未干涸的河中挑些水来，继续浇灌它们，我也打算离开。没料到，偏巧这时候，儿子醒了过来，而且，一醒来就哭喊不止，小山西只好放下刚刚挑上肩的水桶，从工棚里将儿子抱了出来。哄了好半天，儿子的哭声仍然止不住，嘴巴里还在咿咿呀呀说着什么，似乎是不依不饶的样子，这时候，小山西才告诉我，他的儿子也在找他要花，对，就是油菜花的花。

—— 去年冬天，也是在儿子哭喊不止的时候，为了让他安静下来，小山西对他说起过即将出现在他们眼前的油菜花，真是奇怪啊，儿子虽说有点傻，却好像被他说得动了心，竟然不再哭喊。如此，其后，每次儿子哭的时候，他都要跟儿子一再说起油菜花，结果，时至今日，儿子仍然没有看见一朵花，这下子好了，打十多天前起，每天一睁眼，儿子就要找他要花，对，就是油菜花的花。

一时半会儿，小山西似乎难以从这花朵与哭喊的窘境里摆脱出来，我便先行离开，过了河，回到了旅馆。躺下去好半天，却始终难以入眠，只好重新坐起身来，推开窗户，正好看见就在我刚刚离开的地方，小山西被一群人围在了中间。如果没有猜错，那些人应该就是借了钱给他的人，虽然听不清他们究竟在说什么，但是，对小山西的指责是毫无疑问的,因为他一直在点头哈腰,又一直满脸上都堆着笑。恐怕他自己也没想到,指责他的人说着说着禁不住更加愤怒,竟然一掌掴在了他脸上。起先,他是惊愕的,而后也愤怒了,但是最终,他还是安静了下来,继续笑,继续点头哈腰。

倒是那脑瘫的儿子,全然不知他的父亲在经受着什么样的对待,在暂时忘记了花朵之后,一个人在油菜地里追逐着蝴蝶,一边追,一边口齿不清地唱着歌:"春天在哪里呀,春天在哪里,春天在那翠绿的山林里……"

当天下午晚些的时候,我的房门被敲响了,我开了门,发现眼前竟然是怀抱着儿子的小山西。迟疑了一会儿,似乎才刚刚想起来,他热情地笑了,问我能不能帮他一个忙。我叹息了一声,告诉他,我实在没有什么钱借给他,如果不是因为债台高筑,我也不会前来此地。哪知道,小山西赶紧急急地朝我摆手,说他并不是来找我借钱的 —— 因为蜜蜂们又死了不少,他磨破嘴皮子终于再借了点钱来,现在,他想到镇子下面的村子里去转转,看看能不能买点便宜的蜂蜜来喂养蜜蜂,否则,剩下的蜜蜂们只怕也活不了几天了,顺便地,他还想再四处打探一下,看看周边的村子里是否真的一块开花的田地都没有了,只是,他抱着儿子实在不方便,可是又求不到什么人可以帮他照顾儿子,他想问问我,可否将儿子在我这里放上一阵子,他也好快去快回。

我当然答应了他，只是，小山西刚刚放下儿子，儿子就意识到了大事不好，转瞬便号啕大哭，嘴巴里却又在唱着《春天在哪里》，就好像：在他的脑子里，唯有唱起来才能说明他在哭。小山西狠下心，拔脚就走，没料到，儿子朝他的双腿猛扑过去，抱紧了，说什么也不松开。这样，我也一转念，干脆对小山西说：莫不如，我和他一同前去，他买蜂蜜的时候，我可以帮他照应儿子，多一个人去，也就可以多走一个地方，看看究竟能否找到一块开花的田地。

小山西显然没有想到我会如此提议，愣怔地看着我，眼眶竟然红了，刹那间又再笑起来，似乎不笑不足以平民愤：是啊，在被他借过钱的人眼里，他就是民愤。

如此，一行三人便出了门，尽管我和小山西大概都不曾怀有什么确切的期待，但是，那一下午的徒劳程度还是让我多少有些始料未及——首先是蜂蜜：踏遍了周边的几个村子之后，我们连一滴蜂蜜都没有看见，好在是，小山西遇到了另一个如丧考妣的养蜂人，从他那里得知，如果实在找不到蜂蜜，在蜂箱里放上几处糖水，好歹也能短暂地充作蜜蜂们的口粮，但这个法子只能用上一天半天，时间稍一长就不顶用了；其次是花朵，一路所见，不要说开花的田地，就连那些原本开在庭院和窗台上的花朵们，也全都作别了人世，我忍耐不住，找了几个人打听，没有想到，这问题似乎点燃了人人心中的无名火,每一回都差点被人视作了戏弄。

黄昏的时候,我们不再寻找开花的田地,路过一家小饭馆时,我提议请小山西父子吃顿饭,小山西可能实在是太饿了,看看我,再看看儿子,又看看饭馆门口冒着丝丝热气的蒸锅,终于笑着重重地点头。这样,我们便进了小饭馆,可是,即使青椒炒鸡蛋和鱼香肉丝近在眼前,也依然无法切断小山西的儿子对花朵的执念。他根本连一口饭菜都不吃,一直哭闹着,口齿不清但却声嘶力竭地呼喊着"花""花"和"花"。

在巨大的哭声里,我和小山西艰难地吃下了几口饭菜,却听得邻桌的人也说起了花,对,花朵的花,"花"字一旦入耳,我们对视一眼,赶紧竖起了耳朵。却原来,邻桌上的客人是打西北来的,他在吩咐服务员,来上一杯牡丹花的水,服务员不解何意,那客人便解释给她听,所谓牡丹花的水,其实就是开水 —— 水在锅里烧开以后,不是像一朵朵的牡丹花吗?闻听此言,我和小山西不禁大失所望,只好重新陷入哭声,继续艰难地吃下饭菜。

从小饭馆出来,夜幕已经降临了,我们摸着黑往镇子上走,这时候,小山西突然慌张起来,他终于意识到,儿子持续到现在的哭喊绝非仅仅是因为花,而是他正在发烧,恰恰之前的小饭馆隔壁就是一家小诊所,他便匆匆抱着儿子往回赶。也是不巧,正在这时候,我的远在千里之外的债主来了电话,无非是催我赶快还钱,我也只好求他再宽限一段时日,说着说着,就没有跟上小山西的步子,没多久,小山西便从夜幕里消失了。

可是,当我通完电话,摸着黑来到那小诊所前,才发现小诊所早就关门了,就连隔壁的小饭馆也关门了,举目四顾,一个人都看不见,哪里还有小山西和他儿子的影子?我想着他可能是去村子里找人求救去了,便往村子里走了一小段,村子里却伸手不见五指,最终,我还是往后折返,走回大路,再一个人回到了镇子上。

那天晚上,在旅馆里,小睡了一会儿之后,我仍然早早地醒了过来,一醒来,赶紧就推开窗子去眺望小山西的工棚,工棚所在却是黑黢黢一片。直到后半夜过半,我才看见了小山西,可能是太累了,他抱着儿子从干涸的河床里往上走的时候,差点摔倒在了地上。说句实话吧:破旧且好久未洗的衣物,满脸的胡子拉碴,还有显而易见的心力交瘁,使他看上去更像是一个鬼魂。

第二天,正午之后,我和小山西父子一行还是出门了,此行的目的,仍然是寻找蜂蜜和花朵,因为昨天我们已经走遍了镇子南边的村子，这一回，我们便往北走。很显然，儿子虽说已经退了烧，但气力尚未恢复，蜷缩在小山西的怀抱里纹丝不动，因此，和昨日里相比，今天的行程便轻松了不少。在快要走进一个村子之前，小山西突然问我，在春天，他说的是那种正常的有花有草的春天，一个人应当如何度过呢？

我全然不知他何出此问，但也随意翻捡出几个答案回答了他。我告诉他，如果是在有花有草的春天，人们应该踏青和恋爱，还应该劳作和娶亲；要是逢到特殊的日辰和机缘，可能还要唱歌、跳舞和敲锣打鼓。如此，春天方才算作未被虚度。

小山西一边往前走，一边听我说着未被虚度的春天，听完了，郑重地说了一声："真好。"

然而，身在此时此地的春天，但凡心底里稍微涌起一点妄念，都有可能自取其辱——整整一下午，在好几个村子里兜兜转转，不要说蜂蜜和开花的田地，我们甚至没有看见过几个下田劳作的青壮男子，满目所见，全都是老人和更老的人们，好不容易遇见三两个青壮模样的，竟然都是扛着行李匆匆往村子外面奔。是啊，眼前的旱灾，渐渐见底的口粮，都不得不使他们在前去打工的道路上奔跑起来。到了黄昏临近时，我们终于对这趟匮乏已极的行程彻底断绝了指望，却不料，那脑瘫的儿子又给小山西惹下了灾祸。路过一座油坊时，那儿子突然看见油坊的窗台内摆放着一盆塑料花，他竟信以为真，不要命地非进到油坊里去看不可。可是，油坊四门紧闭，全无人迹，哪里进得去呢？小山西好说歹说，才拉扯着他离开了几步，谁都没想到，那儿子竟然捡起一块砖头，砰的一声便砸碎了油坊的窗玻璃。小山西的胆子都被吓破了，紧张地四顾了半天，再闪电般一把抱起儿子，眼看就要飞奔而去，也是巧了，油坊的主人偏偏骑着摩托车回来了。

小山西显然是个识相的人，眼看着那油坊的主人疾步上前，一边后退，他便一边连声请对方放心，他定当赔偿他的窗玻璃，尽管如此，对方的蛮横仍然超出了他的想象，在说出了一个匪夷所思的赔偿数字之后，又一手捡起块砖头，一手将小山西的儿子拉扯了过去。没办法，迟疑了半天，心疼了半天，他还是从买蜂蜜的钱里掏出了一张，递给了对方，这才从对方的手里接过了儿子，抱在怀里，沉默着，缓慢地朝镇子上走。

这时候，天空里突然响过了几阵隐隐的雷声，但小山西完全置若罔闻，跟随在他身后，我也不知道到底说句什么话才能够安慰他，便和他一起沉默着，一步一步缓慢地往前走。走到一道山岭下的时候，他突然二话不说，抱着儿子就朝山顶上狂奔了过去，可能是营养不良，也可能是儿子太重了，他跑得摇摇晃晃，隔了老远我都能够清晰地听见他的喘息之声。是的，我并不知道他的奔跑究竟所为何故，但是也没有去阻拦他——天知道他去往哪里才能稍微安顿下自己的心神呢？倘若果有此地，等他回来了，我也恨不得请他指点一条明路。

所以，那天晚上，我仍是一个人回到了镇子上。一进镇子就起了大风，一张张写满抗旱口号的标语飘摇着经过了我，落在了远处的屋顶和更远处的树梢上。回到旅馆之前，我先去了一趟小山西的地盘，眼前所见和昨日里全无不同：工棚摇摇欲坠，油菜们还在低头认罪，唯有蜜蜂们比昨日里死得更多。事实上，就算春天真的到来，油菜花长到半人高，如果仅仅靠活下来的蜜蜂们，休要说小山西就此翻身，它们只怕连一小桶蜜都酿不出了。

不同于往日，回到旅馆之后，没过多久，我就睡着了，直到大风猛烈地撞击窗户，一遍一遍地咣当作响，我才蒙眬着醒来去关好窗户。正是在此时，暴烈的响雷在夜空里炸裂了起来，转瞬之间，闪电迅疾而密集地直击而下，毫无来由地，一场滂沱大雨就此拉开了序幕。一开始，面对窗外的大雨，我全然难以置信，站在窗户前几乎纹丝未动，直到那些硕大而凌厉的雨点刹那间打湿了我的脸，再打湿了我的头发，我才终于确信：大雨真的来了。

如此，睡意便重新消失得无影无踪，《圣经》里的一句话却破空而来，竟至于在头脑里长久地盘旋不去："弟兄们哪，你们要忍耐，直到主来，看哪，农夫忍耐，等候地里宝贵的出产，直到得了秋雨春雨。"

然而，就在铺天盖地轰鸣的雨声中，一阵哭声却穿透了雨声，明明白白从河对岸传递了过来，我愣怔了片刻，马上就辨认清楚，正在号啕大哭的，不是别人，正是小山西。我将身体探入雨幕，费力眺望他的地盘，因为彼处并无一盏灯火点亮，我根本就看不见他的行迹何在，但是，那哭声就像刚刚歇息的闪电，一击接连一击；又像是一柄不打算回头的刀剑，直挺挺地一路刺破了雨幕与夜幕，说是撕心裂肺一点也不过分。这样，我便再也坐不住了，赶紧打开房门，跑出旅馆，朝着他的所在狂奔了过去。

狂风骤雨之中，我过了河，站定在了小山西的工棚前，他却没有再哭了。我抹去脸上的雨水，定睛找了他好一阵子，幸亏闪电又起，我才看清楚，他正从油菜地里朝我走来。暂别了几个时辰，他脸上的胡子更加杂乱了，过于残破的上衣也已经被他脱掉，可是，他又根本算不上什么强壮之人，所以，他一边往前走，一边瑟缩着，战栗着，而哽咽依然还残存在他的喉头，那哽咽似乎是需要拼出全身气力与之缠斗之物，让他的每一步都走得跌跌撞撞，看上去，和一具鬼魂已经没有任何分别。目睹着如此情境，除了一声叹息，我又该当如何呢？但是，没来由地，心底里却凭空生出了一股对他的怨怒：如果痛哭能够带你逃离此境，何不让痛哭持续得更久一些呢？

哪里知道，踉跄了好几步之后，小山西竟然定定地站在了我身前。站定了，他告诉我，他哭，并不是因为他的脑瘫儿子找他要花，更不是因为油菜长不大和蜜蜂们已经快死光了。我生怕他已经陷入了某种迷狂之境，就赶紧截住了他的话，再问他因何而哭。他沉默了一阵子，径直对我说，他哭，是因为他终于又做回了一个人，而且，管他春天来不来，花还会不会开，从今以后，他还将继续做人。

"我没有疯，"他看了一眼正在工棚里沉睡的儿子，又看了一眼儿子床边那口水煮开后正在翻腾的铁锅，继续对我说，"但是我差一点疯了。"

话既然说到这里，他便干脆不再欲言又止，如此，我才总算知道，就在我和他一起出门寻找蜂蜜和花朵的两天里，几乎每一分钟，他的脖子上都架着一把刀，只要他将脖子往前凑一点，他就不在这世上了，他的儿子也不在这世上了。

昨日里，他的儿子并没有发高烧，那只是他想逃脱此地，就此摆脱债务远走高飞，再也不回来了，但是，抱着儿子跑了一段路之后，他还是往回走，回到了他的油菜地里。今天下午，在那道山岭下，他抱着儿子狂奔了二十里，已经搭上了一辆开往别处的客车，临了，他还是下了车，重新回到了这片油菜地。

是的，他一直都在怕——他既怕这辈子可能再也无法还清的债务，也怕自己就此远走高飞将那些债务一笔勾销；他怕在世上继续做人，也怕在世上不能继续做人。就在一个小时之前，大雨刚来的时候，害怕再度卷土重来，他终于做了一个决定：对着儿子看十分钟，十分钟后，如果他还是害怕在世上做人，他就掐死儿子，再喝掉工棚里的几瓶农药。但是，如果他不再害怕留在世上继续做人，那么，从那一刻起，他将永远不再害怕。

在暴雨与闪电之中，他静静地看了儿子十分钟，最后，他哭了，因为怕吵醒儿子，他便躲到了菜地里去哭。在菜地里，他一边哭，一边对自己说：从现在开始，直到他死，他永远都不会再害怕什么了。

直到这时候，我才终于相信，千真万确，他根本就未曾身陷所谓的迷狂之境，相反，他一生中最大的清醒刚刚降临，是啊，他是清醒的，如同暴雨和闪电一般清醒，如同这世上的所有正道一般清醒。一念及此，我也禁不住哽咽了，我想伸出手去，紧紧攥住他的手，也想一把将他拥抱过来，从此认作过命的弟兄。但是，也是不巧，他的儿子恰恰醒了过来，而且，一醒过来就开始呼喊他，他便笑了起来，却不是讨好般的笑。他笑着，奔入了工棚，先将灯火点燃，再将儿子抱在怀里，和他一起去看那口翻腾的铁锅：如同昨日里的西北人所说，一朵一朵的牡丹花，从煮沸的水浪里开了出来。

可能是突然受寒的缘故，这时候，我的全身上下也禁不住战栗了起来，而身边的闪电仍然还在持续，一束一束的，依次展开，渐渐延伸到无边的雨幕和夜幕里，看上去，就像一条光明的道路从天边来到了我的身前。不自禁地，我竟然陷入了某种痴狂之中，下意识紧随着那一束一束的光往前走，仿佛只要往前走，一个真正的、未被虚度的春天就会与我迎面遭逢；仿佛只要往前走，我就会看见春天里的人们正在踏青和恋爱，正在劳作和娶亲，正在唱歌、跳舞和敲锣打鼓。不过，没往前走多久，我便如梦初醒了过来，站在原地里，深吸了一口气，掉转头去，撒腿跑向了灯火闪烁的工棚。我决定，在真正的春天来临之前，我要和小山西一起，和他的儿子一起，趴在铁锅前，看上一整夜的牡丹。

大好时光

一封来信

修文老弟,我是你的艳梅大姐,打扰了!首先,我要请你原谅我的冒昧,不知道你还记不记得,昨天早晨,在招待所的楼梯口,你要下楼去散步,我正好去打扫你的房间,我们遇见了,你告诉我,你一直在写的那部剧本,写不出了,所以,明天一早,你就要走了。你不知道,从那时候起,我就想给你写一封信,再把信偷偷塞进你的行李箱,要是你有时间,你就打开来看一看,要是没有时间,你就把它扔了吧。其实,我也不知道我为什么要给你写这封信,也许,这就是我的大好时光吧。

你肯定忘了,有一天,我在厨房里做饭,你跑来找我,告诉我,你一直在写的那部剧本,名叫《大好时光》,最新一稿又被枪毙了,因为你的老板说,你写的东西,不够美好,或者说,只有小好,没有大好,所以,你竟然问我,什么是大好时光?你真是高看我了,这个问题,连你都答不上来,我哪里能答得上来?但是呢,自从你问过了我,我总是动不动就想起来,时间长了,我还真是慢慢想起了那些我早已忘了的好。我也不知道,它们是小好,还是大好,现在,我把它们写下来,也不知道,对你会不会有一点用处——

我能想起的第一桩大好的事,是十九岁的时候,去跟未婚夫相亲。先不说未婚夫,先说我妹妹。我跟你说过,我有一个妹妹,比我小九岁,脑子不好用,我去相亲的时候,她非要跟着去,相完了亲,我的未婚夫骑着自行车送我们回家,妹妹坐在前杠上,我坐在后座上。那时候正好是冬天,月光下,地里的麦苗正在泛着青,真是好看得很。妹妹在前杠上睡着了,我的未婚夫就跟我说起了外面的世界,比如商场、外国人和他当兵的洛阳,后来,他还给我背了一首诗,这首诗,一字一句,被我记得死死的,这一辈子都忘不了:"在那大海上淡蓝色的云雾里,有一片孤帆在闪耀着白光,它寻求什么,在遥远的异地?它抛下了什么,在可爱的故乡?"

这世上的事,当然不是只有好,对不对?我没能嫁给我的未婚夫,这件事就很坏,可我能怎么办呢?这世上的事,要是用好坏能说清楚就好了,但是说不清楚啊,好多事都是一时好，一时坏，这个人看好，那个人看坏。算了，我还是接着说好吧。我跟你说，我带着妹妹，离开了我们的村子，去洛阳投奔未婚夫的那一夜，就很好。那年夏天，我们的母亲死了，而我们的父亲死得更早，为了给母亲治病，我把家里最后的一块稻田卖给了别人，活不下去了。幸亏未婚夫写了信来，让我带上妹妹，去投奔他。接到他的信，我真是欢喜得要命，拿出了压箱底的一块布，给我和妹妹分别做了一套出门的新衣服。新衣服一做好，穿上它们，我和妹妹就出门了。

我们要坐的火车，是后半夜的过路车，所以，入夜之后，我们才从村子里出来，去了镇子上的小火车站。从卖给了别人的那块稻田边上经过的时候，我妹妹，不肯往前走，站在田埂上，不断地喊着母亲，就好像，她只要喊下去，母亲就会从稻田里直起腰来。见她不肯走，我只好再一次对她说：我们的母亲，已经死了。哪知道，我这一说不要紧，我妹妹哭得再也收不住，非要跑进稻田里，自己去找母亲。幸亏，一群萤火虫从稻田里飞过来，停在妹妹的头顶上，不再飞走了，我就干脆对妹妹说：我们的母亲虽然死了，但是，现在，她又变成萤火虫回来看我们了。听我这么说，妹妹想了想，笑了起来。看着她笑，我却哭了，只不过，我之所以哭，是因为我喜欢看见妹妹的笑，她在笑，我就觉得很好。

只不过，我能看见的好，暂时就到这里了；未婚夫，洛阳，就到这里了。要去洛阳，我们得经过很多小县城，有个小县城，它的名字，我这一辈子都不想再提，也正是从这里开始，我这一辈子，活成了别的样子。你知道的，那是个没有高铁没有动车的年代，要么是为了错车，要么是别的什么原因，我们坐的绿皮火车动不动就要突然停下来好长时间，那回就是。快到小县城的时候，火车停下了，我也睡着了，根本不知道，好多人都从破烂的门窗里爬出去，下了火车，在铁轨边上抽烟、撒尿和活动一下手脚。我的妹妹也爬出去了。等我从车厢里醒过来，不见了她，干脆也跳下火车，沿着铁轨找了好半天，终于在一座铁路桥底下的马路上看见她的时候，她已经昏死了过去，怎么叫都叫不醒。

我妹妹的脑子不好用，什么话都说不清楚，所以，到今天我也不知道，她那天到底怎么就一个人跑到了铁路桥上，又是怎么从桥上跌下去的。不过再说这些也没什么用了，反正，我这一辈子已经活成另外一个样子了。为了把妹妹救活，我们没有再去洛阳，而是留在了小县城。为了掏得起治疗费，我把自己给嫁出去了。是的，我把自己给嫁出去了。不嫁不行啊，我实在是掏不出给妹妹治病的钱来呀。也是命啊，那天，妹妹还在昏迷着，医院的医生又来赶我们出院，守在妹妹旁边，我哭也不是，想对着医生们笑又不敢，有个老太太过来问我，愿不愿意嫁给她儿子，要是我愿意，她就帮我出妹妹的治疗费。糊里糊涂地，我点了头。她又说，口说无凭，我得先跟她儿子过一夜，过了夜，她就出这治疗费。糊里糊涂地，我还是点了头。

糊里糊涂地，我被老太太领到家里，跟她的儿子过了一夜。第二天一早，她叫我改口，叫她妈，我也就改了口，叫她妈，然后，她跟我再一起去医院，掏了妹妹的治疗费。去医院的路上，风很凉，大街小巷我全不认识，就越走越冷。我把两个肩膀抱紧了，看着满街的店招牌，想起了未婚夫，我在想，他会知道我落到了这个地步吗？要是知道我落到这个地步，他会来救我吗？想了想，我就决定，不再想了，你猜我看见什么了？我恰好看见了一个修钟表的铺子，还没开门，有个小伙子，就靠在卷闸门上睡觉，旁边还堆着一堆钟表，不用说，这是来早了的伙计。一下子，我突然明白了一件事：在洛阳，我的未婚夫，可能也在受着跟我差不多的苦，那么，就让我受的苦放过他受的苦吧。

在医院楼下，走到两棵夹竹桃中间，我突然想大哭一阵子，我想用大哭一场，来跟我的未婚夫说再见，但是，不管我使了多大的力气，却根本哭不出来——鼻子酸了，喉咙紧了，眼泪快到眼眶里了，可到了最后也还是没哭出来。那时候，我还不知道，从此以后，直到现在，我都再也没有痛快地哭出来过了。

就算这样,在那小县城里,我也还是有大好的时光。比如妹妹醒过来的时候。我的婆家,算是说到做到,妹妹住院花了多少钱,他们就掏了多少钱,妹妹终于醒了,我去接她出院。那个时候,我已经怀孕了,挺着大肚子,妹妹听说我会生一个孩子,本来蹦蹦跳跳的,突然就不再往前走了,凑在我的身边,把耳朵贴在我的肚子上。过了一会儿,她对我说,她好想被我生一遍,她不想做我的妹妹,反倒想做我的孩子,叫我妈妈。你说,这样的时候,是不是大好时光?

还有,和儿子在一起的时候,每一分每一秒,都是我的大好时光。他吃上第一口奶的时候,我疼得要命,可是,心里又甜得要命,那种感觉,怎么说呢?就好像,我也不知道我欠了谁的债,要还谁的债,但是,我终于可以在我儿子身上还债了。还有儿子学走路的时候,看着他跌跌撞撞地向前跑,我这心里,又高兴,又伤感得很,我在想,那些我不认得的路,不认得的楼,现在,总算有一个人,可以从一生下来就帮我来认得它们了。

写到这里,我才发现,我从来没提起过我的丈夫,这就是问题,这是在说明,我怕他,也怕提起他。可是,我这一辈子,总不能不提起他,对吧?那么,我就大着胆子写写他吧。因为家里祖传下来的做烟花爆竹的手艺,虽说他父亲去世得早,他母亲不光一个人带大了他,而且,还在自己家里开起了做烟花爆竹的小厂子，日子越过越红火。不知道从什么时候起，他就吸起了毒，在戒毒所里十进十出，这才怎么也娶不上媳妇的。毒瘾没发，他就什么都还好；毒瘾一发，他就变成了王八蛋。说他是个王八蛋真的抬举了他，可是我也想不出什么比王八蛋更坏的词了。接着说，只要毒瘾发了，他是见谁就打：打他妈，打我，打我妹妹，也打我儿子。说实话，只要他从戒毒所里被放回来，我们一家人的天都要塌。我挨他的打也就算了，一天到晚，我还要提防着妹妹挨他的打、儿子挨他的打、婆婆挨他的打。所以，到了后来，我有了一个本事，那就是，不管我是不是鼻青脸肿，我却总有办法不叫其他的人挨打。我还记得，我婆婆去世之前，快闭眼的时候，哭着对我说，当年她逼迫我，要我嫁给她儿子，是作孽，活该下阎王殿，永世不得超生。我赶紧止住了她，再对她说，我埋怨过她，也早就不埋怨她了。她听完，问我能不能再叫她一声妈，我便对她叫了起来：妈，妈，妈。

我没说假话，我是真的没那么埋怨我的婆婆。她死了之后，想起她来的时候，我还经常忍不住想哭一场，只是我哭不出来。我跟你说过，不管我有多想哭——鼻子酸了，喉咙紧了，眼泪已经到了眼眶里了，可是到了最后，我也没能哭出来。

还是接着说我儿子，说大好时光吧！没过几年，实在经不住我丈夫的折腾,我们家里的小厂子终于垮塌了,债主们天天上门要债。我丈夫,打起我来那么狠的一个人,只要看见债主上门,自己却先跑得远远的,只留下我来跟这些债主打交道。我能有什么办法?只好眼睁睁地看着债主搬走了家里能够搬走的所有东西,有时候,他们一边把东西搬走,还不忘了骂我几句,踹我几脚。有一回,有个债主,刚踹了我一脚,我的儿子,那么小的年纪,那么小的个子,举着一把菜刀就要往债主的腿上砍,我快被他吓死了,一把就把他抱在了怀里。

那天晚上,天快黑的时候,我妹妹不见了。我知道,每年夏天一来,妹妹总是喜欢一个人跑到县城外面的一条小河边上去看萤火虫,所以,我就带上儿子去找她,却没找见她。远远地,一片萤火虫从麦田里飞过来,又飞过了河,停在儿子的头顶上,再也不飞走了,儿子喜欢得要命,站在那里,一步都不敢动,又小声地喊我过去,跟他站到一起。我当然要听他的,做贼一样,小心再小心地靠近走过去,生怕惊动了萤火虫。还好,我们没有惊动萤火虫,两个人,站在萤火虫的底下,你看着我,我看着你。也不知道是怎么了,我突然想起了当年的未婚夫背给我听的那首诗,一字一句地,我全都记了起来,再背给儿子听:"在那大海上淡蓝色的云雾里,有一片孤帆在闪耀着白光,它寻求什么,在遥远的异地?它抛下了什么,在可爱的故乡?"

——说起来,这就是我最后的大好时光了。

我妹妹,不见了。她不见之前,其实我早就有了预感,因为她怕我的丈夫。我丈夫一回来,她就远远地躲了起来;我丈夫走了,她有时候是从厨房里钻出来,有时候是从床底下钻出来,拽着我的衣服,再对我说,姐,我们走吧,姐,我们走吧。可是,我的儿子在这里,我能走到哪里去呢?突然,我怕她一个人走掉,又去把她抱紧了,威胁她,要听话,不许走,她就对我说,我听话,我不走。可是,她还是不见了。

我怎么能让她说不见就不见了呢?恰好,那段时间,我的丈夫又从戒毒所里放了出来,就算再不放心,我也不得不把儿子交给他,自己出门去找妹妹。为了找到妹妹,我把县城周围所有的村子镇子都找遍了,然后,我就只好越跑越远,附近的县城也都被我跑遍了,终究还是没有找见她。突然有一天,我想到,我妹妹,会不会跑回我们的老家去了?这念头一起,我简直一分钟都忍不住,撒腿就跑到了火车站,当天就坐上了回老家的火车。要知道,这么多年以来,我连火车站的方向看都不敢看一眼,当初,要不是火车停在了那里,我这一辈子,怎么会成了今天这个样子呢?

在老家,我还是没有找到妹妹。老家的人说,他们从来没有看见过她回来，但是，在集镇上，我却看见了我当初的未婚夫。在集镇上，他开的不是修钟表的铺子，他开的是一家酒楼，我经过他的酒楼的时候，一眼便认出了他。下午，客人都散了，他就在酒楼门前的躺椅上睡觉。我盯着他，看了好长时间，听了他好长时间的鼾声，又想哭，又没哭出来。后来，我咬咬牙，去赶车，向前走了几步，还是跑回来，干脆在他对面坐下，看着他，脑子里倒是一片空白，好像什么都想了一遍，又好像什么都没想。突然，他醒了过来，揉着眼睛看我，在他开口之前，我慌忙起了身，撒腿就跑，我知道，他没有认出我来。

回去的火车上，看着铁轨两边的稻子又熟了，想起妹妹，想起我到底怎么就走到了现在，我的心里，真是疼得很，根本不知道，更大的疼，就在前头等着我。回去之后，我掏钥匙开门，发现怎么也开不了，过了一会儿，有人来开门，却是我不认得的人。对方告诉我，我不在家的时候，我的丈夫，已经把我们的房子，包括最后剩下的一点点烟花爆竹，全都卖给了他。那么，我的儿子呢？我得说，一下子，我就变成了一头母狼，我掐着对方的脖子，问他，我的儿子呢？对方却说，他也不知道详情，他只是有所耳闻，只听说，我的丈夫，在把房子卖给他的前一天，刚刚把儿子卖给了别人，然后，自己拿着钱，坐上火车走了。

我哪里肯信他的话呢？我还是像一头母狼，推开他，在房子里进进出出，把所有的犄角旮旯都找遍了，可是，越找，心里越疼，越找，我就越觉得对方没有骗我。在儿子平常睡觉的房间里，看见床上的被子仍然卷成了一团，就好像他还睡在里面的时候，我提醒自己，不要慌，不要乱，他并不在里面，腿脚还是忍不住，一下子就扑到了床上，抱住卷起来的被子，不要命地亲。当然，我没亲到他，我只是亲了个空。最后，我想起来，我不能在这里耽误下去了，我还要接着去找我的儿子，就赶紧从床上爬起来，跑出了房子，站在大街上，又不知道去哪里，正好，一辆洒水车开过来，我也没有躲，全身上下，都被浇得透湿透湿的。

也就是打那一天起，我这一辈子，就开始过成了现在这个样子。在小县城里找了一个星期之后，我知道，我的儿子没有在这里，而是离我越来越远，越来越远了；还有我的妹妹，天知道他们到底去了哪里？这样，我就上路了，这一条路走下来，到今天，已经整整八年过去了，我儿子，我妹妹，我还是没有见到他们的半点影子，但是，只要我在这世上活一天，我就要接着找一天。苏州有他们的消息，我就去苏州；沈阳有他们的消息，我就去沈阳；活不下去了，我就找餐馆打工，找招待所打工，有时候也去工地上打工。不过你肯定不相信，这么多年，只要挣了钱，除了去找儿子，找妹妹，只要多出来一点点钱，我都用它们来买护肤品。不管怎么样，我都不能老得太快，要是老得太快了，我怕哪天走在大街上，面对面碰见了，我儿子，我妹妹，他们也认不出我来。

谢谢你，修文老弟，我们有缘在这招待所里相识，你没嫌弃我，叫我这服务员作大姐，既听了我说话，又让我听了你说话，我实在是感谢你，所以，拉拉杂杂地写了这么多，为的是劝你一句：剧本还是要写下去，日子也还是要过下去，就像我，儿子，妹妹，只要我还在这世上活一天，那么，我就会再接着找下去。

最后，想来想去，我还是再跟你说一段我现在的大好时光吧。是的，就算是现在，我还是有我的大好时光，只不过，那不在这世上，而是在我睡着了做梦的时候。一做梦，我就去了洛阳，洛阳啊洛阳，你究竟是一个什么样的地方？这些年，为了找儿子，找妹妹，我去了那么多地方，可是，偏偏就没去过洛阳，偏偏就只有在梦里才能去洛阳。说起来，梦里的洛阳真是好啊，后半夜，在一条叫不出名字的街上，月亮大得很，照到哪里都是明晃晃的，我当街上站着，等的人迟迟不来，但我有的是耐心，我知道，他们一定会来。果然，没等多大一会儿，你看，我儿子也来了，我妹妹也来了，最后来的是我的未婚夫 —— 他一直都没有老，就好像，一切都还没有开始，这不，一边朝我走过来，他一边就给我儿子，给我妹妹，背起了当初在麦苗地里背过的诗："在那大海上淡蓝色的云雾里，有一片孤帆在闪耀着白光，它寻求什么，在遥远的异地？它抛下了什么，在可爱的故乡？"

修文老弟，再见了。以上，就是我所有的大好时光。

一封回信

艳梅大姐，非常遗憾的是，看到你写给我的信，以及现在给你写下这封信，已经是在一年之后了。如你所知，这些年，我和一条丧家之犬几无区别，每到一地都想安营扎寨，可是，无一例外，最后的结果，都是我被扫地出了门。时间长了，我也习惯了，住进新的招待所之后，除了从中掏出几件换洗衣服，你放了信的那只行李箱，大多数时候我连动都懒得动一下。今天也是凑巧，我又来到了一个过去从未踏足过的地方，住进了一家经济型酒店；刚一进房门，行李箱就散了架，皮开肉绽之后，乱七八糟的东西散了一地，我只好硬着头皮对付它，这才看见了你写给我的信。

关于你所说的那部剧，《大好时光》，早就跟我没了关系，不光它，在我与你相别之后，《古都魅影》《庞统外传》《媳妇的万水千山》，这好几个项目都看似与我有了关系，最后还是没了关系。但是，请你放心，我还会写下去，就像你还会接着把你的儿子和妹妹找下去。这封信，不知道最后会不会寄到你的手上，多半是不会了，你只怕早已又上路了，尽管如此，读完你的信，我还是决定写一封信，告诉你，一年下来，虽说度日如年，犄角旮旯里，我还是见识了为数不少的大好时光。这些大好时光，如果我写下来寄给你，被你看到，也许，在长路上，它们也可以勉强算作你总是背起来的那首莱蒙托夫的诗？如果你收不到，这封信注定只能腐烂于虚无，那些大好时光也终究被我写下过，就像你这个人，火车上来去，餐馆招待所里栖身，可是，你也终究被一个人写下过，你说对吗？

大好的事情，多半都在草芥莽棘之中——四川德阳，大雨里，我看了一整天的落凤坡，晚上，找到一个小镇子落脚，太饿了，我便去镇上唯一的肯德基里买了三个汉堡包，一出门，当街上站着便开始了狼吞虎咽。吃了一个，再吃一个，到了第三个，才吃了几口，实在吃不下去了，就打算将它扔进街边的垃圾箱，哪知道，一个老太太，突然上前，一把抢过了那个没吃完的汉堡包，手捧着天大的宝贝一般，往前跑，我还未及反应过来，她却摔倒在了地上。我追过去，发现她哪怕栽倒在地上，那个没吃完的汉堡包也被紧紧地护住了。我上前去搀她起来，她却当作是我又要将那个汉堡包抢回去，怎么都不肯起来，就坐在一地的泥泞里步步后退。

我简直花费了无数的口舌，才将她搀扶起来，又目送着她从大雨里消失了。

第二天早晨，雨停了，雾气却是大得很，我要去赶最早的一班车，出了旅馆，却一眼见到了昨夜里的老太太，显然，她一直在等我。见到我，她从雾气里奔过来，一把抓住了我，嘴巴里一直在嗯嗯啊啊地说着话，我却听不出一句完整的——其实，到了这时候，我也差不多清楚了，这老太太，是精神出了问题，但是，她的意思我是明白的：她抓住我的手，是让我跟她走。于是，我就跟她走。雾气里，我们走了好一阵子，来到一户人家前，老太太率先推开门，再要我进去。犹豫了片刻，我还是进去了，当头却看见，屋子正当中的一张长条桌上，供着一个男孩子的遗像，遗像之下，还放着昨夜里那个我没有吃完的汉堡包。

遗像和汉堡包却不是重点，重点在后院。老太太一直没放开我的手，拉着我，来到了荒草足有半人高的后院里，然而，荒草丛里，却有一棵正在开花的木芙蓉，那些芙蓉花，有红有白，既像是被雾气，又像是被人间的泪水打湿了。我听说，芙蓉花一日三变，不自禁地就走上了前，紧贴着它们去看，果然，好几朵花正在迅疾地变换着颜色，一转眼，便已是朝朝暮暮。我回过头去看老太太，老太太却在继续指点着芙蓉花，就像指点着一道盛宴，她是让我再接着看花，我便听她的,接着看。看着看着,再去环顾荒草、仅剩的半截土墙和快要倾塌的房屋,举目之处,如此荒寒,芙蓉花却又如此执拗地抵抗着这荒寒,某种近似于哭泣之感便涌上了心头。可是,艳梅大姐,不知道是怎么了,我也和你一样哭不出来,只好哽咽着,将芙蓉花看了一遍又一遍,最后,当我再次回头,这才看见老太太笑了,见她笑了,我也笑了。

下一桩大好的事,还是跟花有关,地方却已换到了黄河边上。如你所知,我的剧本写来写去,无一不是没了下文,这时候,恰好听说一个朋友在黄河边上策划一场大型的实景演出,我便想去看看有没有糊口的机会,于是,不远千里地,我找上了门去——坐了火车,换了汽车,之后又换上了黄河里的轮渡,下了轮渡,我还要步行二十多公里路,才能赶到一个集镇上去见到我的朋友。这一天,天黑得早,我从渡口上出来,沿着黄河的南岸往前走的时候,天上的星星已经出来了,身边的田野上,作物们已经被收割殆尽,我蹲在田埂上,借着最后的天光,对着田野上残留的根茬辨认了好半天,始终也没有认清楚,那些被收割的作物到底是什么。

此处的黄河,其实并不宽阔,在许多地段,只能用狭窄来形容,原因是,我看似走在岸边,实际上,我是走在干涸了的河滩上,因此,也就格外地艰困:四下里都是河水退去之后留下的沟沟壑壑,每往前走几步,我便要跌落在其中,一时半会儿都爬不出来；更何况，时在寒冬腊月，北风一起，星星就消隐不见了，黄河上，河滩上，旷野上，全都被无边的漆黑给笼罩住了。好在是，正是我左右为难的时候，夜幕里，凭空多出了一道雪亮的光束，游弋了几下，再越过黄河，直直地落定在我身前，由此，沟沟壑壑全都被我看见了。我不明所以，看向黄河对岸，这才发现，夜幕里站着一个只能勉强看清身形的男人，他的头顶上，顶着一盏矿灯，我身前的光束，就来自于黄河对岸的这盏矿灯。

我顿时明白过来，虽说岸分南北，我却有了同路人，凭借那雪亮之光，我赶紧向前狂奔了几步，同路人这才将那束光收回去，再照亮自己要走的路。之后，大风里，我当然忍不住嘶吼出了几句感谢他的话，他似乎是应了一声，似乎什么都没有说。如此，我们两个，便各自顶着北风向前走，那一束雪亮之光，时而照亮南岸的河滩，时而照亮北岸的河滩，时而，它又长久地停留在河面上，我们两个，都清晰地看见了夜晚里流淌的黄河——就像刚刚打下了河山的君王，唯有继续泥沙俱下，沉默着去开疆拓土，所有的春花秋月才能长治久安。

突然，就在我的身前，那束对岸里探照过来的光，跳跃了几下，对准一个所在，再不动弹。我便循着那束光看过去，却原来，一株蜡梅，好似拦路的刀客，定定地站在我的正前方。我难以置信，同路人也难以置信，所以，那束光长久地停止不动，我便靠近了这株蜡梅：它跟我差不多高，开满了黄白相间的花，虬枝林立，一根根伸向了夜空；我去抚摸了一朵花，那朵凝结着冰碴的花，竟像小石子一般地硬，再看其他的花，朵朵如此，朵朵都像是刀客的儿子，早早便学会了十八般武艺和一条路走到黑。这时候，对岸里的人终于开口了，他大声地嘶吼着问我，眼前是不是蜡梅？我连声说是，他便又问我，花瓣是什么样子的？花色是什么样子的？我便一一告诉他了，没想到，他竟然大为开怀，隔着风，隔着黄河，我也看见他雀跃了起来，转而又哈哈大笑，笑完了，站在原地里，他竟扯着嗓子唱起了歌："桃花花你就红来，杏花花你就白，爬山越岭找你来，啊格呀呀呆……"

歌词里尽管没有一句梅花，但是，彼岸的狂喜还是确切地传到了此岸，我原本也想问他何以至此，难道说，这株蜡梅是什么稀世珍品？而且，它正好是他有此一行的使命？想了想，终究没有问，也许，他和它，都没有使命，都仅仅只是遇见，遇见了，正所谓，一壶浊酒尽余欢，那么，一株蜡梅，尽了余欢，消除了他在长夜苦旅上的胸中块垒，又有何不可呢？我再去看那株蜡梅，北风越猛烈，虬枝和花朵便越加坚硬，就好似整个人间大地越来越骄傲的心。黄河，旷野，夜幕，两个隔岸呼应的人，一颗越来越骄傲的心，莫不是，造物之主缔造出如此机缘，为的是，他也要在这犄角昏晃里度过他的大好时光?

不说花了,接下来,让我们说一说包子,对,就是包子,肉包子素包子的包子。倒春寒的时候,家人生病了,住进了北京的医院,我便赶到了北京去陪护。因为正在进行的《古都魅影》投资人突然被抓,项目戛然而止,我又颗粒无收,只好终日冒着大雪在北京城里奔走,妄图找到相熟的人,再借回一点可以支撑一阵的住院费。但是,我的奔走收效甚微,半个月过去了,我把自己的笔记本电脑和手机都送到旧货市场里卖掉了,接下来的住院费还是迟迟都凑不够。

如此,我便难免心如死灰。医院的对面,是一座寺庙,这寺庙,传说是当年一位早期革命领袖的灵柩长期安置之地,因此,寺门口遍植了松柏。心如死灰的时候,我便在这松树柏树底下呆坐上好半天,实在挨不住冻了,我才会硬着头皮回到医院里去。这一天,恰好天降大雪,我又在一棵松树底下呆坐,枝杈上,一只鸟窝几乎被雪覆盖,又被风吹得破烂不堪,所以,有两只鸟,只好不断地飞来飞去,衔来各种微小的杂物,用以将鸟窝勉力支撑住。反正无所事事,一下午,我便仰起头看着两只鸟来来回回,又看着它们竹篮打水。这时候,突然,从我对面的大雪里跑来一个人,不由分说地抓住我,再叫嚷着,让我千万不要想不开。

我定睛去看对方，发现对方显然不好惹：短粗黑壮，一脸的络腮胡，犹如黑旋风再世。几乎是愤怒地，他一边拽着我，一边声色俱厉地呵斥着我，我听了好半天，终于弄清楚了他何以如此待我——我之仰头张望，被他当作了在松树底下琢磨上吊寻死的地方。我当然要跟他争辩清楚，自己全无寻死之念，结果，他似乎是被我更加激怒了，嗤笑着告诉我，我骗不了他，像我这样在松树底下寻死的人，这些年，他不知道已经见过了多少个。这样，我就被他拖拽着，冒着雪，走过了寺庙，走过了一条寿衣店和医疗器材店林立的小街，再转入一条遍布了小吃铺子的巷子里。巷子头上第三家，包子铺的门口，对方站定了，再冷声勒令我也不许朝前走，如此，我只好原地站住，看着他，他也看着我，对视了一会儿，他却又笑了起来，再压低了声音，一字一句地，跟我说起了他为何非要强迫我来这里的原委。

好吧，我来说谜底：拖拽我前来此处的人，其实不是别人，而是医院里的护工，这护工，几年前带着孩子到北京治病，孩子没有治好，死了，为了还上给孩子治病欠下的债，他干脆留在这医院里当了护工。许多时候，他都活不下去，活不下去的时候，他就来这包子铺，有时候他会吃上几个包子，更多的时候，他就站在门口，看着伙计们和面、揉面、擀面，看着他们做馅、包馅、捏褶，再看着他们将做好的包子放进蒸笼。他最喜欢的，就是看见包子被蒸熟了的时候，蒸笼盖一掀开，热气腾地冲出来——就像太上老君的炼丹炉被打开了，包子们却不是孙悟空，一个个，乖得像听话的孩子，全都不哭，全都不闹——到了这时候，在一阵高过一阵的热气里，想到伙计们受过的苦，再想到自己受过的苦，全都有可能变成热气里的包子，是的，每到这个时候，他就觉得这日子还可以过下去，这日子里除了苦，还有包子。

我听了他的话，一下午，我们就站在包子铺的门口看包子。伙计们显然早已见怪不怪，乃至买包子的熟客们也早已见怪不怪，我们两个，如入无人之境，在越来越密集的风雪里，要么站着，要么蹲着，看着包子一个个被做成，又看着它们被蒸熟。有时候，风一大，热气在半空里遇见雪幕的阻挡，掉头而下，扑上了我的脸，我的脸便在瞬间里变得湿漉漉的，一下子，像是灌满了清水的堰塘，又像是刚刚问过道的童子，不知道被什么充满了，但是我知道，我的全身上下，被充满了。随即，眼睛也是一酸，我便开始安静地等待着自己的哭泣，最后还是没有，那是因为，一边等待，我又一边分明觉得，别有一股蛮力在拉扯着我，想了一会儿，我想清楚了，这蛮力，其实是从天而降的美：包子是美的，风雪是美的，伙计们是美的，一脸络腮胡的黑旋风，也是美的。

——说起来，这就是过去一年中我最后的大好时光了。

其后，熟悉的生涯卷土重来：兴致勃勃地上门，唾沫星子横飞地阐述，直到最后，门被关上，人被推出来，弯腰，低头，捡起散落了一地的剧本梗概和大纲，重新活成了街头上的一只丧家之犬。对了，中间还夹杂着无数挖空了心思的逢迎和暗无天日的被关禁闭。说到被关禁闭，我们初识之时，你便亲眼看见过，但是，其中的坑洼和深渊，且让我细细说给你听：招待所也好，经济型酒店也罢，反正我也没住过比它们更好的地方，它们要么坐落在深山里和小镇上，要么就在北京的郊区，一入此地深似海，自此之后，便是画地为牢——掀开窗帘向外看，风在动，树在动，小虫子在动，全世界都在动，而唯有我是不动的。

且让我以最近的一次被关禁闭为例吧。河南信阳的一座深山里，我又被关进了一家小招待所里写剧本。小招待所里，也有一个和你一样的大姐，隔天来一次，为我做好两天的饭，等她走了，满山里，便只剩下了我一人。我所在的这座深山，早在民国时期，便修建了不少达官贵人的别墅，而今早已荒废，全都化作了断垣残壁。到了晚上，小招待所里又总是停电，这时候再去看向窗外，那些荒废的别墅，几乎每一幢每一处都是鬼影幢幢，如果再起一点风，这里的墙倒下一截，那里的檐瓦掉下一片，心惊肉跳便要纷至沓来。但这还没有完，挨不过寒凉的野猫和果子狸也不知从哪里闯进了招待所，再顺着楼梯往上，一步步逼近了房间，隔着房门听过去，就好像，刚刚画完皮的鬼魂已经盯紧了我，靠近了我，接下来，它还要吃掉我。

怎么办呢？好吧，既然没有电，那我就只好自己给自己发电——几乎每天晚上，当野猫和果子狸的爪子开始抓挠我的房门，我便干脆开了门，先将它们吓得逃散开去，然后，我下了楼，出了招待所，来到了断垣残壁的中间，一处处的，厢房和地下室，天井和雕花床，它们全都被我一一目睹，又一一亲历，最后，当我确信，我所踏足之处，既没有树精也没有狐妖的时候，也是胆大包天，我竟横生了失落，恨不得它们马上现身，好与我共度这长夜良宵。既然如此，那我就继续在这满山里狂奔下去吧：松树林里，松果扑簌而落，一颗一颗被我踩在脚下，而它们又在不断向前伸展，就好像，这是一条一直在等待着我的命定之路；荆棘丛中，偏偏有花朵的香气传来，一时之间，我往往不知如何是好，是该将那荆棘拨开，冲杀出去，还是就此埋首在花香之前，沉醉不知归路？最后，在水库边上，天快亮了，之前隐藏在黑暗中的一切，栾树和枫树，深潭和远山，荒凉下去的，正在生长的，它们终于无处藏身，全都大白于天下，我便哽咽着问自己：不是沾染，不是攫取，仅仅只是看见——是啊，仅仅只是看见，是不是也说明，在这穷尽了自己的长夜之后，我终于迎来了些微的、惨淡的一丁点胜利？

我想是的。艳梅大姐，我想我的手里的确攥紧着一丁点胜利，所以，我才又拎着那口行李箱，奔赴了此刻的所在，就好像你对我说起过的，只要你还在这世上活一天，你儿子，你妹妹，你便要在这世上找他们一天。而我却爱莫能助，许多时候，我和你，你和别人，我们唯一的匹配，不过是我们活在同一座尘世上，而后相逢，而后走散，但是，无论如何，走下去，你总归会如同我一般，遇见雾气中的老太太，再遇见夜晚里的蜡梅和包子铺前的黑旋风，到了那时，你叫他们大好时光，他们便是大好时光。

最后，和你一样，我也要跟你说起一段梦境里的大好时光，不不不，实际上，那大好的时光，已经从梦境里破门而出，来到了梦境之外——很长时间了，只要做梦，我就会变成包子铺里的伙计。外面漫天的风雪，铺子里的我却置若罔闻，只顾着和面、揉面、擀面，再做馅、包馅、捏褶，之后，我便安静地等待着蒸笼盖被掀开的时候。过了一会儿，时间到了，蒸笼盖掀开，热气腾地冲出来，就像太上老君的炼丹炉被打开了，包子们却不是孙悟空，一个个，乖得像听话的孩子，全都不哭，全都不闹——到了这时候，我便哭了，而且，哭着哭着，我就醒了，但是，我要告诉你的是，哪怕醒了，我也还在哭。是的，这么长时间以后，当我的手里终于攥紧了些微的、惨淡的一丁点胜利之后，我又学会了哭，有时候，当哭泣袭来，我也想起了你：不知道你身在哪里，但是，此刻里正在向你靠近的，除了硬生生砸过来的苦，也许，还有包子铺门前的哭？

艳梅大姐，再见了。以上，就是我一定要写给你看的大好时光。

偷路人间

我干脆没有再离开,就站在一株木棉树底下,一句句地去听他们说话,就像是,一杯杯喝下了他们倒给我的酒。

寄海内兄弟

许多年前,为了谋生,我曾在甘肃平凉混迹过不短的一段时日,在那里,我认识过一个开电器维修店的兄弟,这兄弟,人人都叫他小林,我便也叫他小林;那时候,我已经有好几年写不出东西了,作为一个曾经的作家,终究还是又忍不住想写,于是便在小旅馆里写来写去,然而一篇也没有写成。没料到,这些心如死灰的字,竟然被小林看见了 —— 有一天,他在电器维修店里做了一顿火锅,再来旅馆里叫我前去喝酒,我恰好不在,门也没关,他便推门进去,然后就看见了那些无论怎么看都仍然心如死灰的字。哪里知道,自之后,那些字也好,我也好,简直被小林捧到了足以令我惭愧和害羞的地步。

郑板桥在《赠袁枚》里所说的那两句话,"女称绝色邻夸艳,君有奇才我不贫",说的就是小林这样的人。那天晚上,我和小林,就着柜台里热气腾腾的火锅,可算是喝了不少酒,就算我早已对他承认，从前我的确是一个作家，他还是一脸难以置信的样子，喝上一杯，就认真地盯着我看上好一阵子，满脸都是笑。中间，要是有人送来坏了的电器，又或是取回已经修好的电器，他就要借着酒劲指着我，再对着柜台外的来人说："这是个作家，狗日的，这是个作家！"哪怕我们一直延续到后半夜的酒宴结束，第二天，乃至其后的更多天里，直到我离开平凉之前，当我遇见他，只要身边有旁人路过，他总要先拽上别人，再回头指着我："这是个作家，狗日的，这是个作家！"

然而，在我离开平凉之后的第二年秋天，我便得知了一个消息，当年春天里，那个满脸都是笑的小林，暂时关了自己的电器维修店，跟着人去青海挖虫草，有天晚上，挖完了虫草，在去一个小镇子上歇脚的时候，从搭乘的货车上掉下来，跌进了山崖下的深沟，活是活不了了，因为当时还在下雪，山路和深沟又都有说不出的艰险，所以，直到好多天过去，等雪化了之后，他的遗体才被同去的人找到。又过了几年，阴差阳错，我也去了青海，也是一个下雪天，我乘坐的长途汽车彻底坏掉，再也不能向前，满车的人只好陷落在汽车里等待着可能的救援。眼见大雪继续肆虐着将群山覆盖殆尽，眼见天光在大雪的映照下变得越来越白，我突然便想起了小林，我甚至莫名地觉得，眼前周遭似乎不仅与我有关，它们也与小林有关。于是，我手忙脚乱地给当初告诉我小林死讯的人打去了电话,这才知道,我所困居之地,离小林丢掉性命的那条深沟果然只有几十里路而已。如此,我便带上了夹杂在行李中的一瓶酒,下了汽车,然后,面向深沟所在的方向,再打开那瓶酒,在雪地里一滴滴洒下去,一边洒,却一边想起了唐人张籍的《没蕃故人》:

> 前年伐月支,城上没全师。
> 蕃汉断消息,死生长别离。
> 无人收废帐,归马识残旗。
> 欲祭疑君在,天涯哭此时。

所谓"没蕃故人",说的倒不是死于吐蕃的故人,唐时异族,管他吐蕃、大食还是月支,一概都被称作外蕃,此处怀念的故人,显然说的是战死在月支国一带的故人。此诗所叙之意可谓一看即知,更无须多解,但是,当"无人收废帐,归马识残旗"之句被我想起,小林那张满是笑的脸顿时也浮现在了眼前,我的鼻子,还是忍不住发酸:何止战乱之后的城池之下才有废弃的帷帐?何止战士死绝之后的战场上才有被归马认出来的残旗?远在甘肃平凉,小林的电器维修店难道不是再也迎不回将军的帷帐吗?还有,在小林的电器维修店之外,也有一面破损的店招,而今,归马已然夭亡,那面残旗,只怕也早已被新换的门庭弃之如泥了。事实上,在这些年中,如此遭际,我当然已经不再陌生:那么多的故人都死去了，所以，多少会议室、三室一厅和山间别墅都在我眼前变作了废弃的帷帐，多少合同、盟约和一言为定都在人情流转里纷纷化为了乌有。幸亏了此刻，尽管阴阳两隔，在这大雪与群山之下，我尚能高举着酒瓶"欲祭疑君在"，不过，我倒是没有"天涯哭此时"，反倒是，当酒瓶里的酒所剩无几时，我突然想跟小林再次对饮，为了离他更近一些，我便顶着雪，面朝那夺去了他性命的深沟撒腿狂奔，一边跑，一边仰头喝起了酒，喝完了，再将酒瓶递向大雪与群山，就像是递给了小林，端的是：他一杯，我一杯。

他一杯，我一杯 —— 在陕西汉中，我也曾和陌路上认识又一天天亲切起来的兄弟如此痛饮：还是因为一桩莫名其妙的生计，我住在此地城郊的一家小旅馆里写剧本，因此才认识了终日坐在旅馆楼下等活路的泥瓦工马三斤，之所以叫这个名字，听他说，是因为他出生的时候只有三斤重。活路实在难找，打我认识他，就没看见什么人来找他去干活，但他跛着一条腿，别的苦力更加做不下来，也只好继续坐在旅馆外的一条水泥台阶上等着有人问津。还有，马三斤实在太穷了，在我送给他一件自己的羽绒服之前，大冬天的，从早到晚，他穿着两件单衣，几乎无时无刻不被冻得全身上下打哆嗦：他有两个女儿，而妻子早就跑掉多年了，所以，好不容易攒下的钱，也仅仅只够让两个女儿穿上羽绒服。而天气正在变得越来越冷，如此，有时候，当我出了旅馆去找个小饭馆喝酒，便总是叫上他，他当然不去，但也经不住我的一再劝说，终于还是去了，喝酒的时候却又迟迟不肯端起杯子，我便又要费去不少口舌接着劝，劝着劝着，他端起了杯子，他一杯，我一杯，却总也不忘记对我说一句："哪天等我有钱了，我请你喝好酒！"

并没有等来他请我喝好酒的那一天，我便离开了汉中，原本，我一直想跟他告个别，也是奇怪，却接连好几天都没在旅馆楼下看见他，所以就没最后说上几句话。可是，等我坐上长途汽车，汽车马上就要开了的时候，却看见马三斤踉跄着跑进了汽车站，只一眼便知道，他显然生病了：胡子拉碴，头发疯长，一整张脸都通红得骇人。等他跑到汽车边，刚刚看见我，虚弱地张开嘴巴，像是正要对我说话，汽车却开动了。隔着满溅着泥点的玻璃窗，我看见他刹那间便要落下泪来，而且，只是在瞬时里，他就像是被什么重物击垮了，一脸的绝望，一脸不想再活下去的样子。我并不知道发生了什么，只是下意识地对他吼叫了一声，吼叫声被他听见了，见我吼叫着对他举起了拳头，他先是被震慑和呆滞，继而，也像我一般下意识举起了拳头，等汽车开出去好远，待我最后回头，看见他仍然举着拳头，身体倒是越站越直，越站越直。如此时刻，叫人怎不想起唐人陆龟蒙的诗呢？

丈夫非无泪，不洒离别间。

杖剑对尊酒,耻为游子颜。
蝮蛇一螫手,壮士即解腕。
所志在功名,离别何足叹!

　　陆龟蒙一生,如他自己所说,只愿做个"心散意散、形散神散"的散人,因此,作起诗来,气力并不雄强,唯独这一首与朋友兄弟别离之诗,却是慷慨不绝和壮心不已,尤其前两句,用清人沈德潜的话说便是:"直疑高山坠石,不知其来,令人惊绝。"事实也是如此,彼时,当我与马三斤就此别过,我们所谓的"功名",仍然不过是混口饭吃而已,可是,三斤兄弟,在这隔窗相看之际,你我却千万莫要乱了心神,你我却千万要端正了身体再举起拳头,只因为,管他往前走抑或向后退,有一桩事实我们已经无法避免,那便是:注定了的洒泪之时,逃无可逃的洒泪之处,它们必将从四面八方朝我们涌动过来,再将我们团团围住。所以,三斤兄弟,你我还是先记住这首诗的要害吧,对,就是那句"蝮蛇一螫手,壮士即解腕":要是有一天,你仍然在砌墙,我仍然在写作,无端与变故却不请自来,又像蝮蛇一般咬住了我们的手,为了防止蛇毒攻心取了我们的性命,你我可都要记住,赶紧地,一刻也不要停地,手起刀落,就此将我们的手腕砍断,好让我们留下一条性命,在这世上继续砌墙、继续写作吧!

　　自打与马三斤分别,又是好多年过去,这些年中,因为我当初曾给他留下电话号码，所以，我们二人一直都不曾断了联系，有时候，他会给我打来近乎沉默的电话，有时候，他又会给我发来文字漫长的短信，每一回，在短信的末尾，他总是会署名为：你的朋友，马三斤。我当然知道，那些无端与变故，就像从来没有放过我一样，或在这里，或在那里，仍然好似蝮蛇一般在噬咬着他，可是，除了劝说他忘记和原谅，我也找不到别的话去安慰他，好在是，他竟然真的并没有毒发攻心，而是终于将日子过好了起来：虽说谈不上就有多么好，但总归比从前好，有这一点好，他便也知足了。去年夏天，他又给我发来了短信，说他的大女儿马上就要结婚了，无论如何，他都希望我能再去一趟汉中，一来是为了参加他大女儿的婚礼，二来是他要兑现他当年的诺言，请我喝上一顿好酒，在短信的末尾处，他的署名仍然是：你的朋友，马三斤。其时，我正步行在湘西山间，置身在通往电视剧剧组的一条窄路上，头上满天大雨，脚下寸步难行，但是，看见马三斤发来的短信，我还是一阵眼热，于是，我飞快地奔到一棵大树底下去躲雨，再给他回复了短信，我跟他说：我一定会去汉中，去看他的女儿出嫁，再去喝他的好酒。在短信的末尾处，我也署上了自己的名字：你的朋友，李修文。

结果，等我到了汉中，还是在当年的汽车站里，等马三斤接到我的时候，我却几乎已经认不出他来了——苍老像蝮蛇一般咬住了他，可他总不能仅仅为了不再苍老就去斩断自己的手腕：他的头发，悉数都白尽了，从前就走得慢的步子，现在则更加迟缓，乃至于一步步在地上拖着自己的腿朝前走。可好说歹说都没有用，他不由分说地抢过我的行李，自己拎在手中，为了证明自己还能行，他甚至故意地走在了我前面；走着走着，他又站住，回头，盯着我看，看了好半天，这才笑着说："你也老了，也有不少白头发了。"我便也对着他笑，再追上前，跟他一起并排向着他家所在的村子里走。走到半路上，在一片菜园的篱笆边，他突然想起了什么，又停住，先是亏欠一般告诉我，尽管他老得不成样子，但女儿要结婚了，他的老，还是值得的；说完了，再担心地看着我，就像我被全世界亏待了，他问我："你呢？你值得吗？"我沉默了一会，再请他放心，我想我活到今天也是值得的。听我这么说，他竟哽咽了，连连说："那就好，那就好。"这时候，一天中最后的夕光穿过山峰、田野和篱笆照耀着我们，而我们两个，站在篱笆边，看着青菜们像婴儿一样矗立在菜园的泥土中，还是哽咽着，终究说不出话来。此时情形，唯有汉朝古诗所言的"采葵莫伤根，伤根葵不生；结交莫羞贫，羞贫交不成"如影随形，唯有元人韩奕所写《逢故人》里的句子如影随形：

相逢喜见白头新，头白相逢有几人？
湖海年来旧知识，半随流水半随尘。

人活于世，当然少不了行来风波和去时迍邅，但是往往，你我众等，越是被那风波与迍邅纠缠不休之时，可能的救命稻草才越到了显露真身的时刻。那救命稻草，也许是山河草木与放浪形骸，也许是飞沙走石与偃旗息鼓，也或许只是破空而来的一条手机短信，短信的末尾处写着：你的朋友，马三斤；又或者，你的朋友，李修文。由今日上溯至唐朝，彼时的世上就有两个人，"始于诗交，终于诗诀"，大半生中，在贬谪之途的驿站里，在自知不起的病床前，他们从未停止给对方发去用诗、气血和骨髓写成的短信，短信末尾的署名是：你的朋友，元稹；你的朋友，白居易。此二人，虽有七岁之差，自打相识以来，孰兄孰弟，却几难分辨，最是这难以分辨，二人恰恰能在对方身上自得其所，此等机缘，不是天赐造化又能是什么呢？自打相识以来，他们就从来没停止过相互唱和，白居易说："曾将秋竹竿，比君孤且直。"元稹便答："秋来苦相忆，种竹厅前看。"元稹说："与君后会知何日，不似潮头暮却回。"白居易又答："知在台边望不见，暮潮空送渡船回。"听闻元稹病了，白居易赶紧寄去药膏并附诗说："已题一帖红消散，又封一合碧云英。凭人寄向江陵去，道路迢迢一月程。未必能治江上瘴，且图遥慰病中情。到时想得君拈得，枕上开看眼暂明。"没过多久，他便收到了元稹的回诗："紫河变炼红霞散，翠液煎研碧玉英。金籍真人天上合，盐车病骥辀前惊。愁肠欲转蛟龙吼，醉眼初开日月明。唯有思君治不得，膏销雪尽意还生。"

好一句"未必能治江上瘴，且图遥慰病中情"，好一句"唯有思君治不得，膏销雪尽意还生"。异姓兄弟，不过如此；前生后世，不过如此。在我看来，这元白二人，最让人心生钦羡的，其实有二，首先便是：终二人一生，他们都是抱一不移的同道中人。仅以作诗论，尽管多有人说他们为求"务尽"而过求"坦易"，但是，只说二人唱和诗中的用韵，元白之前，和诗本不必非用原韵不可，而自元白始，这二人同进同退，凡和诗，必用原字原韵，其先后次序也必与被和之诗相同，真乃是步步惊险，而整首诗读下来，那些韵脚却又如盐入水般不着一痕，由此很快便风传开去，这种被称作"次韵"或"步韵"的用韵之法，也就此得以成型。所以，清人赵翼才如此说："依次押韵，前后不差，此古所未有也；而且长篇累幅，多至百韵，少亦数十韵，争能斗巧，层出不穷，此又古所未有也。"

而那第二桩让人心生钦羡之处，便是这二人之交从未凌空蹈虚，所有献给对方的狂喜、绞痛和眼泪，都诞生和深埋在烟火、糟糠、种种欲罢不能又或画地为牢之处。你看，为了多挣一点俸禄来侍养母亲，白居易请调为京兆府户曹参军而得应允，喜不自禁地赶紧写信告诉元稹。元稹得信，同样在自己的任所叩谢了天恩："闻君得所请，感我欲沾巾。"又说："我实知君者，千里能具陈。感君求禄意，求禄殊众人。上以奉颜色，余以及亲宾。弃名不弃实，谋养不谋身。"然而，不久之后，白居易之母还是撒手西去，因为身处贬所的元稹未奉召不得远离，他只好派侄子带上自己写好的祭文前去白居易的家乡下邽祭奠致哀，在祭文中，他曾如此说起自己和白居易："迹由情合，言以心诚，遂定死生之契，期于日月可盟，谊同金石，爱等兄弟。"——若此二人尚不能称兄弟，世间安有异姓而称兄弟乎？正因为如此，元稹说："我在山馆中，满地桐花落。"白居易答："桐花半落时，复道正相思。"白居易说："不知忆我因何事，昨夜三回梦见君。"元稹又答："我今因病魂颠倒，唯梦闲人不梦君。"就连两个人早已度过了一生中最难堪的贬谪之时，双双回到了长安，白居易与李建、白行简游曲江而酒醉，恰此时，元稹正离京奉使东川，见到花开，白居易仍然在顷刻间便想起了元稹：

花时同醉破春愁，醉折花枝作酒筹。
忽忆故人天际去，计程今日到梁州。

——一如既往，这首小令和白居易的其他诗句一样着意浅显，它说的不过是：想当初，花开之时，你我曾以同醉而驱除春愁，大醉之中，我们还曾经折断花枝，将它们用作行酒令时的筹子，只是，就在此刻的突然之间，我想起了正在他乡天际下赶路的你，计算一下路程，兄弟，今天你该正好到了梁州吧？令人惊叹的是：恰如白居易之计程，彼时，元稹正好行至了梁州，就在白居易醉忆他的同一天，元稹写下了《梁州梦》:"梦君同绕曲江头,也向慈恩院院游。亭吏呼人排去马,忽惊身在古梁州。"诗前小序中,元稹如是说:"是夜宿汉川驿,梦与杓直、乐天同游曲江,兼入慈恩寺诸院,倏然而寤,则递乘及阶,邮使已传呼报晓矣。"而此等会心,断断不是第一回,尚且年轻时,宪宗元和十一年,元白二人双双被贬至远隔了千重山水的通州和江州,在通州任所,元稹便曾写下过一首小令来记叙他收到白居易书信时的境况,那时候,何止是他,就连他的妻女,也全都见证和投身在了其二人的相互依赖之中:"远信入门先有泪,妻惊女哭问何如。寻常不省曾如此,应是江州司马书。"然而,每回念及这短短四句,最令我感慨的,却是元稹诗境至此,其实早就已经与白居易之诗合二为一了,此处的字字句句,全都是白居易崇尚的大白话,而这些大白话连接在一起,就像是戳进心窝的刀,又像洒向伤口的盐。清人刘熙载评说白居易写诗"用常得奇,此境良非易到",说这话时,他可能忘了,"用常得奇"的还有元稹,在他们的大半生中,他们绝不是各自写着各自的诗,而是两个人在写同一首诗。

另有不少人,论交未必如元白二人般入肝入肠,但是,也是不同的性命在写着同样的句子。南宋淳熙十五年,当年的状元,而今的闲官,陈亮陈同父,远赴江西亲访辛弃疾,并与之同游鹅湖。两人作别之时,辛弃疾恋恋不舍,竟一再追送,至鹭鸶林,则雪深泥滑,再不得前,目睹陈亮离去，辛弃疾"独饮方村，怅然久之"，至夜，又闻邻笛甚悲，遂赋词《贺新郎》，词中竟一反平日常态，离愁与消沉双双难抑："何处飞来林间鹊，蹍踏松梢残雪。要破帽多添华发。剩水残山无态度，被疏梅料理成风月。两三雁，也萧瑟。"多日之后，收到词作的陈亮给辛弃疾寄回了自己的和词，此一首和词，承其一贯词风，慷慨与磊落双双不绝："行矣置之无足问，谁换妍皮痴骨。但莫使、伯牙弦绝。九转丹砂牢拾取，管精金、只是寻常铁。龙共虎，应声裂。"至此，一个真正的辛弃疾才在朋友的呼喊声中抖落尘灰，终于应声而起，他也和词给陈亮："汗血盐车无人顾，千里空收骏骨。正目断关河路绝。我最怜君中宵舞，道'男儿到死心如铁'。看试手，补天裂。"其后，两人再难停止，以《贺新郎》用前韵而反复唱和，竟至四五回，如果将陈亮与辛弃疾的名字全都盖住，又有人恰恰是初读这些《贺新郎》，哪里还分辨得出哪句是陈亮所写，哪句又是辛弃疾所写？《贺新郎》里的这二人，实在浑似各自矗立又互相眺望的两块黑铁，坚刚不可夺其志，沉毅不可蚀其心，然而，一阵风吹来，这二人又变作了两株冠盖如云的山中高树，你的枝丫上长出了我的叶子，我的叶片上开出了你的花朵，最后，就让我们长成一株吧，如此，孤臣孽子的雪恨之心才能将彼此映照，唯有在此种映照之下，你我才能继续一起"慷慨以任气，磊落以使才"，才能继续一起"敛雄心，抗高调，变温婉，成悲凉"，最终，你我之心才活在了残山剩水之外的同一具故国骸骨之中。

虽说远不及元白之刻骨和辛陈之深切，可是，过往这么多年，毕竟一直在这无边人间里游荡和浪迹，那些令我忍不住想要给他寄去自己所写文字的朋友和兄弟，我终究还是遇见了不少。就比如，在河北柏乡县的一座小镇子上，我便遇到过也经常写东西的大老张。这大老张，平日里靠种菜过活，因为在县报市报上发表过几篇诗歌和豆腐块，因此，镇子上的小学有时候也请他当代课的语文老师。自从与我定下交情，他便无一日不在帮我的大忙：我来此地，原本是为了给一部正在这里拍摄却注定播不出来的戏改剧本，结果，没来几天，我便腰疾发作，整日躺在旅馆的床上再也下不了地，见我无法动弹又心急如焚，他便说，要不然他来帮我写，我当然难以置信，但也别无他法，只好每日里跟他一起，他坐着，我躺着，从早到晚边商量边写，几天下来，我竟然没有耽误工期，总算侥幸保住了自己的饭碗；天气寒凉，到了晚上，旅馆里冻得几同于一座冰窖，而我还要写剧本，他便将我容留到了他栖身的菜地里，常常是，塑料大棚之外冷风呼啸，棚内一小片被他隔离好的地界上，因为生了炉火，炉火又烧得旺，我的全身上下竟然都暖烘烘的。

可是，好景不长，终有一天，我正在拍戏的现场忙活，大老张带着一幅他自己写的毛笔字来找我，说他有了母亲的消息，第二天起，他便要远赴山东找母亲去了，也不知道等他回来时我还在不在，但是跟我相识一场，他高兴得很，欢喜得很，所以，临别之际，他买来宣纸写了几个字送给我，叫我千万不要嫌弃，虽然不成个样子，但留下来好歹也是一个念想——我知道，他说的句句都是实话：离开母亲，他活不下去；塑料大棚内的方寸地界里，母亲的照片到处都是，最大的一张被他高高地置放在一座破衣柜的顶上，然而，患上老年痴呆症的母亲已经走失好几年了，几年下来，除了种菜和代课，他没干别的，一直都在各个省的犄角旮旯里找母亲。而现在，分别在即，面对着大老张和他送给我的毛笔字，我还不知道如何跟他告别的时候，一向沉默寡言的他，却对我说了不少话，他说：哪怕我走了，塑料大棚你还是想去便去，钥匙就放在大棚门口的两棵包菜中间；他还说：镇子东头的一家服装店刚进了一批军大衣，暖和，也不贵，你可以买一件来穿在身上；最后，他又说：其实，我知道你不喜欢写剧本，你还是想写书，但是人嘛，活下去总要吃饭，你还是得先把饭碗端紧端牢，要是你哪天写出来一本书了，别忘了，给我寄一本。必须承认，彼时之我，一边听大老张说话，前尘往事袭上心来，一边又任由着巨大的怆然之感在我的体内电流一般横冲直撞，所以，我根本说不出话来，就只是愣怔着对他不断点头，再看着他走远，远到再也看不见了，这才如梦初醒地打开了他写给我的毛笔字：

记得武陵相见日,六年往事堪惊。回头双鬓已星星。谁知江上酒,还与故人倾。

铁马红旗寒日暮,使君犹寄边城。只愁飞诏下青冥。不应霜塞晚,横槊看诗成。

——大老张送我的毛笔字,竟然是南宋周紫芝的一首《临江仙》,他原本就读过不少书,书赠此词给我,倒也并不是一件多么让人大惊小怪的事。这首词,原本是周紫芝送别一位前往光州赴任的故友时所写,上半阕尚有离愁不去:六年之后的酒原来不是就此聚首欢好之酒,它仍然是故人去往光州任所前的最后一场别离之酒,须知此时之光州,已经成为南宋朝抵近金国的最后防线;到了下半阕,则词风大变,振作之气好似鞭声在边城日暮里响起,一记记抽打着河山和自己,然而如此大好,好到"只愁飞诏下青冥",说的是,我的使君故友啊,在那光州,你定会缔造不世之功,到了那时,哪怕朝廷下诏唤你回去,你只怕也要暗自生愁,你只怕还要像当年的曹操一般,一意"鞍马间为文,往往横槊赋诗"。我当然知道大老张缘何要写下这幅字送给我,他不过是又一次重复了临别之际对我说过的话:其实,我知道你不喜欢写剧本,你还是想写书,但是人嘛,活下去总要吃饭,你还是得先把饭碗端紧端牢,要是你哪天写出来一本书了,别忘了,给我寄一本。

如大老张所愿，在跟他分别多年以后，我终究写出了书，而且还写出了不止一本，我当然给他寄去了我写的书，但是却从未收到他的回信。直至今天，我在邢台参加的会议结束，带上行李便坐上了前往柏乡的客车，可是，等我赶到当年的小镇子，再一回，梦游般置身在了当初的塑料大棚边，这才知道：这里尽管还是一片菜地，但是早就换了主人，大老张自从当年离开此地，就再也没有回来过。此时正好又是冬天，大风呼啸着刮过田野，再奔向我和身后的城镇，我踉跄着，好几回都摔倒在刚刚落过雪的泥泞的田埂上，却还是忍不住趴在塑料大棚边上看清了棚内的那一小片方寸之地：火炉还在，破衣柜还在，衣柜顶上大老张母亲的照片也还在。想了又想，我还是通过塑料大棚破碎的缝隙，将自己带来的礼物放进了棚内的方寸地界里，那礼物，不过是几本我写的书，还有一幅我胡乱涂抹的毛笔字——我就以此只当大老张还会回来，再以此当作一封报平安的信，这封信，我将它寄给大老张，也寄给小林和马三斤，更寄给这世上所有跟我擦肩、相亲乃至过命的兄弟们。对了，至于我写的那幅毛笔字，不过是抄写了王维的一首诗而已，我以为，就算我的毛笔字再糟糕，那首诗，却还是值得我的兄弟们去看见听见，饿极了的时候，它甚至值得被我们当作干粮去狼吞虎咽：

酌酒与君君自宽，人情翻覆似波澜。

白首相知犹按剑,朱门先达笑弹冠。
草色全经细雨湿,花枝欲动春风寒。
世事浮云何足问,不如高卧且加餐。

犯驿记

春天来了,小雨和浓雾却一连持续了多日,今天又是如此:小雨从天亮之前就开始下了,直到黄昏时都没停。一度,雾气已经开始了消散,我几乎以为,我们的剧组可以开始拍摄了,但好景不长,更多的云团朝着我们所在的山顶疾驰和涌动过来,像厄运一般吞噬了群山、村庄和刚刚开出来的花朵,而今天,已经是我在这个专门拍摄古代驿站的纪录片剧组里厮混的最后一天了,账已经结清,明天一早,我便要离开这诸葛亮曾经运筹帷幄的地方了 —— 此地便是筹笔驿的遗址所在。诸葛亮伐魏之时,曾于此扎营筹划军事,"筹笔驿"故此得名,据传,《后出师表》便是在这里写成,然而,一如明人周珽所说:"筹划虽工,汉祚难移,盖才高而命不在也。"那诸葛武侯,虽六出祁山,终落得个功败垂成,直到唐宣宗大中九年,李商隐结束梓州任期返回长安,途经这筹笔驿,还忍不住道一声那诸葛武侯的可叹与可怜:

猿鸟犹疑畏简书,风云常为护储胥。
徒令上将挥神笔,终见降王走传车。
管乐有才原不忝,关张无命欲何如?
他年锦里经祠庙,梁父吟成恨有余。

这首诗,凌空突兀而起,再以分寸判断作折,最后再留下不尽余意,写的却是败象,但那败象,又不是家长里短里的树倒猢狲散,有恨有悔,更有横下一条心的凛凛然之气:这满目江山,已经多少回改换了门庭和姓氏,地上的猿,天上的鸟,却仍然畏惧着诸葛亮当年在简书上立下的军令;还有山间风云,涌覆长存,还在护卫着他遗留之军垒的藩篱栅栏。谁又能想到,时犹未久,后主刘禅便也要经过这筹笔驿,东迁洛阳去举手投降?可恨那关张早死,残剩之人纵有管乐之才又徒唤奈何。诗虽穷途之诗,地也是末路之地,但是,多少人先在诗里看见了自己,继而也替自己找到了宽谅和解脱:人之一世,岂是成败二字便可以轻巧道尽?就算我一败涂地,可我,清晨里奔过命,暗夜里伤过心,挺身而出时有之,苟延残喘时更有之,这诸多的、未能被时势和命数接纳的有用与无用,岂可一声败亡便将它们悉数销尽?只说这筹笔驿,除了李商隐,也曾有苦命人罗隐踽踽前来,并且作下了与李商隐同题之诗,其中的"时来天地皆同力,运去英雄不自由"一句,几可看作是"管乐有才原不忝,关张无命欲何如"的另一版本,因其更加单刀直入,也就戳中了更多人的心：你我就算日日都被困于这不自由的筹笔驿中，可是，哪怕再寒酸，再微薄，谁还没有过一两回天地同力的草船借箭之时呢？

> 抛掷南阳为主忧，北征东讨尽良筹。
> 时来天地皆同力，运去英雄不自由。
> 千里山河轻孺子，两朝冠剑恨谯周。
> 唯余岩下多情水，犹解年年傍驿流。

——这世上，有人命犯桃花，有人命犯公卿，那罗隐，十考不第，又生于唐亡之际，为了饭碗，为了保命，一年年下来，他便没法不凄惶奔走，没法不去命犯辽阔江山里的无数驿站，除了筹笔驿，纪南驿中，面对楚国当年的都城所在，他还尚有思古之余力："不知无忌奸邪骨，又作何山野葛苗。"到了莲塘驿，满眼里皆是战乱，他进也进不得，退又退不去，终日里嫌弃着世道和世道里的自己，却又忽然发现："隔林啼鸟似相应，当路好花疑有情。"而在商於驿中，访旧半为鬼，举目无亲故，人之一世，至此终于真相大白，他也总算在眼泪中接受了世道和自己："棠遗善政阴犹在，薤送哀声事已空。惆怅知音竟难得，两行清泪白杨风。"说起来，过去十余年，我也和那罗隐一样，命犯了一座座犄角旮旯里的小旅馆，除去小旅馆，火车站和片场，乃至寺庙和渔船，在这些地方，要么咬紧牙关，要么掩耳盗铃，我都曾栖身和厮混过，它们正是我的纪南驿、莲塘驿和商於驿，不管我逃得多快，这些地方总有办法将我抓捕回去再行圈禁，几番想要挣脱而徒劳无功之后，我也认了命，并且渐渐心安理得了起来，唯有一事，可堪羞惭：那罗隐，凡过驿，必有诗，而我呢？在以上种种所在里，我看见过火堆燃起，又看着它们渐渐熄灭，我年复一年地写写画画，最终，灰心作祟，我还是将它们全都付之一炬，再不忍看着自己一日比一日变得更加形迹可疑。

离开筹笔驿之后，紧接着，我便命犯了粤赣两省之间的大庾岭。这大庾岭，在唐宋两朝都是分外恐怖的所在，有谣谚云："春循梅新，与死为邻；高窦雷化，说着也怕。"那"春循梅新"和"高窦雷化"，实际上说的是岭外的八座州县，史中籍中，无一处不是夺人性命的瘴疠横行之所，如此，于那些遭贬之人而言，这大庾岭，便被视作了阳间尘世的鬼门关：一过此岭，如同置身化外，性命与前程双双皆休矣！所以，苏轼先过此岭贬谪海南，数年后获赦，再越它而北返中原时，曾诗赠岭上老人说："鹤骨霜髯心已灰，青松合抱手亲栽。问翁大庾岭头住，曾见南迁几个回？"然而，身在大庾岭上，尤其身在旧日驿站的遗址之前，首先被人忆及的诗，总归还是唐人宋之问的《题大庾岭北驿》：

阳月南飞雁，传闻至此回。

我行殊未已,何日复归来。
江静潮初落,林昏瘴不开。
明朝望乡处,应见陇头梅。

——这首诗,清人姚鼐说其"沉亮凄婉",可谓如实;难得的是,既不怨天,也未尤人,自怜自伤里始终贯穿着某种清醒,当然,这清醒并不是但行好事之后的心无挂碍,而是有罪之身别无他法之后的自制与自知:自知罪有余辜,自知有去无回,既然如此,莫不如,就此低下头去,寄哀声于坦白从宽,说不定,诗传出去,引动了朝中公卿的恻隐之心,我还有活着再一回翻越大庾岭重返长安的可能。也因此,就像是被开刀问斩之前必须留下遗言,再不说话,再不话赶着话,一切就都来不及了,于是,仅过这一岭,那宋之问便作诗四首,其中一首里更是写道:"但令有归日,不敢恨长沙。"

然而,与诗中哀切截然相反的是,宋之问其人,一生劣迹,数不胜数,且不说他杀甥夺诗,单说在朝堂之上,今日攀附东家,明日跪拜西家,稍稍得意便形骸两忘,最终,至唐中宗神龙元年,太子李显复位,宋之问所攀附的张易之、张昌宗兄弟伏诛,他被发配到了大庾岭外的泷州参军,没过多久,他又偷偷潜回了长安,藏匿于友人家中,未几,为了依附武三思,再向朝廷告发了窝藏他的友人,于是,朝廷不再追究他的偷潜之罪,反倒任命他做了鸿胪主簿,但是,一旦中宗驾崩，宋之问便也走到了他的尽头，睿宗即位后不久，宋之问就再一次被流放到了钦州，继而，朝廷传下旨意，将其"赐死于徙所"。翻看宋之问的诗，轻易便可以发现，字句之中，驿站尤其多，在临江驿，他留有"可怜江浦望，不见洛阳人"之句；在满塘驿，他写下过："驿骑明朝发何处？猿声今夜断君肠！"到了端州驿，他又大放哀声："处处山川同瘴疠，自怜能得几人归。"然而，照我看，这一切却全都是自找和活该的，说白了，所有必经的驿站，无非都是逃不掉的报应，心术纷乱，行迹便也纷乱，你非要再多一次投怀送抱？对不起，那不过是又多了一座荒山野岭上的驿站正在等着你去走近它再踏入它。只是，可叹的是，宋之问其人，至死也未有一丝半点真正的悔意，仍以那些写在驿站中的诗句为例：凄婉也凄婉，悲凉也悲凉，究其实质，却都是投石问路，都是一件件精心准备好的土特产和敲门砖。

所以，还是去亲近那些正道上的驿站和驿站之诗吧。当然了，活在这世上，所谓正道与邪路，往往刹那流转，常常真假难辨，庸碌如我等，哪有那么容易就能胜券在握，再指着黑说这是黑，指着白说这是白？但是，人在驿站之中，前不着村后不着店，抬头岭上云雾，低头窗下草木，所有的话，你都是自己说给自己听，该露的破绽，该见的分晓，总归都要大白于自己、驿站乃至天下。譬如唐朝刘长卿于驿中和遭到流放的老友分别，虽说凄怆满目，人臣之心却仍似山中高树一般孤直:"迁播共知臣道枉,猜谗却为主恩深。辕门画角三军思,驿路青山万里心。"永城驿中,晚生于刘长卿、与贾岛齐名的姚合,尽管流离当头,却在反求诸己中厘清了来路也找准了去路:"秋赋春还计尽违,自知身是拙求知。惟思旷海无休日,却喜孤舟似去时。"更有那北宋名臣寇准,曾从任所出发,经襄州赴京登上相位,数年之后遭贬,他又再一回路过了襄州,置身在襄州的驿亭之中,他曾留诗如下:

沙堤筑处迎丞相,驿吏催时送逐臣。
到了输他林下客,无荣无辱自由身。

寇准此诗,世人作解之时,多说其颇含讽世与自讽之意,然而定睛再三之后,我却别有所解:只要取消分别心,再读那前两句便会发现,看起来的心存芥蒂,实际上,也许只是身心脱落之后的开门见山。对,门就是门,山就是山,见到沙堤,便说沙堤,见到驿吏,便说驿吏,它们只是相逢与共存,既然如此,何苦还要起那对比与映照之心? 更年轻一些的时候,寇准曾任巴东县令,在长江北岸的巴东驿中,他也曾题诗一首:"楚驿独闲望,山村秋暮天。数峰横夕照,一笛起江船。遗恨须言命,冥心渐学禅。迟迟未回首,深谷暗寒烟。"到底是年轻,此时的寇准,顾影自怜有之,强自镇定有之,自己给自己找台阶也有之,而到了再过襄州之时,雷霆风烟，俱已入骨，那些以往里饱经的顺遂与未遂，全都化作了驿亭之外的野花林泉，何止等闲视之，他已经到了足可向它们认输的年纪和地步：认输，眼前风物才各归其主，而我竟然也在此中增添了崭新的愿望，那便是，像林下之客一般，换得一具无荣无辱的自由之身。这认输，近似佛家所说之"现成"，若要"现成"，必先入世，入世是为了入己，入己则是为了无己，无己若至，"现成"之境，则必瓜熟蒂落。

只可惜，在那些千山万水之间的驿站里，又有几人能够修得如寇準般的不坏之身？廊前檐下，打雪里来的，等着雨停的，或是东张西望，或是掩耳盗铃，说来说去，有谁不是受苦之人？《梦溪笔谈》里曾经记录过一个苦命的妇人，嫁与鹿姓人家之后，因丈夫被月俸所诱而急于赴任，孩子生下刚刚三天，她便被夫家催促着上路了，行至信州杉溪驿，终于命丧于此，临死之前，她曾在驿站的墙壁上题诗，并在诗畔以数百言直陈了自己的"恨父母远，无地赴诉"之境，"既死，藁葬于驿后山下。行人过此，多为之愤激，为诗以吊之者百余篇，人集之，谓之《鹿奴诗》"。一个苦命妇人的哀告，何以引得如此多的和鸣？无非是因为，那妇人写了她的命，但那又何尝不是你的命？她命犯了长路孤驿，你又何尝不是如她一般"无地赴诉"？有许多年，我都想读这一本《鹿奴诗》，最后也未能如愿：事实上，这本书早就佚散在了岁月烟尘之中，每每念之，我竟怅然若失。

好在是，驿站代代无穷已，更多的苦命人还会继续命犯驿站，写下更多的诗。仅在北宋灭国之后，数年中，从北国前往南地的各处驿站里，便有太多惊魂未定的无名无姓之人留下过逃命与受苦之诗。南阳驿中，尚且有妇人吃零食一般从口袋里掏出了当初的好时光："流落南来自可嗟，避人不敢御铅华。却怜当日莺莺事，独立春风露鬓斜。"而在下寒驿中，无枝可依的男子却再一次确认自己的身无长物："北堂无老信来稀，十载秋风雁自飞。今日满头生白发，千山乡路为谁归？"另有一首无名氏的《题驿壁》，这些年里，因其时常被我想起，时间长了，每当我寻下一处落脚之地，它便出现在了对面的墙壁上，不过这样也好：抬眼即能看见自己的护身符，总归是好的——

记得离家日，尊亲嘱咐言。
逢桥须下马，过渡莫争船。
雨宿宜防夜，鸡鸣更相天。
若能依此语，行路免迍邅。

这首大白话一样的诗，最早见于宋朝安定郡王赵令畤所著之《侯鲭录》，赵令畤说此诗，实为"征途之药石也"。要我说，我也会说这一句：实为"征途之药石也"。诗中的"迍邅"二字，说的是难行、迟疑和困顿之意，所谓"仓皇归去，步步迍邅"，所谓"嗟运命之迍邅，叹乡关之眇邈"，然而，但凡要出门去那世上厮混，这二字，谁又能逃得过？以我自己为例，年少初读此诗时，似乎从未将它放在眼里，但它迟早都要与我赤裸地相见：几年前，在陕西境内的汉江边，一个冬天的早上，天还没亮，我从旅馆里奔出，脚踩着遍地的白霜跑向江边的渡船，已经都快跑到了，却眼看着渡船刚刚离岸，心里终究不甘，也是怕江对岸的生计活路被我再一回错失，我便赶紧退后两步，再冲刺着往渡船上跳跃了过去，结果竟事与愿违，我的身体硬生生坠入江中，再结结实实砸在了水流之下的乱石堆上，尽管河水并未将我卷走，但是，其后三天，我却只能发着高烧蜷缩在小旅馆里，满身的疼痛又令我举步难行，不用说，那江对岸的生计活路，最终还是被我错失了；还有一回，在云南，深山里的一座没有候车室的小火车站里，雨下得虽然大，却没有人去站台上的一小截凉棚底下去躲雨，只因为，那一小截凉棚显然是年久失修，几乎算得上摇摇欲坠，而我要坐的火车又来晚了，等到后半夜，我实在困乏已极，终于不管不顾，跑到那凉棚底下唯一的一把长条椅上睡着了，天快亮时，我还在沉睡之中，却突然听见有人在对我大声呼喊，一开始，我还以为那是梦，惺忪着醒过来，这才发现，微光中，铁轨的对面，的确有一个身穿少数民族服装的男人在对我呼喊，我听不懂他在呼喊什么，但他却不依不饶地继续大声喊叫，我只好起了身，打算穿过铁轨去找他，殊不料，正在此时，背后的凉棚在顷刻间便呼啦啦倒塌了下来，一下子，我清醒了过来，看看倒塌的凉棚，再看看对面的男人，最终，我三步两步狂奔过去，抱紧了他。

自此之后，除了在一座座犄角旮旯里的小旅馆中，哪怕身在火车站和片场，乃至寺庙和渔船里，只要踏入了这些今时今日里供我容身的驿站，"逢桥须下马，过渡莫争船"，还有"雨宿宜防夜，鸡鸣更相天"，这些句子都会被我时常念及起来。倒也不是什么心有余悸，而是常常觉得，当尊亲们远在千里万里之外，照着那几句话去做，不仅是本分，更是纪律，唯有纪律加身，过桥时必先下马，鸡鸣后看天动身，虽说往前走还是逃不开没完没了的迍邅，可是，当一天将尽，你仍然可以勉强告慰自己的是，这一己之身，还将继续度过接下来的另一天。到了这时，你再去看那一整首大白话一样的诗，它多像是一封信啊：既像是来信，管你其后是报喜还是报忧，尊亲们都不在乎，他们只要你记得他们曾经叮嘱过的话，反正，打你出门，他们便已爱莫能助；这首诗，其实也是一封回信，你看那些叮嘱，无不惊惧和小心翼翼，既未期待收成，也未渴望胜利，所以，再说一遍，只要你"逢桥须下马，过渡莫争船"，只要你"雨宿宜防夜，鸡鸣更相天"，你便是好好听了话，你便是好好回了信。

实在也是没办法，但凡我等还要继续朝前走，那迍邅便注定了举目皆是，还好，长路穷尽之处，总归会有一座两座的驿站在等待着我们,这驿站里哪怕只有闲锅冷灶,也绝不是让我们倒头便拜的诸佛之前,但是,因为我们受了苦,我们便不会被它们亏待,单单那些驿壁上的故人与陌生人之诗,就足以令我们像靠近了炉火一般,在瞬时里变得热烈起来。先说陌生人之诗,宋时汴河驿中,士子卢秉不平则鸣,题诗于壁上:"青衫白发病参军,旋籴黄粱置酒樽。但得有钱留客醉,也胜骑马傍人门。"哪知道,此诗其后被路过汴河驿的王安石读到,"见而爱之,遂获进用",直至最后,卢秉竟官至龙图阁直学士。于此佳话,时人多有不解,不过,如果要后世之我来解,个中之因其实一目了然:王安石一向孤冷,然卢秉诗中也不无孤冷之气,机缘来时,这孤冷与孤冷不仅没有将彼此推开,反倒变成了烧酒,让人热烈,让人惺惺相惜,此中要害,不过是一句"吾道不孤"。再说唐时蓝桥驿,元和十年秋天,白居易遭贬,赴任江州司马,在蓝桥驿中,他却看见了当年春天元稹在驿壁上题下的诗,一见之下,不能自已,那首著名的《蓝桥驿见元九诗》也随之破空而来:

蓝桥春雪君归日,秦岭秋风我去时。
每到驿亭先下马,循墙绕柱觅君诗。

——话说当年春天,元稹度过了五年的贬谪生涯,自唐州奉召还京,途经蓝桥驿时,忍不住狂喜与壮怀之心,作下了《留呈梦得、子厚、致用》，诗中说："泉溜才通疑夜磬，烧烟余暖有春泥。千层玉帐铺松盖，五出银区印虎蹄。暗落金乌山渐黑，深埋粉堠路浑迷。心知魏阙无多地，十二琼楼百里西。"单以此诗的末尾两句而言，元稹的得意之形几乎呼之欲出，但是，事实却并不仅如此：诗题中的梦得与子厚，不是别人，正是刘禹锡和柳宗元，此二人，在各自的任地，度过了远比元稹更为漫长的贬期，其时，终于也和元稹一样，行走在了奉诏还京的道路上，只不过稍晚一步才会到得了这蓝桥驿，所以，元稹的诗中当然有无法掩饰的自得之意，但他既在得意于自己，也在得意于友朋，这得意里，甚至深埋着欣慰与恻隐。谁又能想到呢？仅仅八个月之后，秋风起时，元稹一生之过命至交，白居易，便也要在蓝桥驿中为他写诗了，更要命的是，白居易作诗之时，那元稹，早在六个月前就已经再一次被贬到了通州，即是说，春天里，他自唐州归来，也不过在京城里度过了区区两个月而已，而后世之人在解那两句"蓝桥春雪君归日，秦岭秋风我去时"之时，动辄便以元稹当日之嚣张与白居易今日之凄凉来作比，实在是大不然，须知此时此境里的白居易，不过是道出了他与元稹的两厢际遇，之后的"循墙绕柱"，当然是安慰，却也是沉默地服膺：他也好，元稹也好，都必须也只能服膺于这广大莫测的命运。就像我，在读元白二人过蓝桥驿之诗时，也常常忍不住去服膺，不同的是，我所服膺的，除了命运，更有那座蓝桥驿：雪与风，春去与秋来，奉诏与遭逐，全都在此被它集合和见证，至此，它何止是一座驿站，它其实是一座牌坊，这牌坊所纪念的，几乎是我们的性命里做不了主的一切。

说起来，我也是命犯过那蓝桥驿的——有一年冬天，恰在大雪纷飞的时候，为了给一个戏曲编剧打下手，我跟随着他来到了今日蓝田县的一个叫作蓝桥的镇子上，根据当地人的介绍，当年的蓝桥驿正是在此处。如此一来，就算终日里都天寒地冻，我却倒也过得安之若素，每天跟着那戏曲编剧忙完之后，我便一个人在镇子上四处乱逛，甚至还妄想着找到一点当年蓝桥驿的影子去亲近一二。忽有一日，我突然得知，离我旅馆不远处的蓝河之上，尚遗存着古蓝桥的桥墩，一得此讯，我便片刻未停地朝着古桥墩所在之地狂奔了过去。哪知道，没跑出去多远，一辆打滑的农用货车就径直朝我冲撞了过来，左躲右闪了好半天，我虽没有被撞上，却也跌进了路边的沟渠之中，等我从沟渠中爬起来，这才发现，我的头顶处已经被几块石头硌破了，刹那间，血从头顶涌出，再流了满脸。只是尽管如此，我也仍然横下了心，非要去看看那古桥墩不可，正所谓："心知魏阙无多地，十二琼楼百里西。"于是，我手捂着头顶，迎着几乎将人推倒在地的雪，趔趄着，还是朝那古桥墩的所在狂奔了过去。

没想到的是，因为雪下得实在太大，等我跑到当地人指点的古桥墩所在，积雪却早已遮盖了目力所及的一切，那古桥墩，也许就在我的咫尺之内，但它首先变作了铺天盖地的白茫茫中的一部分。不过不要紧，我头顶上的血已经止住了，飞雪扑面而来，也在不断给我增添着清醒，于是，喘息着，思忖着，我定下了主意，要像白居易一般，去将那古桥墩从积雪里找出来，正所谓："每到驿亭先下马，循墙绕柱觅君诗。"这样，我便伏低了身去，从脚底下开始，逐一翻检，依次打探，绝不轻易放过任何一片方寸之地，有时候，当我直起身来，去眺望正在上冻的河水和更远处的风雪，又总是忍不住去疑心，我根本不在今时今日，而是置身在了唐朝的蓝桥驿中，再过一阵子，等雪下得小一点，元稹就会来，白居易也会来。

偷路回故乡

要回去,所以我便回去了。只不过,站在故乡里往四处看,这满目所见,早就没了旧时模样。单说这明显陵吧,我记忆里的它,何曾有过此刻堂皇的一小部分? 在我小的时候,冬闲时,不知道多少次跟着姑妈前来此地烧过香,我还记得,总是天还没亮,我们就到了,鱼肚白里,乌鸦被我们惊动,从荒草丛里骤然飞出,嘶鸣着冲入密林,总是将我吓得魂飞魄散。然而,这还不够,那些残缺的砖石与影壁,还有那些缺胳膊少腿的凄凉石像,一直在持续加深着我的惊恐和疑惑 —— 既然来这里烧香,为什么连半尊菩萨像都没有见到过? 显然,它连一座土地庙都算不上,但是,残存的双龙壁和琉璃琼花又历历可见,那么,这到底是一个什么样的所在?

直到好多年后,我才知道,这一处让人魂飞魄散的所在,正是明显陵,被密林覆盖的那座山丘,不是别的,而是合葬墓的坟丘，坟丘的主人，名叫朱佑杬，合葬者是其妻蒋氏，他们的儿子，便是那位著名的嘉靖皇帝朱厚熜。明亡之际，此处曾被李自成引火焚烧，但毕竟是龙脉身世，虽说江山不断更迭，再加上又缺寺少庙，几百年下来，像我姑妈这样，将它当作了祈福之所一再前去祭拜的人，却也一直不曾断绝。事实上，在我的故乡，关于嘉靖皇帝的种种传说与各种史书所载大不相同，至少，在这些传说中，朱厚熜的孝子之行几乎不胜枚举，倒是不奇怪：唯有回到故乡，人君才重新做回了人子。只是不知道，朱厚熜在天得知，这位在史书中素有暴虐之名的皇帝，当他遥望纯德山的晨霭里渐次燃烧起来的香火，是否会一洒委屈和欣慰之泪呢？

  旧邸承天迩汉江，浪花波叶泛祥光。
  溶浮滉漾青铜湛，喜有川灵卫故乡。

——诗写成这个样子，实在也是没有办法的事，不要说嘉靖皇帝，以寻常的世家子弟论，富贵只要过了三代，一只战靴的样子，一个旧仆的样子，及至一碗粗粮一孔土灶的样子，哪里还能记得清写得出呢？要我说，除了几个马上天子，几乎所有的皇帝写出的诗，都像是一个人写出来的，所谓王气，但凡倾注于诗，多半便是这首诗的败亡之气。作下这一首《驾渡汉江赋诗》之时，正是嘉靖十八年，此时的朱厚熜早已乾纲独断，而他却执意南返钟祥，且不惜违背礼制，在此举行了本该在京师朝廷里举行的表贺大典,说到底,因为这里是他的故乡,而富有四海仍然口口声声宣称自己别有故乡者,据我所知,唯朱厚熜一人而已。所以,这一首诗虽无甚可说,但仍有其执拗动人之处,事实上,直到临终之前,朱厚熜仍然一再思归,甚至不惜口出诳语:"南一视承天,拜亲陵取药服气。此原受生之地,必奏功。"——到了此时,故乡不仅是他的病,更是他的药。一句话:要回去,我要回去。

可是,太多的人回不去,君不见,诗词丛林里,往往是走投无路的孤臣孽子写故乡最多最苦乎?唐哀帝丙寅科状元裴说,半生都在避乱苟活,最终决定返回故乡,却死在了回乡的途中,临死之前,他才刚刚作下《乱中偷路入故乡》:"愁看贼火起诸烽,偷得馀程怅望中。一国半为亡国烬,数城俱作古城空。"南宋名相赵鼎,饱经靖康之变之苦,孤忠一时无两,南渡之后,因与秦桧不合,被贬至海南,最终绝食而死,虽刚节至此,每于诗中望乡,南国之心时时恬念的,却仍是他的北国本分:"何意分南北,无由问死生。永缠风树感,深动渭阳情。两姊各衰白,诸甥未老成。尘烟渺湖海,恻恻寸心惊。"然而,管他失国还是失乡,一切痛楚、眼泪和热望的深处,都站着杜甫,所以,我们便会经常见到,于那些孤臣孽子而言,故乡入梦之时,往往也是杜甫入魂入魄之时,即使沉郁豪峻如文天祥,乡思绞缠,终须集杜甫之句以成诗:"天地西江远,无家问死生。凉风起天末,万里故乡情。"这些集句诗中,尤以宋末元初的尹廷高所集之《悲故乡》为最工,也最深最切:

> 战哭多新鬼,江山云雾昏。
> 馀生如过鸟,故里但空村。
> 蜂虿终怀毒,狐狸不足论。
> 销魂避飞镝,作客信乾坤。

尹廷高乃浙江遂昌人氏,此地因离南宋临安行在不远,故而屡遭蒙元荼毒,荼毒最甚时,户户绝人迹,村村无人烟,而这一切,不过是杜甫所经之世在人间重临了一遍:新鬼号哭,江山黑暗,空村在目,余生只好如飞鸟一般无枝可依,再看眼前,蜂虿之毒,何曾有一日减消?豺狼当道,又有何事堪问狐狸?更何况,疾飞之箭,还要继续夺我魂魄,我的性命,也唯有苟全于在天地乾坤的奔走之间。这些句子,多像是从遂昌境内奔逃而出的人啊,之前它们容身的原诗,不是他处,正是那白刃相接和尸横遍野的遂昌县,唯有逃至此处,它们才能喘息着认清了彼此,随后,心怀着侥幸,也心怀着不管不顾,竟然结成了崭新的血肉和性命——如此遭际,简直与尹廷高自己别无二致,宋亡二十年后,他才敢小心翼翼地返回遂昌县,所以,我总是怀疑,他之所以苦心集句,那是因为,他早已将它们当成了自己,于他而言,故乡早已灰飞烟灭，此时此境，他唯一的故乡，便是杜甫，也唯有在这个故乡里，他自己和遂昌县才能得以残存，他对自己和遂昌县的凝视与哀怜才能得以残存。

所以，要是去诗中细数，不难发现那些回不去的人们多有两怕，一怕雁过，二怕过年。先说雁过，纳兰性德有词云："雁帖寒云次第，向南犹自怨归迟。谁能瘦马关山道，又到西风扑鬓时。"纳兰作诗，常在本该明亮雄阔处至精求细，反至拖泥带水，大雁来去，道来便好，何苦要我们跟着你去了，只看见雁贴寒云，雁阵次第，却唯独看不见故乡和你自己？虽说王国维曾言"以我观物，故物皆著我之色彩"，但是，太执一个"我"字，也总不免叫好山水堕入了窄心肠。说起来，我还是认定了那些粗简和单刀直入的字句，类似唐人韦承庆所写："万里人南去，三春雁北飞。不知何岁月，得与尔同归？"还有，真是要命啊，不管在哪里，你都绕不过杜甫，这次也一样，当你在雁声里不知所从，他却正凝神远眺，穷乱流苦，天下周遭，全都被他写在了头顶上的雁阵里："东来万里客，乱定几年归。肠断江城雁，高高正北飞。"大雁们不会理会你，它们正渡过它们的苦役，一如你，归心好似乱麻，乱麻作茧，终致自缚，终致形单影只，而这更是无边与无救的苦役，写下它们的，还是杜甫：

孤雁不饮啄，飞鸣声念群。

谁怜一片影，相失万重云？
望尽似犹见，哀多如更闻。
野鸦无意绪，鸣噪自纷纷。

什么是一语成谶？什么是一语惊醒梦中人？这首诗便是。还有，岂止回乡，又岂止是我，这世上众生，但凡定下一个要去的地方，哪一个，不是先入了那只孤雁的身，再去承接它的命？是的，你要做成一笔生意？你要拍出一部电影？或者只是想混一口饭吃？对不起，只要你有想去的地方，管他西域还是东土，那只失群之雁，便是你身体上的刺青：不饮不啄，为的是埋头苦行，而雁群好似早已消失的同伴和指望，除了你自己，谁还能看见听见你和他们之间已经相隔了云霭万重？望断了天际，我的同伴，我的指望，我和你们也是似见非见，而我，我唯有继续哀鸣下去，因为只有如此，我才能继续欺骗我自己，我是真的也听到了你们的呼应之声——不说旁人，只说我自己，这些年，仓皇之时，这首诗便会常常浮现出来，映照我，见证我：它是苦的，却又像是喝下苦药之前抢先吞下的糖，聊以作甜蜜，渐至于底气，如此，纵算"野鸦无意绪，鸣噪自纷纷"，那又有什么大不了？须知你我踏上的这条路，原本就是一条将他乡认作故乡的路，只要不偷路回去，我们便只能和那集句的尹廷高一样，在哀鸣里得以残存，再在"相失万重云"里结成崭新的血肉和性命。

说回来，再说过年。唐人戴叔伦，夜宿石头驿，正逢除夕之夜，留下了"一年将尽夜，万里未归人"的名句，然名句一出则方寸大乱，尤其结束时的那句"愁颜与衰鬓，明日又逢春"，既坏前意之空茫自知，又有故意为整首诗强讨出路之嫌，局促之气，终究难免；同为唐人的崔涂，在戴叔伦死后一百年的僖宗朝时，常年流落在湘蜀一带，也曾写下过一首《除夜》，全诗如下："迢递三巴路，羁危万里身。乱山残雪夜，孤烛异乡人。渐与骨肉远，转于僮仆亲。那堪正飘泊，明日岁华新。"其中，"乱山残雪夜，孤烛异乡人"与"一年将尽夜，万里未归人"相比，虽同为千古名句，却不似后者之几乎人尽皆知，然其一整首诗胜在不惹是非，不作妄想，犹如老实人说的老实话，字字平易，偏又一字不能移，再细看，亲切之气从苦寒却绝不是愁苦中生长了出来，这亲切，先与人亲，再与烛亲，及至窗外的山与雪，无一物不亲，又无一物奔出来另起话头，到了最后两句，近似一阵轻声叹息，又似一声若无之苦笑，笑了长途孤旅，也笑了自己，然而到此为止，接下来，我还要抬起头来，去眺望即将到来的明天和明年，而且，去迎接它们，走进它们。

想起来，我也有过几回除夕里在外过年的经历。其中一回，是困守在一座黄河边的小城里欲罢而不能，除夕那天晚上，风声不断，爆竹声也不断，置身于如此境地里，我分明感到，我的周边里站着三个来自宋朝的人，一个是李觏，他说:"人言落日是天涯,望极天涯不见家。已恨碧山相阻隔,碧山还被暮云遮。"另一个是杨万里,他说:"小立峰头望故乡,故乡不见只苍苍。客心恨杀云遮却,不道无云即断肠。"最后一个,是个出家人师范和尚,竟也尘缘不断,他说:"梦里思归问故乡,明明说与尚伴狂。白云尽处重回首,无限青山对夕阳。"

如此一来,悲怨缠身,我便横竖也睡不着了,稍后,等到爆竹声终于消失,我起了身,踱到窗前,在黑黢黢的夜幕里无所事事地向前眺望,就好像,只要眺望持续下去,我便果真能从夜幕里偷出一条回乡之路,哪知道,黄河上的冰层正在不断发出断裂之声,这断裂之声,浑似鞭子的抽打之声:它们正在用抽打来提醒和催逼着我,那条回乡之路,即刻便要从冰层和波浪里涌现出来,什么都不要再想了,赶紧地,踏上去,回家;一时之间,我的心脏竟然狂跳起来,悲怨之气也变得更加猛烈,黑暗里,我站在窗子底下,走也不是,不走也不是,简直和《诗经》的《河广》篇里写下的如出一辙:

　　谁谓河广? 一苇杭之。
　　谁谓宋远? 跂予望之。
　　谁谓河广? 曾不容刀。
　　谁谓宋远? 曾不崇朝。

——谁说黄河过于宽广？一只苇筏也能渡得过去。谁说宋国远不可及？踮起脚来就可以望见。谁说黄河过于宽广？实际上，它多窄啊！窄到一条小木船也容不下。所以，谁说宋国远不可及？只需要一个早晨，我便能够踏上它的土地！以上所言，当然都只可能是痴心妄想，可是，对于那些恨不得马上便要从四下里偷出一条回乡之路的人来说，可有一字不曾令他心惊肉跳？还是说我自己，说说另外一个在故乡之外度过的除夕的正午吧。那是在广东的一个小镇子上，与北地不同，此处气候和暖，满目里也都绿意葱茏，更没有爆竹声噼啪作响，所以，我虽有家不能回，实话说，心底里倒也并未积下什么感触。这天中午，我在仍然还开着的一家小餐馆里吃了饭，喝了酒，一个人返回栖身的小旅馆，没想到，正在一条小巷子里走着的时候，路边的高墙之内，一家玩具厂里，竟然传来了好几个人的乡音，如此，我的身体便蓦地一震，赶紧站住，仔细去分辨，没听两句我便确信了下来，此刻，高墙之内的人正聚在一起喝酒过年，而他们满口里说出来的，正是货真价实的钟祥方言。我干脆没有再离开，就站在一株木棉树底下，一句句地去听他们说话，就像是，一杯杯喝下了他们倒给我的酒。

　　虽说那句句方言浑似杯杯烈酒，我的满身里都在游荡着醉意，可是，毕竟没有真正地醉去，说是没有醉，奇怪的是，当我不经意地一抬头，去打量眼前的这条巷子，竟然觉得，此处不是别处,它就是我的故乡:来路上的小店铺、竹林和竹林拐角处的一口池塘,还有往前走要经过的夹竹桃、榨油坊和一小片堪称碧绿的菜地,全然都是我每回刚刚踏入故乡小镇子的样子,再加上,不知道从何处传来一阵隐约的涛声,就好像,丰水期的汉江正在朝我涌动过来,这样,我便舍却了高墙内的乡音,忙不迭地疾步往前走,越走,路边的房屋、树木和溪流便渐渐与我的故乡重叠在了一起,最后,当我在一座小电影院的门口站定之时,竟至于激动莫名:是的,我将南国当成了北地,我也让故乡置身在了他乡。在他乡,也是在故乡,溪流哗哗流淌,夹竹桃随风摇动,鸡鸭们闲庭信步,一切该诞生的都在诞生,一切该包藏的都得到了包藏。突然,我急切地想找到一个人来当我的见证人,也不知道怎么了,往日里并不算寥落的小电影院门前,除了我之外,竟然再也没有人聚集经过,为了找到那个见证人,我急迫得几乎喊叫起来,却又生怕我的叫喊声会打破此刻的奇境,想了又想,我闭上了嘴巴,干脆从记忆里请出了一首诗,让它来做这一场勉强的见证 ——

马穿山径菊初黄,信马悠悠野兴长。
万壑有声含晚籁,数峰无语立斜阳。
棠梨叶落胭脂色,荞麦花开白雪香。
何事吟余忽惆怅,村桥原树似吾乡。

好多年过去之后，我还记得，除了这首名叫《村行》的诗，当年，在广东的刹那奇境里，我还想起过那个可怜的唐朝状元裴说，想起过他那酸楚凄惶的诗题《乱中偷路入故乡》。他之偷路，实有两意，其一是，为了回乡，他必须从贼寇们的眼皮子底下偷出一条路来；其二是，他就算踏上了那条路，为了将这条路走完，他也只能偷偷地。其实，在他的前代与后世，谁又不是像他一般鬼鬼祟祟？就说今日，只不过，当年的那些贼寇，现在换作了诸多妄念，这妄念，是做生意，是拍电影，是混口饭吃，要是将它们铺展出去，汽车站与航空港，圆桌会议间和 VIP 休息室，哪一处不会应声而起地横亘于前，再做让你失魂落魄的混世贼寇呢？一念及此，在离开明显陵的道路上，我不禁加快了步子，只因为，这条回乡之路，也是我偷来的，所以，我既要偷偷地走下去，也要走得更快一些，如此，我才能将更多的故乡风物搬进我的身体和记忆里，并且时刻等待着下一次奇境的降临。

然而，当我站在萧瑟的山岗上与明显陵最后作别，眼看着西风渐起，草木们纷纷踉跄起来，却还是不自禁地想起了嘉靖皇帝朱厚熜，想起了他在嘉靖十八年的汉江上写下的另外一首诗，这首诗的最后四句是："流波若叶千叠茂，滚浪如花万里疏。谁道郢湘非胜地，放勋玄德自天予。"一如既往，它也不是什么好诗，但那最后两句，却与之前所写的"溶浮滉漾青铜湛，喜有川灵卫故乡"几乎如出一辙，在他心底里，千山万壑，银波金浪，最终都要涌向和拱卫他的故乡。事实上，据《明通鉴》所载，在朱厚熜以取药服气之名再回钟祥的旨意被朝臣们拒奉之后，他仍未死心，"而意犹不怿，时时念郢中不置云"。即是说，一直到死，这一代天子，终未能偷来一条让他回家的路。

救风尘

此处说的风尘,不是"妾委风尘,实非所愿"的风尘,而是"如何对摇落,况乃久风尘"的风尘,也是"山中旧宅无人住,来往风尘共白头"的风尘,小到一己之困,大到兵祸天灾,只要你活着,你便逃不过,说白了,这风尘,就是我们的活着和活着之苦,苦楚缠身,风尘历遍,我们便要赎救,这赎救,除了倒头叩拜的神殿庙宇,总归要有真切可信的人,来到我们中间,又或者,从未打我们中间离开,却让我们笃信:风尘虽说已经将我们围困,在我们中间,有人注定会被吞噬,有人注定要不知所终,但是最终,在漫长的撕扯与苦战之后,我们的身体,我们的心,仍然藏得住也受得起这漫无边际的世间风尘。

可是,这个人是谁呢?谁是那个跟我们一样受过苦,却从未离开我们,既亲切,又深远,让我们望之即生安定和信心的人呢?以诗中气象论,虽说人人都活在杜甫的诗里,但其人实在过苦，就好像，六道轮回全都被装进了他的草木一秋，最后，他也必将成为那个从眼泪里诞生的圣徒；是李白吗？很显然，也不是，他是云中葱岭，是搅得周天寒彻，更是神迹在人间的另外一个名字，面对他，我们唯有目送他渐行渐远，就算失足落水，我们也当他是羽化登仙；那么，这个人，是元稹、白居易吗？似乎仍然不是，这二人，虽说饱经风尘之苦，却也一直费心经营，一个官至宰相，一个以刑部尚书致仕，都算得上苦尽甘来，要知道这风尘之中，有几人能像他们一般等到苦尽甘来的现世报？

说来说去，那救得了风尘的，还是韦应物。唯有这韦应物，未及领受风尘的旨意便已匆匆上路，历经八十一难，却从未抵达过西天净土，宦海里也浮游了一遍，既未沉溺自伤，也未喜不自禁，虽说素有"韦苏州"之称，自苏州罢官时，却连回朝候选的路费都没有，只得长期寄居于无定寺中，所以，这是我们自己人，只有自己人才能救得了我们，只有自己人的诗，才能安慰得了我们："我有一瓢酒，可以慰风尘。"此二句一出，尤其前一句，就像是呼唤着下联的上联，历朝皆有人上前应对，苏轼对曰："我有一瓢酒，独饮良不仁。"陆游对曰："我有一瓢酒，与君今昔同。"就在几年前，这两句被讹作为"我有一壶酒，可以慰风尘"，在微博上大热之后，竟引来了十万人续写，几同于一场狂欢，也是，所谓我即风尘，风尘即我，那救得了风尘的，肯定也如同天空里的闪电和菜地里的新芽，虽不日日相见，但他们一直高悬在我们的头顶，又或潜伏在我们的脚边，机缘一到，他们便会现出身来，与我们比邻而行，又或抱作一团。

> 一朝铸鼎降龙驭，小臣髯绝不得去。
> 今来萧瑟万井空，唯见苍山起烟雾。
> 可怜蹭蹬失风波，仰天大叫无奈何。
> 弊裘羸马冻欲死，赖遇主人杯酒多。

——以上几句，出自韦应物的《温泉行》，遍布惊恐与号啕，它们说的是：敬爱的玄宗皇帝啊，你已驾鹤西去，我这样的蕞尔小臣，到哪里还能继续追随你的踪影呢？再来这骊山之下，只见故池空荒，苍山如旧，最可怜的是，就算我仰天长号，也无法打消那些淹我葬我的风波，穿的是弊裘，骑的是羸马，如果不是容留我的主人斟酒甚多，玄宗皇帝啊，我也就剩下死路一条了！其时，韦应物习诗未久，还未学会深藏不露，哭便是哭，怕便是怕，但也钉便是钉，铆便是铆，实在也是没办法啊：韦应物的此一趟骊山之行，仍在安史之乱如火如荼之时，少年锦袍，早就换作了褴褛粗布，粗布之上，遍布着灰尘和血迹，灰尘和血迹所掩藏的，不过一具惊魂未定的肉身，万井渊中，苍山地底，早已埋掉了过去的国家，还有少年时的他。

真正是，欲救风尘，必先葬之于风尘。你道那韦应物是什么人？自大唐诞生，韦家便是高门望族，所谓"氏族之盛，无逾于韦氏"。他的曾祖父韦待价，曾与薛仁贵一起大败高句丽，武则天时期入朝，任文昌右相；和曾祖父一样，韦应物以门荫入仕，十五岁起即被选作玄宗近侍，是为千牛备身，彼时的不可一世之行状，可用他自己的诗来做证明："身作里中横，家藏亡命儿。朝持樗蒲局，暮窃东邻姬。司隶不敢捕，立在白玉墀。"他当然不会想到，仅仅几年之后，安史之乱一起，自玄宗奔蜀，他便要沦为丧家之犬，哪怕变乱暂时告歇，玄宗已逝，新主却也尽弃了旧臣，氏族便只好日渐跌落，就算厚着脸皮找到一两个故旧，求借贷，问前程，多半也是入不了门近不了身。只是这样也好，飞阁倾塌之处，流丹积腥之所，正是十字架上，正是菩提树下，此为天命，对它的领受其实并不复杂：活下来，再将自己变成自己人中的一部分，就好像，韦应物在魂飞魄散里写下的这首《温泉行》，震动过多少后来人，也使多少人认清和原谅了那些不堪的时刻——第一回被无故羞辱？第一回家道中落？第一回被死亡吓破了胆子？这一切，韦应物全都经历过，而且，他携带着那些羞辱、沦落和惊吓，活了下来，折节读书，又在诗中接续着古道与正统，至此，飒飒风尘这才给我们送来了那个迟早要回来的人。

船山先生王夫之，论诗之时，其眼光何止是如火如炬？

上至两汉，下至唐宋，诸诗皆如层云，一一入胸，又被他刀劈斧削，仅以五言古诗为例，对王维，他直陈其弊："佳处迎目，亦令人欲值不得，乃所以可爱存者，亦止此而已。"说孟浩然，他更不留情："于情景分界处为格法所束，安排无生趣，于盛唐诸子品居中下。"如此高迈之人，却独钟韦应物之五言，就算将韦应物与陶渊明并列，他也犹嫌不足："少识者以陶韦并称，抹尽古今经纬。"在韦应物的五言古诗之中，他最推重的，便是那首《幽居》：

> 贵贱虽异等，出门皆有营。
> 独无外物牵，遂此幽居情。
> 微雨夜来过，不知春草生。
> 青山忽已曙，鸟雀绕舍鸣。
> 时与道人偶，或随樵者行。
> 自当安蹇劣，谁谓薄世荣。

按照船山先生的说法，这首诗，好就好在知耻，且容我也跟着船山先生所言多说几句：人这一世，何为知耻？它当然不是闻鸡起舞，也不仅仅是锦衣夜行，在我看来，所谓知耻，最切要的，便是对周边风尘以及风尘之苦的平静领受，是的，既不为哀音所伤，也不为喜讯所妄，只是平静地领受，当这领受逐渐集聚和凝结，再如流水不腐，如磐石不惊，正统便诞生了，古道也在试炼中得到了接续，这古道与正统，不是他物，乃是两个字：肯定。它肯定了风尘之苦，也肯定了从这苦里挣脱出来的山色与人迹，及至草木稼穑和婚丧嫁娶，唯有被肯定托举，贵贱营生，夜雨春草，青山鸟雀，方才从平静里生出了明亮之色，却又不以为意，最是这一个不以为意，既不拖拽山色强索自怡，也未按压动静一意苦吟，一如诗中最后两句所说，我只是住在了我的笨拙愚劣里，却绝非是鄙薄世间荣华——如果风尘诸劫概莫能外，谁又能说，世间荣华，以及面向荣华的种种奔走流离，不是同样被古道与正统映照的所在？而此等见识，恰恰是韦应物的高拔之处，在他眼里，风尘不问贵贱，肯定不分彼此，而古道与正统的另外面目，还会如微雨一再夜来，也会如春草一再滋生，其中真义，仍如船山先生所说："每当近情处即引作浑然语，不使泛滥。"

后世论诗，多将王维、孟浩然再加一个柳宗元与韦应物并称，是为"王孟韦柳"，理由是这四人均多写田园山水，要我说，这实在是拉郎配和风马牛不相及，王孟二人，多有神形相似之处，至于韦柳，显然别有洞天和筋骨，苏轼论及韦柳之诗歌时曾说，柳宗元"发纤秾于简古"，韦应物则"寄至味于澹泊"，这才是真正的知人，知诗，更知世——那澹泊，看似是谜底，是苦海对岸，实际上，它是客，那至味，才是主：凡我做过的主里，皆有行舟和覆舟之水，皆有呼求和求而不得，一如山水田园，它们是客，我才是主，我既不存，山水田园又将何在？再如我，此处的我，是叫作李修文的我，每入风尘，都当自己是客，等闲变却，抑或平地风波，我都当作自己是路过和绕道，你们且放过我，我也放过你们，浑不知，绞缠只要是命定的，那么，谁也都躲不过，谁也都放不过谁，所以，在求借贷时，我恨不得和对方是血亲，你信得过我，我信得过你，在问前程时，我却恨不得和对方是陌路人，你对付过去便好，而我也对付过去便是，以上丘壑，便是风尘之至味，这至味里有酸有辛有生有死，却没有一座让你轻易歇脚和祭奠的神庙：我们仅有的神庙，就是继续去做风尘的儿子。

所以，韦应物一直是风尘的儿子，既然是儿子，报喜还是报忧，你自己便说了不算，若不如此，你便是那败家子，就算妻子去世，你也得在人前装作无事人一般，背地里，却是"忽惊年复新，独恨人成故"——暂且打住，先说韦应物之妻元苹：韦应物之所以终成我们自己人，首先自然是因为折节读书之功，其次，便是在乱世里娶了元苹为妻，元苹来了，晨昏才变得正当，乱世被遮挡在了门外，乖戾之锋芒才开始渐渐地收拢，自弃的浮浪也化作了蓄势的波涛，而那元苹，自十六岁嫁给韦应物为妻，从未过上一天好日子，最可怜时，一家子人连个住的地方都没有，他们在客栈里住过，在寺庙里住过，在朋友家里住过，三十六岁去世时，连她的葬礼，都是借了别人的房子来举办的，而此时，除了两个未成年的女儿，唯一的儿子还不满周岁，也因为此，韦应物一生难以释怀，此后再未续娶不说，仅在妻丧后的一年之内，他便作有伤逝之诗十九首，就算在几年之后，当长女终于出嫁之时，韦应物写下了送别女儿的诗，字字句句里，仍有妻子的影子：

> 永日方戚戚，出行复悠悠。
> 女子今有行，大江溯轻舟。
> 尔辈况无恃，抚念益慈柔。
> 幼为长所育，两别泣不休。
> 对此结中肠，义往难复留。
> 自小阙内训，事姑贻我忧。
> 赖兹托令门，仁恤庶无尤。
> 贫俭诚所尚，资从岂待周。
> 孝恭遵妇道，容止顺其猷。
> 别离在今晨，见尔当何秋。
> 居闲始自遣，临感忽难收。
> 归来视幼女，零泪缘缨流。

此一首诗，句句都是一个父亲该说的家常话：女儿，你马上就要乘舟远嫁，叫我怎能不身陷在满目悲戚里无法自拔？这么多年，只因你的母亲死得太早，我对你的抚养才日加慈柔，而长姊如母，你也养育了你的妹妹，临别之际，你们二人，又怎能不抱头痛哭？留是留不住你了，而我仍然担心，因为从小就没有母亲的教训，在婆家，你该将如何自处？好在是，你的婆家原是仁慈门第，可能的错误与过失，大抵都能够被原谅，女儿，你也要原谅我，安贫持简一直是我所尚，故此，你的嫁妆，远未能像别人一样丰厚周全，只是女儿，今日一别，我何时才能再见到你？送别了你之后，看见你的妹妹只剩下独自一人，我也只好任由我的眼泪沿着帽带不停滚流——在我看来，这首诗，除了是送嫁之诗，更是告慰之诗，其中句句，除了是在对女儿说，更是在对妻子说：你看，日子没有变得更好，但也没有变得更坏，我们的女儿出嫁了，女儿出嫁了，便是我对你说过的话许过的诺，全都做到了。

古今诗人里，笔下深情万端，行止里却又百般轻薄之人，只怕掰着手指头也数不过来，这韦应物，却绝不在其中，让我们回到妻子刚刚去世的当初，再一次成为丧家之犬，作为两女一儿的父亲，其惨痛惊慌，远甚于安史之乱的少年时，但是，他的眼睛，始终没有片刻离开过自己的孩子，在《送终》里，他写到了自己"日入乃云造，恸哭宿风霜"，也写到了孩子们"童稚知所失，啼号捉我裳"，在《往富平伤怀》里，他忆及过当初的好日子，所谓"出门无所忧，返室亦熙熙"，而今天呢？今天却是"今者掩筠扉，但闻童稚悲"，更有《伤逝》一诗，他先是痛诉了自己的"染白一为黑，焚木尽成灰"，却也不忘提醒自己："单居移时节，泣涕抚婴孩。"以上诸句，实在是有信之人写下的有信之诗，古今之诗里，言而有情者常见，言而有恨者也常见，最不常见的，便是那言而有信之人，想当初，在韦应物为元苹亲作亲书的墓志里，他写道："百世之后，同归其穴，而先往之痛，玄泉一闭。"多少人说完这话就忘了，独独韦应物，从未将它当作结果，而是崭新的使命刚刚开始：拖家带口，就是同归其穴，育女哺儿，方为玄泉一闭；要想减消先往之痛，唯一的路途，不在九泉之下，而是携带着悲痛，继续辗转于风尘又搏命于风尘。是为有信，正是这不绝之有信，一一秉持，一一验证，目睹了它们的众生才不致溃散，才终于得救——无需花好月圆，无需登堂入室，仅仅一次女儿的出嫁，我们便得以相信，到了最后，我们一定能够从风尘的苦水里脱身上岸。

于我而言，韦应物的诗从来就不在遭际之外，他所写之一树一雁，全都近在眼前和身边，就譬如，大雨中的北京，我匆匆在小摊上买完煎饼果子，奔向对街的地铁站，抬头一看，对面恰巧是弟弟所住的小区，而弟弟此时却一个人远在比利时，如此，我便慢下了步子，韦应物写给弟弟的诗却不请自来："把酒看花想诸弟，杜陵寒食草青青。"在河北小县城的街头，我竟遇见了多年不见的故人，不仅遇见了，他还将我迎进了自己的家门，割了猪头肉，也给我倒满了烧酒，岂非正是韦应物之"此日相逢思旧日，一杯成喜亦成悲"吗？还有一回，我心怀着厌倦寓居在一座寺庙里，终日无所事事，忽有一天，黄昏时，僧众们突然开始集体唱诵经文，声震四野之后，飞鸟们纷至沓来，落在寺庙的檐瓦上，却毫不喞啾，就好像，它们也全都变作了经文的看守和侍卫，我先是被震慑，继而，喜悦也降临了，一如韦应物写给从弟和外甥的诗："闲居寥落生高兴，无事风尘独不归。"

实在是，甘救风尘之人，风尘也必会救他。韦应物之诗里，何止发妻和故交，如他有难，春寒与秋霜，蓬草和松果，全都会应声而起，再趋奔上前来援救他，在这诸多救兵里，对他最是忠诚的，就是漫漫黑夜：其作现存于世五百余首，关于黑夜之作便有近百首之多，这当然是因为，从一开始，世间风尘便将真正面目示予了他，终他一生，他其实都身在风尘的黑夜深处，而其后又当如何？是方寸大乱，还是强颜欢笑？都不是，终他一生，他都在顺水推舟，有痛有惜，却少怨少艾——既然我注定了只能被风尘赐予黑夜，那么好吧，我便要将所有的风尘全都搬进长夜里来，夜鸟飞掠，我有一声叹息："今将独夜意，偏知对影栖。"与僧夜游，我心一片澄明："物幽夜更殊，境静兴弥臻。"仅以秋夜为例，我忍看了"朔风中夜起，惊鸿千里来。萧条凉叶下，寂寞清砧哀"，却也曾安之若素："广庭独闲步，夜色方湛然。丹阁已排云，皓月更高悬。"你猜后事如何？后事是，在黑夜忠诚于我之时，就像我忠诚于玄宗、儿女和九泉之下，一如既往地，我也忠诚于了黑夜，沿着夜路，我一意却不孤行，但见星月在高处，虫鱼在低处，流萤在远处，青灯在近处，越往前走，我便越是觉得无一物不可亲，无一物不可近，也越是理解和原谅了一切，唯至此时，一整座风尘世界才被我搬进了黑夜和身心，我再写下的，唯有理解和原谅之诗：

独怜幽草涧边生，上有黄鹂深树鸣。
春潮带雨晚来急，野渡无人舟自横。

——说了这么多，到底哪一首诗，才是那首能够救下一整座风尘世界的诗？我的答案，便是这首《滁州西涧》，此处之我，是名叫李修文的我，关于这首诗，我也生怕读错了，常常忍不住去看别人怎么说，有人说它历历如绘，分明一幅图画；有人说它执意从冷处着眼，独得一个静字；甚至有人说它以物寄讽，讽的是小人在上而君子在下，面对如此之论，清人沈德潜嗤之以鼻："此辈难以言诗。"我虽没有沈德潜的意气，却也有自己的知解：这首诗，一如既往，写的是独处，这独处，见识过心如止水，也经得起暗涌突起，它就好似一口古井，当青蛙跃下，当秤砣堕入，它都似见而非见，似迎而非迎：你们只管来，我都接得住；这独处，遍历了风尘里的耻辱，却不将一事一物拖入自己身在的耻辱之中：让胜利的全都去胜利吧，你和我，终将像夕阳，像潮水，像时间，像风尘里无法战胜的一切属于了我们自己。你若晚来急,我便舟自横,你要是春潮带雨,我便是野渡无人,最是这一句野渡无人,你说众生皆苦?我答你野渡无人,舟已自横;你说不见正果?我仍答你野渡无人,舟再自横。境至此境,人成此人,那些霄壤之别,那些天人交战,难道不是被我们在一再的经受中吞咽和消灭了吗?正所谓,欲救世,先救人,人只要救下了,韦应物,这位风尘之子,不就是已经将那救下一整座风尘世界的标准答案偷偷塞给我们了吗?

  关于《滁州西涧》,我最深切的记忆,是在多年之前的一个陕北小村子里。那一回,为了一个注定无法完成的电影项目,我提前半年去那小村子里体验生活,但是,自此之后,我和我要完成的项目再也无人问津,其间有好多回,我都想一走了之,又因了各种机缘没有走成,其中的一回机缘,便是因为这首《滁州西涧》。那一天,我原本已经下定决心离开小村子,坐上了去县城的小客车,却听见同车的三两个小孩子在齐声背诵语文课本上的诗:"独怜幽草涧边生,上有黄鹂深树鸣。春潮带雨晚来急,野渡无人舟自横。"一下子,我便呆住了,说来也怪,车窗外焦渴而荒凉的群山顿时消隐退场,我的心魂,却已破空而去,置身在了韦应物任滁州刺史时的滁州西涧边,以至于,等我叫停小客车,重新踏上了回那小村子里去的山路,扑面的尘沙也仍然被我当作了带雨的春潮,那满目的潮气,叫人迷离,更叫人清醒,也不知道是在跟谁说话,反正我一直在说话 —— 你说众生皆苦? 我答你野渡无人,舟已自横;你说不见正果? 我仍答你野渡无人,舟再自横。

雪与归去来

圣彼得堡，丰坦卡河畔，好大一场雪：当我从一家旧货店里出来的时候，不远处，教堂楼顶的十字架被厚厚的积雪覆盖，浮肿了起来，形似一顶高高在上的帐篷。夜晚正在降临，而雪却下得越来越大，雪之狂暴几乎使一切都在变得停止不动：灯火周围，雪片忽而纷飞忽而聚集，就好似一群群正在围殴苦命人的暴徒；远处的波罗的海海面上，军舰们沉默地矗立，似乎大战刚刚结束，又像是全都接受了自己永远被大战抛弃的命运。雪至于此，地面上所有的公共交通都停了，我便只好徒步返回旅馆，可是，在大雪的覆盖下，几乎每条街都长成了一个样子，再加上，地面上的雪也堆积得越来越厚，每一步踏进去，都要费尽了气力才能将双脚从雪地里再拔出来，更要命的是，越往前走，我就越怀疑，我早就错过了我的旅馆，我肯定在离我的旅馆越来越远。也是奇怪和天意，幸亏清朝大须和尚的那首《暮雪》时不时被我想起，这才又振作着一步步继续往前走：

日夕北风紧,寒林噤暮鸦。
是谁谈佛法,真个坠天花。
呵笔难临帖,敲床且煮茶。
禅关堪早闭,应少客停车。

关于雪的诗句,可谓多如牛毛和雪片,譬如"地白风色寒,雪花大如手",譬如"云横秦岭家何在,雪拥蓝关马不前",可是,在他乡异域的如瀑之雪里,我却偏偏想起了大须和尚的诗,细究起来,无非是想在这首诗里吸入一口真气,好让那微弱的振作逐渐清晰和强烈起来,此一首诗,虽说身在雪中,却始终未被大雪劫持:暮鸦噤口不言,冻笔无法临帖,于大须和尚而言,却恰好是他敲床吟句、自己给自己煮茶之时;更何况,天上地下,早已虚实相应:雪花虽也有天花之名,然而此时却是神迹统领的时刻,一如释迦牟尼在世,诸神的心魄被佛法打动,再一次降下了真正的天花,诗至此处,看似生意满目,实则暗藏着紧要的对峙和交融——雪花落下,天花便也要落下,如此,身陷在苦寒里的人才有去向和退路。就像现在,一截突然从路灯灯罩附近折断再坠落的冰凌,一阵隐隐约约传来的琴声,还有大须和尚这首让我在心底里默念了好几遍的诗,都是"虚空乱坠"之天花,都在提醒着我去相信,说不定,穿过眼前的雪幕,我便能一脚踏进我的旅馆。

类似情形，我其实并不陌生。有一年，也是一个大雪天，我在奉节城中搭上了一辆客车前往重庆，入夜之后，风雪越来越大，路上也越来越湿滑，有好几回，客车都趔趔着几乎要侧翻过去坠下悬崖，实在没办法了，路过一个加油站的时候，司机停了车，再通知所有的乘客，今晚恐怕就只能在此过夜了。因为又冷又饿，我便下了车，去加油站的小卖部里买些吃喝，哪知道，一进小卖部，我竟遇见了几个之前在剧组里相熟的旧交，而躲避又已经来不及，我只好横心上前，去接受旧交们的数落，那些数落，我早已听好多人说起过好多遍，无非是：你一个卖文为生的人，何必动不动么高的心气？又或者：见人就叫一声老板和大哥有那么难吗？再或者：好好写剧本吧，别想当什么作家了，你一家人都打算穷死的吗？诸如此类，等等等等。小卖部里，我也有口难辩，只好苦笑着接受数落，再去看门外的雪渐渐将场院里纷乱的足迹全都掩盖住，眼前所见，就像唐人高骈在《对雪》中所写："六出飞花入户时，坐看青竹变琼枝。如今好上高楼望，盖尽人间恶路歧。"

然而，我的恶歧之路却并没被大雪掩盖住，而且，这条路是自找的——在接受完数落之后，也不知是怎么了，我并没有返回到过夜的客车上，而是一个人走上了山间公路，时而攀靠着山石，时而搂紧了从山石背后探出来的树枝，并不知道要走向哪里，只是一意步步艰困地朝前走，到了这时候，我也必须承认，旧交的数落终究还是让我陷入了矫情和神伤：今夕何夕，而我又何以至此？还有这劈头而来又无休无止的雪，你们自己倒是说说看，我已经是多少回在夜路上与你们狭路相逢了？要到哪一天，你们才肯放过我，好让我不再在你们的围困与裹挟中一回回地去确认，脚下之路，正是走投无路之后的又一条恶歧之路？无论如何，你们要知道，吴梅村的《阻雪》中所述之境，既是我的囹圄所在，更是我的呼告之所：

关山虽胜路难堪，才上征鞍又解骖。
十丈黄尘千尺雪，可知俱不似江南。

——清朝顺治十年，前朝遗民吴梅村被迫奉诏北上，之后，他将被清廷授予侍讲之职，继之又再升作国子监祭酒，所以，这一条北上之路，就如同暂时还算光洁的绫绸，此一去，不沾污渍，便沾血渍，若不如此，那绫绸正好变作上吊之物，然而，打明亡之始，他就显然不是殉难求死之人，落到这个地步，就算名节再难保全，就算明知其不可为，他也仍然不敢不为之，所以，关山虽胜，路却难堪，虽说其人作诗也擅自嘲，但那还远是后来的事，现在，一应所见，俱不似江南，十丈黄尘，千尺积雪，全都掩藏不住他的自惭、慌乱乃至恐惧。说起来，我又何尝不是如此：面对这一年年不知因何而起又不知何时结束的奔走流离，我其实已经厌倦了,无数次,我都在眺望和想念那个鬼混与浪迹开始之前的自己,那个自己,未破身世,并因此而镇定,就像吴梅村所忆之未受兵祸的江南,也有雷电袭人,也有水覆行船,但它们好歹都和受自父母的骨血发肤一样不容置疑,因其不容置疑,反倒让人觉得一切都还不曾开始,而现在,身为吴梅村般的贰臣,回是回不去了,我早已变作了从前那个自己的乱臣贼子,山间公路上,哪怕大雪须臾不曾休歇,我也还是一意满怀着自惭往前走,没走出去多远,却耳听得更远处的山顶上坠下了重物,似乎是石头,似乎是雪堆,一并地,慌乱和恐惧在倏忽之间不请自来,我也只好掉转身去,颓然回到了加油站里的客车上去过夜。

话又说回来,这么多年,要是每一场遭遇的雪都要令我大惊小怪,那我岂不是早就已经寸断了肝肠?更多的时候,当大雪像命运一样缠身,除了让自己干脆不问究竟,我也没有别的办法。我还记得,有一回,是在黄河边的旷野上赶路的时候,一上午的飞雪,先是暴虐得如同海陵王完颜亮所写:"天丁震怒,掀翻银海,散乱珠箔。六出奇花飞滚滚,平填了、山中丘壑。"过了正午,雪止住了,再看山中丘壑和无边四野,无一处不被那"六出奇花"悉数填平了,举目张望,唯见白茫茫,唯见眼睛里容不得一粒沙子的白茫茫,自然,它们也容不了丝毫别的颜色,且不说那蓝与绿,只说这时节里常见的灰与黑,也都好似尽遭活埋的俘虏,一一消失和气绝，再也发不出任何声息；而我，可能是这一路实在过于难行和虚妄，骤然间便恨上了这几乎上天入地的白茫茫：是的，我偏要找出一丝半点的灰与黑！于是，我折断了头顶的一根树枝，持之于手，再去对着近旁的雪地去捶打，去挖掘，刚要开始，心里却又禁不住一动：人皆言，这世上，再多堆金积玉，再多嗔怨痴苦，到了最后，终不过落得个白茫茫一片真干净，此时之我，难道不正是身在这白茫茫一片真干净之中吗？还有，我不正是在诸般劳苦和空耗到来之前，就提前领受了寂灭、了断和不增不减的真义吗？这么想着，我竟痴呆着扔掉了树枝，就像是脚下的雪地里凭空开出了一朵花，我蹲下身去，对着那不存在的花看了又看，再提醒自己赶紧屏息凝声，可千万不要生出什么动静来坏了这大好河山，其时遭际，似乎唯有写出过名剧《长生殿》的清人洪昇之诗，尚可说清一二：

寒色孤村暮，悲风四野闻。
溪深难受雪，山冻不流云。
鸥鹭飞难辨，沙汀望莫分。
野桥梅几树，并是白纷纷。

我得说，这一首《雪望》，好就好在不辨：既不辨认自己，也不辨认别人——你看这悲风与溪水，你再看那鸥鹭与寒梅，满目所至，皆有性命，却又都不以命犯禁，讲规矩也好，装糊涂也罢，一阵阵，一只只，一朵朵，全都安居在"白纷纷"所指示的本分之中。是啊，当此之际，行迹是必要的吗？声息动静是必要的吗？身在天赐的造化之中，我们何不就此沉默，好似重回母亲的肚腹，再一次领受一切都不曾开始的蒙昧之福？我甚至怀疑，这首诗，于洪昇而言，既是他的通关文书，也是他的挡箭盾牌：其人，年少即负才名，却二十年科举不第，家中又屡遭变故，他也只好年复一年来往于京城和杭州之间谋生求食，可谓劳苦备尝，然其人在劳苦之中又始终不脱浑噩之气，这浑噩，少不了悠悠万事一杯酒，更少不了兴与悲俱从中来的自写自话，如是，《长生殿》终于成章，很显然，这《长生殿》，便是他的"白纷纷"，在这"白纷纷"之前，所有的劳苦与浑噩，不过都是讲规矩和装糊涂；再往下，《长生殿》因在康熙皇帝的孝懿皇后忌日演出，洪昇又因了这莫大的浑噩被劾下狱，自此，一生之命便被注定，正所谓："可怜一曲《长生殿》，断送功名到白头。"而那洪昇，却好似对自己的命数早就了然于胸：这一生啊，要死要活可以过得去，不死不活也可以过得去，至于我，我却无论如何也走不出这一片被徒劳充满的茫茫雪地了，无论如何，蓝与绿，灰与黑，都将被那永无尽头的白所俘虏和掩埋。所以，这洪昇，劳苦在继续，浑噩也在继续，直至康熙四十三年，他自南京乘舟返回杭州，途经乌镇时，酒后失足，落水而死，时人未察，后人不惊，说起来，不过都起因于他在指示与本分中的自我囚禁：有口难辩，那就不如不辩；就连撒手西去，也仍是甘愿被徒劳的茫茫雪地吞噬之后的讲规矩和装糊涂。

果真是，你是什么样的人，你便会遇见什么样的雪。同样是晓来雪起，唐太宗李世民忍不住指点江山："冻云霄遍岭，素雪晓凝华。入牖千重碎，迎风一半斜。"而那穷寒道中的罗隐却只能眉头紧锁："尽道丰年瑞，丰年事若何。长安有贫者，为瑞不宜多。"同为元人，都在大雪中浪游，虞集与张可久却各有心绪，一个分明看见了越是无人之处越要依恃的纪律："惯见半生风雪。对雪无舟，泛舟无雪，不遇并时高洁。"另一个却在"松腰玉瘦，泉眼冰寒"的暗示中发出了一声叹息："兴亡遗恨，一丘黄土，千古青山。老僧同醉，残碑休打，宝剑羞看。"我也何尝不是如此？那一场场穿透皮囊直入了肺腑的雪，它们其实都别有名姓，有时候，它们是别离与哽咽之雪，有时候，它们是痛哭和酩酊大醉之雪；以圣彼得堡街头的这场雪为例，它的名字，几可叫作手足无措之雪——兜兜转转，我似乎终于踏上了我所住旅馆的那条街，一见之下，犹如见到了活菩萨，巷子尽头倒数第三幢楼，应该就是我的旅馆，还等什么呢？就像鸳梦重温和破镜重圆全都近在眼前，我朝着那幢楼狂奔而去，中间还摔倒了好几次，我也丝毫不以为意，爬起来，接着往前跑，终于到了，喘息着，我一把推开门，咚咚咚上四楼，可是，到三楼我便只好止住了步子，只因为，这幢楼压根就没有第四层：

我终究还是找错了地方。

当我从那幢找错了的楼里出来的时候，雪下得更加大了，雪上加霜的是，当我沿着来路走出了巷子，正犹豫着去选定一个向前的方向，街灯突然灭了，我愣怔着朝四下里看，显然，一整片街区都停电了，一整片街区都陷落在了黑暗中，我的旅馆却仍在十万八千里之外，到了此时，这场雪，如果不叫手足无措之雪，我还能叫它什么呢？而我，我还将在寻找旅馆的道路上辗转下去，那么，就让我用另外一场别离与哽咽之雪来逃避眼前的这场雪吧——那是六年之前，我加入了一个项目，这项目将我安排进了河北的一座影视城里住下写作，正是冬寒之时，整座影视城里只有一家剧组在拍戏，终日里，乌鸦们倒是接连不断地飞过来飞过去，使得影视城毫无违和地融入了收割之后的华北平原巨大无边的凄凉里。在这里，我孤家寡人，唯一的伙伴，是新认识的一个在剧组里做饭的小兄弟，这小兄弟，天生口吃，几乎很少说话，但肚子里又藏了很多话，每每在我们搭着伴满影视城溜达的时候，他没一句话可说，等到我们各自散去，回到了住处，他却又不断给我发来了短信，这些短信，多半都是告诉我他所在剧组第二天的饭菜是些什么：因为是淡季，影视城里不多的几家餐馆早就关了门回家准备过年去了，在认识小兄弟之前，在我蹭上他所做的饭菜之前，几乎每一天，我都是靠吃泡面打发过来的。

没过多久,我接到命令,去了一趟北京,向几位老板汇报项目的进展,在北京,我接到了小兄弟发来的短信,他跟我说,因为妻子马上就要生孩子,他这两天便得辞工回家去了,我赶紧给他回短信,叫他无论如何都要等我两天,等我回去之后,我要请他去县城里好好喝一顿酒,可是,我在北京还是多耽搁了两天,等我回到影视城的时候,小兄弟才离开了两个多小时,我们终于还是没见上。其时,天色欲黑未黑,唯一的剧组也收了工,偌大的影视城全无一丝人迹,看上去,就像一座辽阔的坟墓,幸亏天上下起了雪,那些雪片无声地降临,落在角楼的檐瓦上,也落在我的头顶和我脚下的牡丹莲花砖上,好歹提示着我,我所踏足之地,确实是人间的一部分,但是,只要一想起自此之后我在此地连个说话的人都没有了,某种确切的孤零零之感还是袭上了身,我恨不得也立刻和那小兄弟一样,收了行李拔脚就走,恰在此时,小兄弟给我发来了一条短信,他说,今天,临走之前,他其实给我做了些饭菜,等我一直未回,而他又非走不可,所以,他便将这些饭菜装在电饭煲里,连饭菜带电饭煲一起,全放进了影视城里最大的那一座大殿之内的龙椅下,因为那里正好有一个插座,所以,饭菜应该一直都是热的,而且,这些饭菜,我应该能吃上好几天。

看完短信,我在满天的雪片里突然就哽咽了起来:这辽阔的坟墓,这广大的人间,竟然有一只装满了饭菜的电饭煲在等我！还等什么呢？在渐渐黑定的夜幕里，在雪片落在脸上带来的清醒里，我冲着最大的那座大殿跑了过去，很快便跑到了，轰隆一声，我推开了殿门，借着一点昏暝的微光，我将那只龙椅下的电饭煲看得真真切切，走近它之时，我却想起了白居易写过的一首诗，其中有两句："回念入坐忘，转忧作禅悦。"——那只通着电、显示屏一明一灭的电饭煲，岂不正是我在世间最匮乏处找到的坐忘与禅悦？随后，我走近了它，在它旁边蹲下，良久之后，我掀开了它的盖子，一阵热气直扑过来，更深的哽咽便在这热气里变得愈发剧烈了，因为那龙椅紧靠着大殿的后窗，后窗又没关严实，逐渐大起来的雪片涌入了殿内，我便赶紧盖上电饭煲，拔掉插线，再端起它，生怕被人追上似的往自己的住处里走，一路上，每当雪片落到脖颈上，我不自禁打起冷战的时候，便又忍不住还是要将电饭煲再掀开，让那热气冲着我的脸直扑一阵子，然后，再盖上它，继续朝前走，短短一条路，我竟然循环往复了好多回，自然地，白居易的那首诗里的几句，也像热气一般，直扑和缭绕了好多回：

　　寂寞满炉灰，飘零上阶雪。
　　对雪画寒灰，残灯明复灭。
　　灰死如我心，雪白如我发。
　　所遇皆如此，顷刻堪愁绝。
　　回念入坐忘，转忧作禅悦。

平生洗心法，正为今宵设。

接下来，再说痛哭与酩酊大醉之雪。那一回，也是因为一部正在拍摄的艺术片，我接受了一个广告公司老板的召唤，陪同他从北京前往山东的一座小县城里去探班，此次前去山东，这位广告公司老板实际上是去充当说客的：某个著名的大公司看中了正在拍摄的这部片子，想要控盘成为这部戏的第一出品方，于是便找到了他，因为这家公司是他根本得罪不起的大客户，他又恰好是山东正在拍摄的这部艺术片的广告代理商，如此，他便非来不可，他之所以找到我来陪同，主要是因为，他那大客户对剧本尚有不同看法，如果合作最终能够谈成，我就会被他留在山东，按他大客户的意思再改一遍剧本。我还记得，从北京的火车站里出发的时候，天还没完全亮，熹微之中，下雪了，雪花飘进候车的站台，地上湿漉漉的渍痕一片连接着一片，当火车行驶到城外的旷野上，雪变大变密，直至密不透风，再紧贴着车窗落下，模糊了车窗和我们的视线，就好似棒打鸳鸯，将一整列火车和无边旷野一刀两断地分割了开来，想起春节正在临近，而每一个剧组里都司空见惯的诸多沟壑和风波还在山东小县城里等着我，我也终不免觉得忧惧，可是，除了硬着头皮前去，暂时我也没有别的路，于是，我干脆掏出随身带的一个小本子，又将唐人罗邺的那首《早发》写写画画了好多遍：

> 一点灯残鲁酒醒，已携孤剑事离程。
> 愁看飞雪闻鸡唱，独向长空背雁行。
> 白草近关微有路，浊河连底冻无声。
> 此中来往本迢递，况是驱羸客塞城。

对，火车越往前去，我的忧惧之感，其实是在变得愈加强烈：同在早发之途上，同是面朝着与返乡大雁相违的方向而去，罗邺尚且有一支孤剑在身，而我，除了一支写写画画的笔，再无长物，那种无枝可依之感又怎不像车窗外的飞雪般一阵紧似一阵呢？如此，即使身在火车上，罗邺诗中的鸡鸣之声也还是被我清晰地听见了，鸡鸣一声，便是胆寒一阵，更何况，我几乎用不着再去以身试法也知道，多少兴冲冲的所在，不过都是悻悻然的渊薮，但凡朝那诸多动了人之心魄的地界走近过去，仔细一看，何处不是"白草近关微有路"？何人不是"浊河连底冻无声"？只不过，这些胡思乱想，我要赶紧打住，纸笔也要快快收好，只因为，当坐在我身边的广告公司老板看清了我的写写画画，又确认了一遍诗之大意以后，禁不住勃然大怒，不断地斥骂着我的乌鸦嘴，我也只好赶紧连连赔笑，为了不再招惹他生气，我一个人跑到了两节车厢的连接处，再去下意识地一遍遍默念着罗邺诗中的句子："白草近关微有路，浊河连底冻无声。"

我们的行程，很快便以失败而告终了：到了小县城，无论广告公司老板如何好说歹说，只差要给剧组里说了算的人跪下，那个年轻而寒酸的剧组，始终都未能答应大公司控盘的要求，在最后的晚餐上，广告公司老板喝醉了酒，号啕大哭着，再将真相和盘托出，原来，他的公司快垮掉了，此次前来，如果能够达成所愿，那大公司会继续给他一笔垂涎了好长时间的生意做，而这几乎是他的公司唯一活过来的机会，可是现在，大公司控盘的要求没有被他促成，他也就只剩下死路一条了。即使如此，那年轻而寒酸的剧组也没有为他所动，那些年轻人，哪怕借钱请我们喝酒，直到晚餐结束，他们也仍然表示，事情绝无任何商量的余地，如此，我和广告公司老板，只好醉醺醺地互相搀扶着走回了我们的住处；一路上，鹅毛大雪又如海陵王完颜亮所写的一般："皓虎颠狂，素麟猖獗，掣断真珠索。玉龙酣战，鳞甲满天飘落。"也不知怎么了，暂时的生计虽说没了，我竟毫不失落，相反，一想起剧组里那些年轻人不惊不乍的样子，某种振作之气便笼罩了我的身体，我甚至想：也许，我也可以像他们一样，在方寸大乱了许多年以后，重新稳定心神，再往自己的身体里搬进一块石头，并以此让自己不再踮起脚来对着满世界东张西望，而是就此安营扎寨于自己对满世界的所知甚少？哪里知道，那广告公司老板，竟然跟我想的也一样，他还在哭，但却哭着对我说：我和他，其实都应该活成那些年轻人才对。到了旅馆门口，他借着醉意，死活不肯进去，而是拉扯着我一起，在雪地里站着，再仰头去迎接接连而至的崭新的雪片，反正酩酊在身，我便听了他的，不再说话，跟他一样，顶着雪仰起了头，虽说站久了之后，寒凉便刺骨了起来，然而，元人孙周卿所作之词《水仙子》中的景象却分明将我一把拖拽了进去：

> 孤舟夜泊洞庭边，灯火青荧对客船。朔风吹老梅花片，推开篷雪满天。诗豪与风雪争先。雪片与风鏖战，诗和雪缴缠。一笑琅然。

可是，一如既往，一如其后，多少刀劈斧锯才得来的顿悟，转眼便变作了腐烂的刨花和兀自奔流的浮沫，有的时候，它们甚至不过是另外一条恶歧之路刚刚展开了自己，就像现在，我这一己之身，好似在奉节，在河北影视城，在山东小县城，仍然要重新回到遥远的圣彼得堡，再一次来经受和直面这场手足无措之雪：事实是，我早就没了自己的旅馆——还是在生计的压迫下，我被人哄诱着来到了这圣彼得堡，看看能不能在此地几个华人投资拍摄的一个电视剧剧组里谋下什么差事，来是来了，好日子却不长，没过几天，投资人之间起了内讧，拍摄终止，我也被他们从栖身的旅馆里驱赶了出来，那家旅馆，不在他处，正是我之前找错了的那幢楼，巷子尽头倒数开始的第三幢楼，它的确没有第四层，而我的房间，正是第三层楼正对着楼梯口的起头一间，此前，其实我已经站在了我住过好几天的房间门口了，只不过，除了对自己说一声,你是住在四楼的,所以,你找错了地方,此外,似乎也没有别的办法。毕竟,我将行李寄存在一家游船公司的行李柜里之后,独自一人,已经在这冰雪大城中,在丰坦卡河畔的各条街巷里游荡了好几天了,但是,是走是留,怎么走怎么留,何时走何时留,我仍然全都一无所知,也定不下任何主意。

好在是,单以此刻而言,北风虽说变得更加猛烈了,雪却下小了些,为了躲避一阵子北风,我沿着街边的台阶往下,一步步踱到了早已封冻的丰坦卡河边,与停靠在岸边却早已被坚冰凝固住的游船们为伍,再背靠着身后的石壁,这样,我便好似来到了一座洞穴之中,终于不用再任由疾驰之风像刀子一样来割我的脸了,没过多久,一阵细微的声响从近处传来,我先是吓了一跳,而后才发现,在我身旁,那些游船中的一条,就像正在越狱的囚犯,松动了坚冰,若有似无地撞击着岸边的石壁——天知道这是什么原因?是天气在骤然间变得和暖,还是此处的河流原本就没有彻底封冻,抑或是,那条船,一直在越狱,只是碰巧,我来之时,苦心终于等来了偿报,它才刚刚将那坚冰世界撕开了一条口子?刹那间,我竟激动难言,再三盯着它去看,但是,此时仍在停电之时,我看了好半天,却什么也看不清楚,最终,就像是回到了山东小县城旅馆的门前,我仰起了头,去迎接崭新的雪片,似乎只要如此,清醒便会到来,觉悟便会到来,如何

自己给自己在这长夜里撕开一条口子,便会到来,说起来,此时要害,多像南宋的法薰和尚所作偈诗中的句子啊:

> 大雪满长安,春来特地寒。
> 新年头佛法,一点不相瞒。

十万个秋天

自从重来敦煌，我便无时不觉得，举目四望之处，甚至在我的体内，实际上有两个秋天——一个秋天，尘沙奔涌，战队疾驰，雁阵高旋，群马长嘶，天子新获了城池，僧人求得了真经，一切都堂堂正正，这堂堂正正来自苦行和隐忍，也来自腾跃、反扑和离弦之箭，所以，无论是一朵花、一滴露水，抑或一排马蹄印，全都包藏着节气和气节的双双威仪；另一个秋天，好似一场疾病，携带着造物的宣告：冬天要来了，"天国近了，你们应当悔改"，像雷电暴雨，像秋意本身，压迫过来，绞缠过来，我们退无可退，避无可避，只好在疾病里领受箴言，又有口难辩，好在是，疾病会令我们的感官变得异常清醒，亡灵的哭泣，剑戟的折断，经文的焚毁，一切微弱的行止和声音，都将被我们满怀着羞惭与追悔重新看见和听见。

就像杜甫，这个总是活在秋天的诗人，秋天便是他的命运,但也正是因为他的命运,那些微末的先天之命,竟然在他的诗里获得了后天穷通,哪怕一只深秋里的蟋蟀,也自行爬进了他的肝肠,而他,他也将那蟋蟀当作了天涯沦落人,既然被他看见听见,他便用字句和热泪擦洗了它,如此,那只蟋蟀发出的幽鸣之声,竟然化作穷苦的信物,供品一般放置在寒酸而郑重的供桌上,令我们一听再听,一拜再拜:

促织声微细,哀音何动人。
草根吟不稳,床下夜相亲。
久客得无泪,放妻难及晨。
悲丝与急管,感激异天真。

整个秋天最为深重也最是无人问津的部分,就住在这只蟋蟀的鸣叫声里:在这里,一切皆为零余和弃物,因此才得以遭逢,蟋蟀在野外的草根底下叫不出声,所以来到了夜晚里的床榻之下,正是在此处,它才被久在异乡的远客听见,它才被孤寡的妇人听见,然而,我们又因何至此?当然是因为各自的孤苦,这孤苦,却是战乱流离的本来面目,所以,此刻里,战乱并不在场,但它却又深深地嵌入了墙隙砖缝和我们的身体之中;尽管如此,在"久客"与"放妻"的耳边,一只蟋蟀的叫声也大过了所有的弦管之声,只因为,它们除了天然与真切,它们还是一场证据:蟋蟀在叫,说明它还活着,我们听见了它在叫,说明我们也还活着,是的,这叫声无关多么宏大的旨趣，甚至也不曾带来一切终将过去的信心，它仅仅只证明我们还活着，但是，却大过战乱流离中的诸多凌厉之声自成了正道，这正道的微声，真是应该套用近人乔伊斯的《死者》结尾来作改写：整个秋天，都回荡着这只蟋蟀的叫声，这叫声，回荡在草根，回荡在床下，回荡在旷野上，回荡在河流中……回荡在所有生者和死者的耳边。

然而，秋天也最是充斥着杀伐之气的季节，和"菜花黄，人癫狂"的春天不同，在秋天，当然有人在顾影自怜和扶病登台，也另有一些人，犹如残枝褪尽的树干，重新变得精干和赤裸，是骡子是马，即刻便要见了分晓，于他们而言，这秋天，正是图穷匕见的季节。唐人李密，本出自四世三公之家，身在乱世，终不免起了忤逆之心，与杨玄感一起起兵反隋，旋即失败，只好隐名于淮阳郡，写下了《淮阳感秋》，其中的几句，"金风荡初节，玉露凋晚林"，"野平葭苇合，村荒藜藿深"，几可与建安名句比肩争雄，只不过，再往下，纸里就再也包不住火："秦俗犹未平，汉道将何冀。樊哙市井徒，萧何刀笔吏。一朝时运会，千古传名谥。"到了此时，李密之满目，哪里还有秋天的影子？所谓秋天，不过是翻脸、拔刀和恨意难消的同义词。巧合的是，李密所逆之人，隋炀帝杨广，也偏爱秋日出师杀伐，故此，同样留下了不少写在秋天的诗，据传，其作《饮马长城窟行》便是写在秋季

西巡张掖的路途中,端的是威风凛凛,又胜券在握:

> 千乘万旗动,饮马长城窟。
> 秋昏塞外云,雾暗关山月。
> 缘岩驿马上,乘空烽火发。
> 借问长城侯,单于入朝谒。
> 浊气静天山,晨光照高阙。

后人论及此诗,多说其"红艳丛中,清标自出",又说其"气体强大,颇有魏武之风",凡闻此言,我都不知道说什么好:魏武王作诗,动辄拔刀,却也动辄低头,既斥上天,也怜下民;既有豪横之气,也有刍狗之哀,何曾像此诗,看起来直追魏武,写云写月,写岩写火,实则耽溺于千乘万旗,又自得于单于晋谒,不过是空具了魏武皮囊,骨子里,却终究只是字词与心性的穷兵黩武。实际上,据史载,炀帝此次出巡,全不顾山河飘摇,耗时半年,领军四十万,却不无好大喜功之嫌,倒是恰如其诗:森罗万象,揽云遮月,却偏不肯被实情实境的苦水浸泡,再在苦水里唱出何以为人之歌;只不过,念及其结局下场,倒也真正可叹可怜,在相当程度上,那些在秋日里拔刀出鞘的人,不过是受到了秋天的蛊惑,要知道,古人以五音配合四时,而商音,因其凄厉,恰与秋日之肃杀相匹相配,故有"商秋"之谓,到了此时,最终的谜底终于大白在了天下:李密也好,炀帝也罢,根本上,不过是始为秋意所迫，终又为秋意所伤——你以为你是秋天的主人？不，你只是秋天的奴隶。

说起来，秋之别称可谓多矣，萧辰和西陆，素节与霜天，说的都是秋天，就像连日里我在敦煌踏足过的那些沙丘，看似混沌一体，深入打探后才知道，各处里都深藏着异相：有的高耸沉默，像是正在自证自悟的高僧；有的勉强牵连，形如水中浮桥，人一踩上去便要断裂；更有一些沙丘，身似浮萍，却也心意坚决，风吹过来，说走就走，立刻烟消云散，风吹过去，说留就留，倏忽间便又恢复了先前的模样。每逢我目睹了这样的变化，就总是忍不住去想：眼前所见，何止是一座沙漠，它其实是十万座沙漠积成了一座沙漠，就像我身处其中的这个秋天，在它的内部，实际上涌动着十万个秋天，如若不信，且去看古今写诗之人是如何顺从了它们——身在牢狱，骆宾王写下了"西陆蝉声唱，南冠客思深"；有志难伸，刘辰翁写下了"听画角，悲凉又是霜天晓"；登高远眺，王安石禁不住心怀激荡，"萧辰忽扫纤翳尽，北岭初出青鬼鬼"；音容不在，李商隐也只能一声叹息，"远书归梦两悠悠，只有空床敌素秋"。

何止是顺从，那么多诗里，诗人们先似满山红叶，令秋天不证自明，再化作了地底的伏兵，一意掘进，一意命名，如此，时间到了，就像一座座被攻破的城池，十万个秋天顷刻之间便获得了自己崭新的名姓。仅以秋声论，多少人写之于诗，郑板桥看见过秋雨击打芭蕉，所谓"自是相思抽不尽，却教风雨怨秋声"，李煜却从"帘帷飒飒秋声"里坐实了自己的命："世事漫随流水，算来一梦浮生。"初闻秋声，僵卧孤村的陆游竟生出了"快鹰下鞲爪觜健，壮士抚剑精神生"之兴，身在晚唐的御史中丞高蟾，却只觉得一切都来不及了："世间无限丹青手，一片伤心画不成。"将那秋声诸句读下来，这才发现，每个人的体内都住着一个独属于自己的秋天，只是如此甚好：微弱秋声，竟使得整个秋天有荣有衰，有兴有亡，多像是一片正在涌动和扩大的铁打江山！自然地，这江山里既行走着凄惶的过客，也行走着满怀了底气的归人，在我看来，蒋捷的那一阕《声声慢》，虽遍诉秋声又被秋声所困，却仍是那手拎着行李和心意的归人——

  黄花深巷，红叶低窗，凄凉一片秋声。豆雨声来，中间夹带风声。疏疏二十五点，丽谯门、不锁更声。故人远，问谁摇玉佩，檐底铃声？
  彩角声吹月堕，渐连营马动，四起笳声。闪烁邻灯，灯前尚有砧声。知他诉愁到晓，碎哝哝、多少蛩声！诉未了，把一半、分与雁声。

我还记得，初读到这一阕《声声慢》，恰好是十多年前，我第一次来敦煌，在一家小面馆里吃饭的时候，一边吃着面，一边在面馆老板儿子的语文课外读本读到了它，一读之下，既震惊，又相见恨晚：短短一阕，竟有秋声九种，雨声、风声和更声，铃声、角声和笳声，更有砧声、蛩声和雁声，声声交错，却未见丝毫嘈杂，一声将尽，一声即起，像谦谦君子，好说好商量，也像端庄的妇人，怀抱着不幸又忘却了不幸；蒋捷其人，身在宋末元初，是为乱世，一己之身里当然饱含着失国幽恨，这些自然都被他写到了，然而，他却听到了那些细微的、比江山鼎革更加久远的声音，这些声音，来自国破家亡，但它们，又必将穿透这国破家亡，一直绵延下去，所以，它们将永远古老，也永远年轻。小面馆里，有很长的时间，我都沉浸在那些遥远的秋声里无法自拔，其后，当我被一阵汽车喇叭声所惊醒，一想到我和它们即将天人永隔，竟然忍不住地痛心疾首，只不过，我又忽有所悟，也许，那一阵汽车喇叭声，正是而今的秋声，说不定，它们也会像我刚刚作别的那九种秋声一样，像眼前的敦煌、秋天和诗一样，永远古老，也永远年轻下去？恰在此时，一阵驼铃声正从逐渐加深的夜幕里传了出来，我突然想听清它们，我甚至想听清更多这秋天夜晚里不为人知的声音，于是，我出了小面馆，循着驼铃声越跑越远，越跑越远，就好像，只要跑下去，我便能将那宋元之际的秋声带到此刻的沙漠与旷野之上，又或者，只要跑下去，我就能再次回到黄花深巷里，红叶低窗下，去谛听，去服从，去沉默地流下热泪。

是的，无论何时，我们都能告慰自己的是，我们的活着，实际上是在跟那些比我们更加久远的事物走在同一条道路上，哪怕在十万个秋天的内部，除了黄巢所言"待到秋来九月八，我花开后百花杀"之道路，除了刘过所言"拂拭腰间，吹毛剑在，不斩楼兰心不平"之道路，始终别存着另外一些道路，它们从兴亡的缝隙里长出来，从无路可走处的荒林废圃处长出来，每每几近于无，却偏偏一次次无中生有着继续向前伸展，只因为，这世上的老实人呵，总要有一条路走！这些老实人，既未因秋天而狂妄，也不曾被秋天所埋葬，在秋天，与亲人分散，他们便说："遥怜小儿女，未解忆长安。"想念弟弟了，他们便说："两地俱秋夕，相望共星河。"大路朝天，我但走我的羊肠小道，城阙高耸，我也只依傍我的草棘桑麻，是的，我相信，和我脚下的道路一样，我的老实，虽说纤弱崎岖，羞于示人，但它终究是强忍了万千不忍，这强忍和执意，其实就是精进，就是从断垣残壁里伸出的一片芭蕉叶：

  吟蛩鸣蜩引兴长，玉簪花落野塘香。
  园翁莫把秋荷折，留与游鱼盖夕阳。

此一首小令，名叫《西塍废圃》，实话说，诗境与诗艺都算薄浅，可是，我还是会经常想起它，要知道，作此诗的周密，和蒋捷一样，都身在宋末元初的乱世之中，至少在此诗里，兴味确切，一种不为人知的振作之气也明白无疑，如果蒋捷的《声声慢》是疾病和谜面，这一首《西塍废圃》几可算作解药和谜底。在《声声慢》面前，这首小令就像是一条从安静的湖水里突然跃出的鱼，出入之间，世上好歹多出了一阵声响；又像是一个髫龄小儿，误入了邻家的后花园，却自顾自地说话、嬉戏和等着花开，没想到，到了最后，那一朵两朵的花，终于忍不住开了出来。就像我小时候，在家乡，许多个秋天刚刚开始的夜晚里，母亲总是带着我，连夜去给稻田里的稻子们浇水，每一回，当母亲给它们浇完水，那些苦于干旱的稻子就会突然战栗了起来，因为过于轻微，我便总怀疑这只是我的错觉，于是，我紧贴着它们，一看再看，最终还是确信，它们的战栗千真万确，它们最后的生长也千真万确，一想到秋收即将到来，到了那时，母亲再也不用像此刻里一般气喘吁吁，一股闪电般的感激，便在我的体内充盈了起来，因为这让人几乎匍匐的感激，我和稻子，和整个秋天，和即将到来的收成，全都合为了一体。

终于说到了秋收！要知道，在诗里，在世上，再多的征战苦役，都是为了秋收，它是眼泪，也是如来，它是无定河，更是定军山，唯有秋收来临，城池里才有了人，真经才迎来了心，至此，所有的苦行和隐忍，总算等来了堂堂正正；至此，那十万个秋天，才终于凝固成了一个完整的秋天。说起来，古今以来，叙说秋收的诗词虽多，名句却是寥寥无几，倒是也不奇怪，就像释迦牟尼突然降临到我们身前，除了哭泣、口不能言和五体投地，我们哪里还有工夫去从虚空里拽过来几句甜言蜜语呢？就像此刻，在沙漠深处的洞窟里，我刚刚得窥了一幅壁上的秋收图，不自禁便想起了《佛说弥勒下生经》里说起过的极乐世界，在那里，"雨泽随时，谷稼滋茂，不生草秽。一种七获，用功甚少，所收甚多。食之香美，气力充实"。然而，我也知道，不在他处，就在此时的敦煌一带，那些棉花、玉米和葡萄，正在上气不接下气和拼尽了全力才能喘出来的一口气中被收割，被聚拢，被运输，至少在敦煌一带，只怕也是在一整座尘世里，那极乐世界，不可能别存于他处，它只可能存在于我们的上气不接下气和拼尽了全力才能喘出来的一口气之中。

那些棉花、玉米和葡萄，我突然很想亲近它们，因此，我便出了洞窟，出了沙漠，跑上了夜幕降临前的公路，这时候，暮霭渐至，而残阳如血，再看大地之上，不管是弯下腰去的人，还是堆积在田间路边的收成，一概都被血红的光芒映照得温驯、赤裸裸和活生生，对，它们实在是不能不温驯，因为它们全都知道，在此刻，它们已经被征召，正在充当一切眼泪和真经的使徒；而离我最近的一位使徒，正站在一辆刚刚从我身边缓慢行驶过去的农用小货车上，只见那人，站在玉米堆里，迎着风，大口大口地灌下了酒，没多久，酒喝光了，他便扔掉酒瓶，俯身栽了下去，再也不曾起身，就好像，那身下的玉米，已经在顷刻之间变成了酒，不管是谁，也无法劝说他不去将它们当成酒；也不知是怎么了，我突然想沾染上那人的醉意，便也追随着他和他的收成狂奔了起来，跑出去一段路之后，我竟真正地感受到了清晰的醉意，这醉意，既缭绕在我的周边，也飘向了沙漠和旷野，此情此境，多像苏轼写下的那一阕关于秋收的《浣溪沙》啊——

惭愧今年二麦丰，千畦细浪舞晴空。化工余力染夭红。

归去山公应倒载，阑街拍手笑儿童。甚时名作锦薰笼。

陶渊明六则

那年冬天,他的父亲在北京住院,渐渐地,他便交不起医疗费了,虽说正是大雪扑面的时节,他也只好满北京城乱转,想去找认识的人借一点钱来,却始终没有借来,别无他法,他便干脆去旧货市场卖掉了自己的笔记本电脑,没想到,买他笔记本的人,是个卖血的血头,说是血头,其实也穷得很,要不然,也不会为自己远在河南乡下的女儿买一个旧笔记本。

难得的机缘是,因为血头总是带着一帮兄弟流窜在各医院,所以,在他栖身的那家医院,他也会经常遇见他们,时间长了,他和他们从一开始的点头之交慢慢便相熟了起来,有时候,当他们卖完了血,在医院外的小餐馆里加餐的时候,他们总会叫上他,和他们一起吃猪肝,说起来,那段日子里,他真是吃了不少猪肝。可是,他也是个要脸的人,总在吃别人的猪肝,自己却拿不出什么来跟他们同享,惭愧逐渐加深,这以后，他们再招呼他的时候，他便总是扯了一堆理由不去了。

这天又是一个大雪天。他接到了血头的电话，说是一帮兄弟聚在一处喝酒，这次他无论如何也要来，因为有个兄弟洗手不干了，要回老家好好过日子去了，按惯例，但凡遇到这样的时候，朋友兄弟是要一醉方休的。接完电话，他犹豫了很久，还是出门了，坐了地铁，换了公交，又步行了好半天，终于顶着雪走到了一排破落的平房前，血头早就在大雪里等着他，见到他，不由分说地，先塞给他一瓶酒，再拉着他，进了一间小平房。房子里没有暖气，但是，因为生了炉子，倒也热烘烘的，见他来了，兄弟们纷纷与他碰杯，又扯了牛肉羊肉给他，酒一下肚，莫名的豪气不知因何而生，他干脆放开了襟怀，跟兄弟们一起，吵嚷着，敬了这个，再敬那个。

后来，有人唱起了歌："实心心不想离开你，一走千里没日期，莫怪哥哥扔下你，穷光景逼到这田地……"唱完了，又有人另起了一首："井坪子的树上长花椒，绿绿的叶儿红红的椒。两眼往上瞟一瞟，哎哟，繁繁的籽儿对人笑……"可能是酒气已经彻底帮他冲破了寒酸气，在唱歌的人里，数他扯着嗓子喊出的声音最大，可是，唱着唱着，有个年轻的小伙子却哭了，那小伙子哭着走到血头的跟前，去敬血头的酒，说自己一辈子都不会忘了他，将来，等自己有了钱，会年年都记得给血头上坟的。到了这时候，他才注意到，血头其实从头到尾都没喝一口酒，不祥之感袭来，他的全身上下不由得打了一个激灵，转过身，一把掐住了血头的脖子，问对方，那小伙子到底在说什么，所有人都沉默了下来，都不说话，终于，血头开口了，告诉他：自己其实是得了治不好的病，所以，只好回家去等死了。

听完血头的话，他当然呆若木鸡，看看血头，再看看手里紧攥着的酒瓶，一句话也说不出来。倒是那血头，短暂地哽咽了一下子，笑着拍了拍那小伙子的肩，紧接着，却对所有的兄弟大吼了一句："喝起来呀！"得到了命令的小伙子稍微愣怔了一阵子之后，赶紧听话，带头碰起了杯，其他人也纷纷跟上，刹那的工夫，平房里重新喧嚣起来，酒、牛肉、羊肉，又纷纷被大家送进了自己的嘴巴；而那血头，却示意他，让他跟上自己，两个人，悄悄地来到了血头的床铺前，血头从床铺上拿起一个早已收拾好了的包裹，递给他，他打开包裹，低头去看，里面除了一件还没穿过的毛衣，多半都是些吃的，有红枣，有老家寄来的锅盔，还有两瓶没开过封的瓶装榨菜。过了良久，他才抬起头，却没去看血头，只盯着窗外去看，窗外的大雪正在越来越密集，也越来越磅礴，就好像，除了此处的兄弟、炉火和醉意，整个尘世都被大雪阻隔在了外面；随后他又听见血头说，自己的病不传染，给他的东西，他可以尽管放心地去吃去穿——他想哭一场，然而并没有，也没顾得上去应答血头的话，倒是陶渊明的诗不请自到，就像一块锅盔，被他攥在手里，咬了再咬，嚼了又嚼：

> 人生无根蒂，飘如陌上尘。
> 分散逐风转，此已非常身。
> 落地为兄弟，何必骨肉亲！
> 得欢当作乐，斗酒聚比邻。
> 盛年不重来，一日难再晨。
> 及时当勉励，岁月不待人。

最后，他默念了一遍"得欢当作乐，斗酒聚比邻"，对着血头笑了起来，见他笑了，血头便也笑了。既然如此，他便拎着包裹，抱着酒瓶，重新回到了兄弟们中间，恰在这时候，窗子哐当一声掉落在了地上，风和雪全都像决堤的洪水般涌进了小平房，兄弟们全都奔向了窗子，要去将它再装好，可是且慢，他挡住了兄弟们，学着先前的血头大喊了一声："喝起来呀！"兄弟们先是不明所以，而后，全都哈哈笑着，也跟着一起喊："喝起来呀！"一个个的，全都喝完了，这才像罗汉一般，冲向了窗子，冲向了浊浪一般翻卷的风和雪。

自此之后，也不知是时运使然，还是命中早已注定，他的双脚所及之处，陶渊明之诗就好像是一路上的车站，总能在千山万水里与他相见，也好像是沿途的桃花梨花，晴空之下，又或是在深重的夜幕里，它们要么就在车窗外被风拂动，要么隔了老远也会被他闻见隐隐的香气，到了后来，他甚至越来越认定了一桩事：那些诗不是别的，那就是他的命数，挂着露水的草叶前，后半夜的山岗上，及至更多荒僻与旷远之处，只要他未能更改他的命数，它们便会破空而出，来与他破镜重圆。

就好像他在重庆的嘉陵江边之所见——他有过短暂的一阵子好时光，在那段时间里，他经常跟随着几位影视大佬前来此地的一家酒店里住下，谈项目，开策划会和剧本会，等等等等。没过多久，好日子风流云散，那几位待他甚厚的影视大佬，坐牢的坐牢，死去的死去，他也只好拎着几件行李重新开始了河山里的奔走。几年后的这一晚，他又来到了嘉陵江边，入夜之后，一念及物是人非，他便悲意难禁，干脆步行五公里路，径直前往了当初的酒店。可是，当初嘉陵江边几乎被视作传说的那家酒店，而今早已成了鬼影幢幢的所在：温泉池水早已干涸，西餐厅里蝙蝠们飞来飞去，从青砖铺就的幽径小路底下钻出来的荒草，足足有半人高，还有他当初住过的房间，在被渍水长时期地浸泡之后，已经长出了青苔，此时此境，多像陶渊明在《拟古》里写下的那些句子啊："迢迢百尺楼，分明望四荒。暮作归云宅，朝为飞鸟堂。

山河满目中，平原独茫茫。"

可是，在茫茫的雾气里，他却似乎分明看见了当初那些和他把酒言欢的人。有的正走在前往SPA区的路上，有的在温泉池里游泳，有的则信步闲走在林间小路上打电话，电话里说着的，都是动辄便要投资上亿的大项目。当然，对于眼前所见，他难以置信，可是，在他反复确认了好几遍之后，他终于相信，此刻，他是真的看见了那些早已风流云散的人。一旦看见了，他又生怕他们就此凭空消失，所以，他没出声，只是悄悄地跟着他们，在雾气里兜兜转转，过了假山，再过了几幢民国年间的老别墅，一阵急雨当头降下，伴随着急雨，闪电也噼噼啪啪地来了，等他在老别墅的屋檐下躲了一阵子闪电，再走出来，SPA区，林间小路上，温泉池里，那些故人们竟然在一瞬之间全都看不见了，他在原地站着，慌忙四顾，远远地，似乎听到一阵微弱的哭声从西餐厅里传了出来，于是，他赶紧疯狂地跑向了西餐厅，到头来，终究还是一无所见，只有被他惊扰了的蝙蝠訇然起飞，在他头顶上四处打转，他也只好步步后退，后退之间，之前的《拟古》里没有背完的几句，掺杂着越来越强烈的悲意，不自禁地便从头脑里涌现了出来："古时功名士，慷慨争此场。一旦百岁后，相与还北邙。松柏为人伐，高坟互低昂。颓基无遗主，游魂在何方！荣华诚足贵，亦复可怜伤。"

还有一回，是在遥远的张掖。到了张掖，在诸多不足为外人道之时，他自然常常念起陶渊明的句子，所谓："少时壮且厉，抚剑独行游。谁言行游近？张掖至幽州。饥食首阳薇，渴饮易水流。"然而，这些句子不仅未能令他的行色为之一壮，反而增添了更多的百无聊赖：作为一个被纪录片剧组派来打前站的人，他已经在这张掖城中浪迹了多日，而剧组却迟迟未到，几乎每一天，除了饱食终日，除了站在城外的一座土丘上向前张望，转而又在张望里陷入悔恨，他唯一的打发，便是前往城西头，付一点微薄的钱，去听一个瞎子说评书。那瞎子只有他这一个听众，三番五次都说不再收他的钱，但他还是执意给了，因为有肺病在身，那瞎子其实每说几句便要剧烈地咳嗽起来，如此，他听咳嗽的时间其实远远长过了听评书的时间，但如此又甚好：在这举目无亲之处，在这大风从早到晚呼啸不止的边地小城中，他和那瞎子，好歹都还有个将这眼前光阴苦熬过去的伴儿。所以，渐渐地，他再看那瞎子时，不管对方是不是咳得上气不接下气，他都觉得对方是可亲的，有时候，一个说完了，一个听完了，两个人便一起喝起了酒，一边喝，他一边给那瞎子背起了陶渊明的诗，那瞎子竟然听一回就被那些句子打动一回，总是沉默一阵子，再对他，也像是对着一整座尘世说："可不么，可不么。"

瞎子死的那一天，恰好是剧组来的第三天，他和全剧组都去到了距张掖城六十多公里之外的一个村子里拍摄，风太大了，他的耳边除了风的呼啸之声，几乎再无别的声音，所以，手机铃声响了好多遍，他都没听见，等到拍摄实在无法继续的时候，他跑了老远，找了一座土丘，在它的背面蹲下，这才接到了那瞎子的邻居打来的最新一遍电话，在电话里，邻居对他说，以后他不必再去找瞎子听评书了，只因为，昨晚上，那瞎子，咳嗽了一整晚后，死在了家里，现在，已经被送去殡仪馆火化了。突然听见瞎子邻居传来的信，他甚至都来不及惊惧，胸口便钻心地疼了起来，随后，他腾地起身，即刻便要奔向张掖城内，可是，就在这时候，远处的导演打着手势，对所有人发出了命令：拍摄马上重新开始，所有的部门，各就各位。最终，他还是觉得害怕，不是害怕见到死去的瞎子，而是害怕丢掉了眼前的生计，所以，在几乎可以就此将人埋葬的大风里，他并没有跑向张掖城，而是跑向了开工的地方，一边跑，他的眼眶里一边涌出了眼泪，偏偏此刻，陶渊明的那首诗又像燃烧的木头般，在他的体内噼啪作响了起来，于是，那眼泪，不管他怎么擦，总也擦不尽：

少时壮且厉，抚剑独行游。
谁言行游近？张掖至幽州。
饥食首阳薇，渴饮易水流。
不见相知人，惟见古时丘。
路边两高坟，伯牙与庄周。

此士难再得，吾行欲何求！

　　死，甚至只是可能的死，实在是一件躲不过去的事，所以，陶渊明的诗便也躲不过去。这一回，他是寄居在陕北一座镇子上的小旅馆里，说是旅馆，实际上不过只是几口窑洞而已，唯一的服务员正在村里忙着秋收，打他住进来的第二天起，他就再也没有见到过服务员了。而他非住进来不可：在此前的浪迹中，他一直发着高烧，却没有去理会，等他来到这小镇，全身上下终日里都在寒战不止，常常是，正在当街里走着，身体一软便要倒在地上，如此，他便只好住进了这小旅馆，稍微有些气力的时候，他便勉力起身，到镇子上的一家小诊所里去输液，可是，一周下来，他的气力竟然没有得到任何好转，最难熬的是夜里——当寒战一阵更比一阵剧烈，而他却寸步难行，只能听任着满身的汗水逐渐变冷，再将变冷的汗水重新捂得滚烫，到了此时，死，这个字，就像他身在其中的这口窑洞，摇摇欲坠，随时都有可能倾塌下来，有好几次，对着那个字，死，他伸出了手去，既像是抓住了它，也像是没抓住。

　　最要命的，还不是高烧不退。这家旅馆里除了他，还住着几个终日里在各个村庄里做传销的人。那几个人，可能是怕他给他们惹出什么麻烦，总要时不时地拉拢他，也不管他是不是起得了身，隔三岔五地，他们便会呼喊着闯进他的窑洞，再扔给他几个苹果或红枣，他也没有气力去推辞，便只好眼睁睁地看着他们今天扔过来明天再拿回去。最不堪的一回，是那几个人赚到了满意的钱，决定离开小镇子的前一晚，他们在院子里的一棵白杨树下置了酒菜，全都喝多了，喝多了之后，一个个闯进了他的窑洞，要拉着他起来，跟他们一起划拳，他当然连说不必，直至哀求，但是对方却说，他要是不肯起身划拳，他们就将他抬到院子里去。实在没有别的办法，为了那个字，死，不被他紧紧抓住，他也不知道怎么了，竟然鬼魂附体一般，起了身，跟他们一起来到了院子里，院子里的白杨树一入眼帘，陶渊明的诗便像月光一样洒落在了他身上："荒草何茫茫，白杨亦萧萧。严霜九月中，送我出远郊。四面无人居，高坟正嶕峣。马为仰天鸣，风为自萧条。"可是，当此之际，他又能如何是好呢？还是为了那个字，死，为了让它离自己远一点，他只好横下了一条心，去抖擞，去划拳，去喝酒，心底里，那首诗里剩下的句子却好似地底的岩浆，正在和他脱口而出的酒令去争执，去撕扯，直至迎来了兀自的奔涌："幽室一已闭，千年不复朝。千年不复朝，贤达无奈何。向来相送人，各自还其家。亲戚或余悲，他人亦已歌。死去何所道，托体同山阿。"

尽管如此，要他说，那陶渊明的行踪，却绝不单单是只站在一个"死"字里，相反，那些诗，无非是一个常人端出了自己的常心，佛家有云："是诸众等，久远劫来，流浪生死，六道受苦，暂无休息。"既然如此，是诸众等，又该如何是好？要陶渊明说，那便是先在"死"字里容身，却又要在"死"字里作诗、饮酒乃至嬉笑，而后，一个常人才能在世上苟全，所谓"人生归有道，衣食固其端"，所谓"开春理常业，岁功聊可观"。而后，一颗常心才能从迷障里脱落而出，所谓"榈庭多落叶，慨然知已秋"，所谓"纵浪大化中，不喜亦不惧"。如是，如果要他再说，他便说：那陶渊明，绝非是坟前的判官，更非是驾鹤的上仙，他所踏足过的道路，指点过的江山，既是囚笼，也是道路；既有猛兽四伏，也有萤火明灭，终了，是诸众等，还须自己怀抱自己的因缘，自己挑破自己的性命——"同物既无虑，化去不复悔。徒设在昔心，良辰讵可待？"

就像他在川滇交界处的深山里度过的那一夜。因为连日阴雨不停，山间的铁轨被山洪冲刷得七零八落，所以，着急赶路的他等不及铁路再次开通，四下里打听了之后，终于打听出一条山间小路，一个人，前往了他要去的地方。那一晚，头顶上虽说只有零星小雨，他每往前走一步却都异常艰困：举目四望，无处不是黑黢黢的，周遭里，除了他碰撞山石与枝丫发出的声音，一概都静寂无声，只是这静寂又会被注定了要到来的各种杂声打破，不知名的虫子，不知名的鸟，不知名的走兽，总是在骤然之间便鸣叫又或嗥叫了起来，那鸣叫和嗥叫总是让他吓得一哆嗦，却又赶紧提醒自己，一定要乖乖站好，一定要不发一声。就这样，他的行旅好歹缓慢地向前继续着，远远地，他已经看见了一盏忽明忽暗的灯火，如果没猜错，那应该就是他打听路时就已经得知的林场场部所在地，从那里开始，路便会变得好走起来，也是被急火攻了心，他竟然不再小心翼翼，隐约认准脚下的路之后，撒腿便朝着林场场部狂奔而去，哪里知道，没跑几步，他便跌下了一条深壑，一路跌下去，他狂乱地叫喊着想抓住什么，但是，身边的灌木和荆条全都长着刺，他什么都没抓住，只好闭上眼睛，任由自己跌倒哪里算哪里。

还好，最后，他抱住了一棵柏树，身体戛然而止，性命之忧也就此戛然而止。他先是被这突至的好运吓呆了，随后，又喘着粗气，继续环抱着柏树，朝四下里张望，没过多久，他竟然听到了流水的声音，而且，这流水声正在越来越清晰，与此同时，他能看见的地界也正在越来越清晰，看着看着，他禁不住嘿嘿笑了起来：却原来，之前的跌落，非但没有要了他的性命，相反，还将他送上了一条近路，现在，仅离他几步路远的地方，就有一条河，河上有一座木桥，过了那座木桥，便是林场场部，也就是说，接下来的坦途，离他其实只有几步之遥了。这下子，他不再忍耐了，兴奋地、狠狠地击打着眼前的柏树，又不管不顾地喊叫了起来，可是，当他离开那棵柏树，瑟缩着试探着，也是边走边唱着走向了那座木桥，陶渊明之诗，却像那木桥下的河水，在密林里，在整个天地间流淌不止：

> 今日天气佳，清吹与鸣弹。
> 感彼柏下人，安得不为欢。
> 清歌散新声，绿酒开芳颜。
> 未知明日事，余襟良以殚。

最后，还是说一说那黄河边的小城吧。有一年的冬天，春节临近之前，他被一个剧组叫去救急改剧本，哪里知道，他前脚才到，后脚剧组便解散了，他却没有来得及脱身，因为剧组欠了当地不少钱，他便和所有未及脱身的人一起，被关在了小旅馆里，寸步都走不出去，虽说最后他还是逃出了生天，但是，关押一开始的时候，因为从不曾给自己备下什么零食，说是差点饿死也毫不夸张。实在饿极了的时候，他便冲着把守在铁门之外的看守们大声呼求与喊叫，最后的结果，却是对方的置若罔闻，除了更加感到饥饿，他并未迎来任何可能之外的造化。

这一天，他又喊叫了好半天，铁门外的看守们干脆打起了扑克，可偏偏，当他颓然退回到自己的窗边，不经意地往外看，却恰好看见一个卖莜面窝窝的老太太正从窗子下面经过，那老太太的腿脚不是太灵便，又推着小车，走得便缓慢，小车上冒出的热气却令他又一次忍无可忍，果然，他不再忍耐，推开窗子，不管不顾地冲着那老太太呼求与喊叫了起来，老太太似乎听明白了他到底在喊叫着什么，却也没有半点法子，只在原地里站着，抬头去看看身在二楼的他，再看看自己的莜面窝窝，最后也不知道该如何是好，过了一会，听见了动静的看守们蜂拥前来，对着那老太太训斥了再三，如此，他便只好死命地吞咽着唾沫，再眼睁睁地看着老太太走远了。

　　半夜里，他被饥饿折磨醒了过来，房间里只剩下一瓶酒，为了果腹，他干脆一口口喝起了酒，越喝越饿，越饿便越继续喝，醉意很快袭来了，还有干呕，也伴着醉意一起袭来了，为了让自己好过一点，他从行李里取出了毛笔，在几张报纸上涂抹了起来，终是无济于事，他还是忍不住想要呕吐出来，于是，他丢掉毛笔，惊慌失措地奔向了窗子边，可是，当他推开窗子，霎时之间，就像是一声响雷当空而下，正好将他击中，他的手脚停顿了，他的心思停顿了，他的饥饿也停顿了——窗台上，竟然散落了一堆莜面窝窝！他突然明白了什么，全身战栗着，借着一点街灯的微光向下看，却没看见那将莜面窝窝扔上了窗台的老太太，眼前所见，唯有小雨仍在降下，天地之间，那老太太，满街的房屋，及至这世上从未停息的美德，全都消隐在重重雨雾里。到了此时，他便什么都不再管了，呕吐之意也消失了，径直抓起莜面窝窝，哽咽着，二话不说地，将它们一个个生吞了下去。

醉意仍未消退，他便一边吞咽着莜面窝窝，一边拿起毛笔，饱蘸了墨汁，在对面的墙壁上，也像是对着一整座尘世，涂抹下了这首诗：

> 饥来驱我去，不知竟何之。
> 行行至斯里，叩门拙言辞。
> 主人解余意，遗赠岂虚来。
> 谈谐终日夕，觞至辄倾杯。
> 情欣新知欢，言咏遂赋诗。
> 感子漂母惠，愧我非韩才。
> 衔戢知何谢，冥报以相贻。

最后一首诗

那年冬天,我在一座小县城中的医院里陪护病人,随着春节越来越临近,寒意日渐加深,大雾每一天都弥漫不止,这天早晨,待我在病房里揉着眼睛醒来,却听说同病房里的一个大姐放弃治疗,离开医院寻死去了,那大姐,原本是附近矿山里的出纳,因为早已无矿可采,她也就下岗了多年,虽说得了治不好的病,住在医院里也没有什么人来看她,但是,一天天的,她还是连说带笑的样子,许多时候,她都算得上泼辣。然而,即便如此,当我看过她留在病房中给一个可能前来的人写下的信,我也几乎可以肯定,她是真的出门寻死了。

果然,从此我再也没有见过她,奇怪的是,直到我离开那小县城,也没有什么人来接收她最后留下的那封信,我还记得,那封信,一直放在简陋病房里的电视柜上,病房里的人们闲来无事之时,总喜欢打开信封,抽出信纸来把玩说笑一会，时间长了，那封信便也越来越油腻和残破了，但是，好多年过去了，那封信，我却总也无法忘怀它，信的一开始，那大姐便说：我去死了，你可能会来，也可能不会来，我就只当你会来，反正，这是我最后一次写信给你了；紧接着，她回忆了她和收信的男人一起度过的童年和少年，再往后，她对当初错过他连说了三个对不起，可是，一下子又掉到了她刚刚回忆完的童年和少年里无法自拔，不可自抑地，她写起了当年跟那男人小时候一起在水库里划船的往事，写完了，她抄了一首词，李清照的《武陵春》，这才又说：你可能会来，也可能不会来，但我只当你会来，反正，这是我最后一次写信给你了。那大姐也许并不知道，被她在信里抄下的《武陵春》，其实也是李清照一辈子里写下的最后一首词：

　　风住尘香花已尽，日晚倦梳头。物是人非事事休，欲语泪先流。
　　闻说双溪春尚好，也拟泛轻舟。只恐双溪舴艋舟，载不动许多愁。

所谓"扫处即生"，说的便是"风住尘香花已尽"这样的句子，扫除之处，又生新意，其意，大致相当于佛家所说的"缘尽之处，即是缘起之门"，然而，这不尽机缘，于李清照而言却是巨大的损耗——作此词时，为了躲避金人的驱杀，李清照和众多北人一起南逃，先至杭州，再至金华，而丈夫赵明诚早已亡故，再看眼前，日复一日的哀鸿遍野仍在继续，用她自己的话来说就是："闻淮上警报，浙江之人，自东走西，自南走北，居山林者谋入城市，居城市者谋入山林，旁午络绎，莫不失所。"前一年，李清照骤生大病，身旁的弟弟已经开始四处凑钱为她准备棺木，然而，她还是活了下来，那"扫处即生"的机缘亦随之而来：仍是为了活命与避难，她嫁给了当地人张汝舟，婚后未久，却发现张汝舟之所以收留她，为的只是将赵明诚遗留金石据为己有，按照当时律法，若是女子向官衙提出离异之讼，婚约就算被判无效，女方仍要身陷牢狱之灾，尽管如此，李清照依旧向官衙提出了离异诉状，一如她在给友人的求救信中所写："猥以桑榆之晚景，配兹驵侩之下材。"

世事往往如此：国仇家恨当然会缔造出诸多忠臣义士和孝子贤孙，但是，对于有些人来说，它们却偏偏只肯化作缠绕不去的屈辱和羞耻，吞下去不是，吐出来也不是，当事者也只好沦作黥面的囚徒，在世人皆知的不堪里破帽遮颜，又任由那些屈辱和羞耻被一刀刀刻成了身体内的暗伤。这一首《武陵春》，梁启超说其是感愤时事之作，明人叶文庄却紧紧抓住李清照再嫁而不放，直斥她："李公不幸而有此女，赵公不幸而有此妇。"可是，我却只看见了一己之身的无力，无力举措，无力抗辩，唯一能够与这无力相匹配的，不是发足狂奔，也不是低头认罪，而是漫长的、损耗了全部气血的凝望——对，这个李清照，是写下过"兴尽晚回舟，误入藕花深处"和"轻解罗裳，独上兰舟"的李清照，所以，此处的字字句句，其实是兰舟在凝望舴艋舟，是好日子凝望坏日子，说到底，就是那藕花深处的少女在凝望着乱世中的孀妇，然而，我之前缘与后续都扫除殆尽了，千万不要再生余意，千万不要再生别绪，且让我倦梳头，且让我泪先流，且让我安住在"风住尘香花已尽"这一句里既不向前也不后退了吧！只因为，向前看，乱世还在持续，还在加深，向后看，倒是能看见轻解罗裳的自己，可是，那个她，却只能令我吃过的苦变得更苦，只能令我受过的罪变作一回回的苟且，所以，春天也好，双溪也罢，请你们全都让位于这一场漫长的、损耗了全部气血的凝望吧：现在，这世上有两个李清照，一个看着另外一个，可是，现在的她们，既不打算顺从对方，也不再想要说服对方。

如此凝望者，不独李清照一人。宋徽宗即位后的建中靖国元年，流放海南的苏轼终于遇赦北返，归途中，六月间，他抵达了镇江的金山寺，说起来，这已经是他第十一次前来此处，作为天选之人，几乎每一回前来，他都留下了真正的行迹：在这里，他曾和诸友于中秋月下舞之蹈之，也曾应寺主佛印之请抄写过一整部《楞伽经》，元丰七年，在送乡人归蜀途经此寺时，他又招客痛饮，并写下《金山梦中作》，清朝的纪晓岚评说此诗"此有感而托之梦作耳，一气浑成，自然神道",只是这一回,当他在寺中看见故交李公麟为自己早就画好的画像时,就像是知道了大限将至,不日之后,自己就将死去,一辈子的风浪和长短,至此分晓终于落定,所以,在他漫长地凝望了自己的画像和一辈子之后,他留下了被世人公认的最后一首诗,《自题金山寺画像》,却只有短短四句:

> 心似已灰之木,身如不系之舟。
> 问汝平生功业,黄州惠州儋州。

这二十四字,显然满盈着凄凉与自嘲之意,可是,冲破了凄凉与自嘲的,更有磊落与打死都不服,它是一面照见平生的镜子,更是一口人之所以为人、我之所以为我的真气,苏轼一生,这一口真气时而与青天同在,时而低伏在荒郊远道,却从未分裂消散,事实上,越至低处,那口真气便越是当空缭绕。这二十四字,也不是苏轼第一次写下与尘世和肉身双双作别的诗——早在元丰二年,因被政敌构陷,苏轼于湖州太守任上被逮,入狱四月有余,史称"乌台诗案",在狱中,他猜测自己必死无疑,曾给弟弟苏辙写下两首诗以示绝命和嘱托,其中的"百年未满先偿债,十口无归更累人"和"与君世世为兄弟,更结来生未了因"诸句,可谓千古伤心之句,弟弟在读完诗之后痛哭终日,不胫而走之后,更让天下的世人百姓无不黯然神伤,然而,这个死不悔改的人,在他出狱的当天，弟弟来接他之时，为了提醒他千万不要再沾口舌之祸，一见面便捂住自己的嘴巴示意给他看，结果，出狱没几天，他便写下了"却对酒杯浑是梦，试拈诗笔已如神"和"塞上纵归他日马，城东不斗少年鸡"，尤其那后两句中的"少年鸡"，说的自然是构陷他的政敌们，一见之下，弟弟当然大惊，可唯其如此，才算作是苏轼的本来面目：越是苦厄缠身，他越要乘风归去；越是无人问津，却越有从不为人知之处诞生的胜迹向他涌来。说到底，所有的厮磨和苦斗，所有的厌倦和相看两不厌，他都献给了自己，看起来，他以横祸、颠沛和无休无止的风波走向了人间尘世，但是，这何尝又不是人间尘世以不尽造化走向了他又完成了他？

现在，苏轼站在了金山寺的画像前，风烛残年，来日无多，毫无疑问，此刻便是这一生的最低处，但是一切都刚刚好，他要赶紧地再一回完成他自己：历任八州太守的他为何只提黄州、惠州和儋州？那不过是，哪怕死到临头，他也要去正视、去亲切世上的沉滓和身体里的块垒，并以此像是被铜山铁丘压死了一般坐实自己，可偏偏，一旦如此，那些沉滓和块垒，反倒与整个尘世相抵，此我反倒与彼我相抵，杭州、密州和登州反倒与黄州、惠州和儋州相抵，至此，莽荡河山，海市蜃楼，便悉数入了彀中，又在吞咽和咀嚼中全都被夷为了平地。所以，这二十四字，并不是结束之诗，而是故态复萌之诗和再吸一口真气之诗，一如既往，这口真气绝不让人捶胸顿足抑或剑拔弩张，它容得下险恶风波和流离失所，也容得下炖肉、肘子和一轮明月，它所证明的，无非是苏轼仍然是那个苏轼，所谓的刚猛与精进，不过是我与我周旋，而我，又一次次从周旋里脱离，重新成为我自己。初贬黄州，他连写信给京中故旧都要吩咐一句"看讫，火之"，与此同时，他却已经在黄州城东买下了十亩荒地而日日躬耕；本因反对新法而被逐出朝廷，好不容易结束了漫长的贬谪，他却又因反对尽废新法而再次被扫地出门；再贬惠州，他在谢恩表里对皇帝写道："臣性资偏浅，学术荒唐，但守不移之愚，遂成难赦之咎。"又贬儋州之时，孤老无托，瘴疠交攻，他却早已白首忘机："某垂老投荒，无复生还之望，昨与长子迈诀，已处置后事矣。"——你们看，现在，置身在金山寺画像前的苏轼，岂不还是扶犁下田之苏轼和惠州谢恩之苏轼？岂不还是处置后事之苏轼和一出狱便写下"城东不斗少年鸡"之苏轼？

是的，此处说的最后一首诗，不是节烈义士们在绝命之时所写的自知之诗，我所着意的，恰恰是不自知，唯其不自知，写诗之人究竟是骡子还是马才能一览无余，旁人也才能在如此之诗里看清楚自己到底是骡子还是马，且以纳兰性德为例，康熙二十四年五月二十三日，纳兰性德在寓所召集众多好友们聚宴，席间，他们以庭院中的两棵夜合花分题歌咏，纳兰性德写下了一首五律："阶前双夜合，枝叶敷华荣。

疏密共晴雨，卷舒因晦明。影随筠箨乱，香杂水沉深。对此能销忿，旋移迎小槛。"第二天，他便卧床不起，直至五月三十日离世，这首五律，便成了他一生中写下的最后一首诗，说实话，这些近似南朝宫体诗般的句子，恰恰印证了纳兰性德之诗的真正模样：好句甚多，佳篇甚少，初看过去，佳处盈目，好比虬枝与花簇纷纷探墙而出，但凑近一整座花园去看，却又无甚可观。只是尽管如此，五月三十，这个日子却不可不提，这一日，不仅仅是纳兰性德之死期，更是亡妻卢氏离世八周年的忌日：世所周知，他从来就没能够从亡妻的死里挣脱出来，打她死后，他写下过太多悼亡的词句，上天造化，他竟然在她的忌日里得以和她重逢，就好像，这首五律不是他写的，而是那些悼亡词句在地有灵，自成了性命和名姓，再借着他的手写下了这最后一首诗，为的是让两个忌日得以叠合，更是让那最后一首诗穿针引线，再充当道路和灯笼，以使后世之人找见它们，照亮它们。

另有一首诗，虽说只是一个无名乞丐留在世间的最后一首诗，但是，和纳兰性德之五律不同，尽管也是诸方造化执他之手而写，可根本上，却是写诗之人喊出了自己的声音——清朝嘉庆年间的一个冬日，在苦风寒雪的通州郊外，有人发现了一具倒毙在路旁的尸首，照例禀报官府，官府随后派人前来收殓，很快，就有人认出了死者，死者也不是旁人，不过是城中一个说着永嘉一带方言的乞丐，要么是饿死，要么是冻死,那乞丐,也无非是死在了自己注定的命运里,然而,在他怀中,人们却发现了一张纸,这张纸上还写有一首诗,州官见之,不禁心生哀怜,竟将他好生安葬,且在墓前立碑曰"永嘉诗丐之墓",其诗如下:

身世浑如水上鸥,又携竹杖过南州。
饭囊傍晚盛残月,歌板临风唱晓秋。
两脚踢翻尘世界,一肩挑尽古今愁。
而今不食嗟来食,黄犬何须吠不休。

且让我们将这些字句一一看过:"身世浑如水上鸥"似是得自杜甫"天地一沙鸥"之余意,却又平添了无常;无常之中,携杖过南州的行迹里,苏轼之"竹杖芒鞋轻胜马"倒是若隐若现;虽说行处宿处也有柳永目睹过的晓风残月,但是,真相却是晓风中的歌板和残月下的饭囊;更有"两脚踢翻尘世界,一肩挑尽古今愁"两句,全无罗隐名句"今朝有酒今朝醉,明日愁来明日愁"之撒娇、耍泼和自暴自弃。悲愁缭绕不去?腌臜扑面而来?他只说一句:我在这里,冲我来,我都受得住。再看结尾处,与李太白"仰天大笑出门去,我辈岂是蓬蒿人"相比,这两句只说自己心意已决,黄犬吠叫不止,人间广阔无边,只是这一切与我全无了关系,我不过是自说自话,我不过是自行自路。是啊,那乞丐,他的身体里住过许多人,有杜甫和苏轼,有罗隐和李白,就像纷杂的云朵最终聚首，就像对流的溪水终于并拢，他却并没有被那些住进身体里的人扯断四肢，也没有被他们搅乱心神，不管来多少人，他都容得下，都能将他们安排妥当；拜诸方造化所赐，那乞丐写的诗里有他们的影子，但它明明白白就是他自己写的，却不是任何别人写的，他还是他，他站在那里，并且时刻准备着继续向前，去与更多的悲愁和腌臜相遇遭逢，好似躲雨的人终将走出屋檐的庇佑，又好似求神的人相信庇佑一定会降临，管他冻死饿死，死亡，再说一遍，死亡，可以突然中止他的性命，却从来也中止不了他的自说自话与自行自路。

　　说起来，我也有过触碰类似玄机的时刻。那一年，我在山东地界里游荡了好几个月，从兴致勃勃，再到欲走还留，直至垂头丧气和颗粒无收，事情还没完，寒冬里的一个晚上，为了躲避国道上横冲而来的货车，我竟失足跌进了路边的河渠，全身上下都湿透了，回到小旅馆里便发起了高烧，昏昏沉沉之中，诸多名物和形容纷至沓来，迅速便在我的眼前身外搭建了一座错乱的世界：家乡里的白杨树正在旅馆外迅速长成，刹那间便高过了旅馆的屋顶；早已去世的祖母拎着一只竹篮刚刚走出收割后的田野，离我越来越近，那竹篮里装满了馒头，馒头过处，热气经久不散，使得沿途篱笆上的露水纷纷消融；没过多久，一列绿皮火车发出最后的轰鸣，再缓缓地停下，列车员走下车，大声呼喊着催促站台上的人们赶紧上车——是的,他们其实都是在叫我赶紧离开这里,回到家乡里去,有那么好几回,我几欲起身就走,可是,最终我还是没有走,永嘉诗丐留在世上的那最后一首诗仿佛就写在对面的墙上,又将我焊牢在了小旅馆里,在长久地凝望了小旅馆之外空寂的田野之后,那座错乱的世界渐渐退隐,将牢底坐穿的心意在我的身体里竟然变得前所未有地坚决,白杨和祖母、馒头、露水和列车员,我将他们全都容下了。

是啊,哪怕死到临头,狂心不歇者也仍大有人在,对埋骨地和身后名牵肠挂肚者也仍大有人在,深陷在心底波澜和身外世界制成的漫天蛛网里无法自拔者也仍大有人在,屈原的《惜往日》可能不是他最后的一首诗,但是写于临近性命了结之前的某个时间应当无疑,在此诗中,求死之心尽管已经铁板钉钉,对君王的怨愤和指控却又明显让他坐卧不宁:"临沅湘之玄渊兮,遂自忍而沉流;卒没身而绝名兮,惜壅君之不昭;君无度而弗察兮,使芳草为薮幽。"同样的不甘与不服,旁人先不说他,大凡从朝堂中被逐之人,多少都要沾染一二,即便那些一代名臣们,也往往难逃如是渊薮,《明史》里说其"忠心义烈,与日月争光"的于谦,在明知自己被冤杀的结局已经无可逃避时,也曾经留句如下:"成之与败久相依,岂肯容人辨是非;奸党只知谗得计,忠臣却视死如归;先天预定皆由数,突地加来尽是机;忍过一时三刻苦,芳名包管古今稀。"很显然,当死亡迫近身前,他唯有说服自己去接受,但是到了他也没能说服自己去接受,所以,此诗看似心意已决,终是怨恨难消,却又对人间纷繁和可能的后世公道念念不忘,如此,它们反倒充满了矛盾,往往是:前一句还在认死,下一句却不认死;前一句还在认命,下一句却又不认命。实际上,近似之境,就连李白也没有逃过:

> 大鹏飞兮振八裔,中天摧兮力不济。
> 馀风激兮万世,游扶桑兮挂左袂。
> 后人得之传此,仲尼亡兮谁为出涕?

这首诗,是李白写下的最后一首诗,据传,此诗作于唐代宗宝应元年,正是李白去世的那一年,很显然,诗中的大鹏,说的就是他自己:四海八荒都因为大鹏的飞翔感受过震动,可是,跃上了中天又如何?终有气力不逮,终有吾命休矣,和我活着时也曾得见天子的容颜却又被赐金还山一样,那只大鹏,一度也飞临过传说中只诞生在太阳身边的扶桑神树,最终,那神树却要了它的命,它挂住了大鹏的左袖,使大鹏动弹不得,直至折翼坠亡,我深信,大鹏的余风仍会在它死后的千秋万载中回荡不止,可是,又有谁会像孔子哭麟一般也为它哭奏一曲"出非其时"之歌呢?——你看,溘然长逝说到就到,李白终于未能忘怀自己一生中的光芒时分，也终于未能忘怀后世棺椁如何掩埋和厚葬自己，句句读来，多少令人恻隐难消，可是，他到底是李白，他当然在叹息，与此同时，他也在辨认和肯定，那只大鹏，它曾经令我们如此熟悉，一生中，李白太多次写到过它，在《大鹏赋》里，它曾经"激三千以崛起，向九万而迅征；背嶪太山之崔嵬，翼举长云之纵横；左回右旋，倏阴忽明；历汗漫以夭矫，羾阊阖之峥嵘"。在《上李邕》一诗里，李白又写道："大鹏一日同风起，扶摇直上九万里；假令风歇时下来，犹能簸却沧溟水。"而现在，吾命休矣之时，他还是认出了它，他还将继续肯定它，所以，和后世的于谦不同，李白绝不会将生前身后交付给自己未能定夺的一切，相反，他要将生前身后的一切都交付给那只大鹏，是它的飞翔和坠亡，才将扶桑与孔子、八裔与万世连接在了一起，也因此，那只大鹏，唯有它，才是真正的主角与命名者。

如此，我以为，无论在蓬蒿丛中，还是风波舟里，那个低至尘土却从未妄想着自己从尘土中脱身而去的人，那个一边吞咽着苦楚一边又在苦楚里安定了自己的人，只可能是杜甫。唐代宗大历五年，罹患风疾至半身偏枯的杜甫，自长沙出发前往岳阳，洞庭湖中，他写下了平生最后一首诗，是为《风疾舟中伏枕书怀三十六韵奉呈湖南亲友》。毫无疑问，重病缠身的他知道自己离死亡已经不远了，然而，唯其如此，对死亡的彻底忘怀才得以诞生：一如既往，他将疾病和死亡只视作一人之事与一家之事，既不向天祷告，也未跪地号啕，而是受下来，再吞下去："葛洪尸定解，许靖力难任；家事丹砂诀，无成涕作霖。"——尽管我死之后还有家事绵延不休，可是，它们也注定空有丹砂诀而无法冶炼成金了，一念及此，我当然泪飞如雨，可是，我也只能像葛洪的尸解一般撒手西去，实在是，我再也没有汉时名士许靖那样带着一家老小去远走避祸的气力了。一如既往，即便穷途如是，战乱沦亡仍然像舟外之水般一波未平一波又起，全都涌进了他的口中腹内："书信中原阔，干戈北斗深；畏人千里井，问俗九州箴；战血流依旧，军声动至今。"国犹如此，人何以堪？所以，他不自禁地回顾了自己在苦寒流离中走过的道路："狂走终奚适，微才谢所钦；吾安藜不糁，汝贵玉为琛。"——未能自慰的是，这一条穷途，不知道何时才能将它走完，而聊以自慰的是，我一直深深地感激于故交好友们对我的容纳与赞许，还好，不加糁子的野菜羹我也觉得好喝得很，我的故交好友们，你们，你们才是我须臾不敢忘记的琛玉。但是，一如既往，他竟然忘记了疾病与死亡，忘记了接下来的风浪与鬼门关，老老实实地写起了眼前所见的一草一木，也许，他大概也早已知道了，只有这些最平常的、几十年中让他栖身与掩面的所在，才是他千秋万载的饭囊、药碗和墓志铭：

　　舟泊常依震，湖平早见参。
　　如闻马融笛，若倚仲宣襟。

故国悲寒望，群云惨岁阴。
水乡霾白屋，枫岸叠青岑。
郁郁冬炎瘴，濛濛雨滞淫。
鼓迎非祭鬼，弹落似鸮禽。

去年冬天，也是临近春节的时候，在从南京前往苏州的高铁上，我曾经接到过一条手机短信，回复过去之后才知道，当年，在河北小县城的医院里，那个放弃了治疗跑出医院去寻死的大姐，她留下的最后一封信，正是写给了给我发来短信的男人，天知道他是怎么找到我的呢？无论怎样，他还是找到了我，还说看过我的书，有一个问题，他一直想问我：尽管他一直都没能找到那大姐的遗体，但他的确早已去那小医院里取回了她留给他的信，现在，好几年过去之后，他想为她修一座衣冠冢，以此来好好安葬她，他还想在她的墓碑上刻下几句话，所以，他想问问我，那大姐的墓碑上，到底应该刻下哪几句话才好呢？问题来得太突然，一时之间，我也不知道该如何回答他，不过，没过多久，我所乘坐的高铁疾驰着经过了一条并不宽阔的河流，晦暗的天光下，河流上的几艘机动船缓慢地向前行驶着，却近乎停滞，远远地，一座工厂的围墙外，倒是有几棵梅树被大风摧折，梅花们便纷纷跌落，再被大风席卷着奔入了河水，一下子，我想起了杜甫的最后一首诗，也想起了那大姐最后的一封信，如遭电击一般，我片刻不停，给远在河北的男人发去了短信，我对他说，那大姐的墓碑上应该刻下的话，其实也是她最后留给他的那几句话：你可能会来，也可能不会来，但我只当你会来。对，就是这几句：你可能会来，也可能不会来，但我只当你会来。